LCM

LCM

ou

La civilisation des maillons

par Francis Xouve.

Remerciements : à toutes les personnes que j'ai croisées dans ma vie, dont le souvenir a alimenté cette histoire. A tous ceux qui ont commenté mon premier livre. Avec une mention particulière à Justine Harlé qui a conçu et réalisé cette magnifique couverture.

www.xouve.fr
francis@xouve.fr
ISBN : 9798766118756

Dépôt légal : novembre 2021
v2

Legs du grand-oncle

Élise se dirige vers l'appart de sa mère. Cette dernière lui a expliqué qu'elle devait lui parler d'une chose importante, qu'elle préférait le faire en face à face. Depuis quelques années, sa mère avait voulu déplacer son appart dans la zone tempérée proche du pôle. Elle y préférait l'isolement qui lui permettait de se concentrer sur ses recherches.

Le voyage depuis la zone tropicale, par voie terrestre, avait duré plusieurs heures. Cela rappela à Élise pourquoi elle prenait toujours la voie spatiale, beaucoup plus rapide. Mais cette fois-ci, elle avait voulu prendre le temps de se déconnecter avant de rencontrer sa mère. Elle ne se lasse pas d'admirer la nature et ses variations. Les forêts, les lacs, les mers. La Terre dans son état naturel, ou du moins, l'état naturel qu'avait voulu retrouver l'homme. La présence de la bulle faisait se cacher les animaux, mais son esprit avait conscience des interactions entre les différentes espèces végétales et animales. Elle se remémorait les treks qu'elle avait faits dans cette nature et se dit qu'elle aimerait bien y retourner.

Sa bulle s'arrime enfin à l'appart de sa mère. En entrant dans l'appart, elle se jette dans les bras de sa mère pour lui faire un câlin. Elle ressent à quel point ce contact physique avec sa mère lui manquait. Même après avoir fêté sa demi-vie, elle se sent toujours la petite fille de sa mère. Allait-elle rester dans cette relation jusqu'à la fin de sa vie, jusqu'à ses 120 ans ?

— « Bonjour ma chérie » lance sa mère après avoir profité du câlin.

— « Bonjour maman, j'ai voulu venir par la voie terrestre, cela a été plus long que prévu. »

— « Eh oui, avec la limitation de vitesse. »

Bien avant, la limitation de vitesse dans l'atmosphère terrestre avait été introduite pour éviter les perturbations météorologiques que cela entraînait, les bulles dégageant beaucoup de chaleur à grande vitesse.

— « Oui, je ne suis pas sûre que cela est vraiment utile. Si peu de gens voyagent par la voie terrestre aujourd'hui. »

— « N'oublie pas que sans limitation de vitesse, il y aurait certainement beaucoup plus de monde. »

— « Oui, tu as raison, comme d'habitude. Pourquoi voulais-tu me voir ? »

— « Cela concerne ton grand-oncle, il faudrait que tu ailles le voir, il a quelque chose à te transmettre concernant ton père. »

— « Encore cette vieille histoire ? Tu penses qu'il y a encore des choses que je ne sais pas sur cet accident ? »

Son père et son grand-père sont morts prématurément à 60 et 85 ans, cas rares et traumatisants.

— « Je ne sais pas te répondre, mais il arrive bientôt au 120. Pense aux regrets que tu pourrais avoir si tu n'y vas pas. »

120 ans, c'est la limite d'âge aujourd'hui imposée à tout le monde. Cela signifie qu'il allait bientôt mourir et qu'elle ne pourrait plus jamais savoir. Sa mère la connaissait bien. Elle avait trouvé l'argument décisif.

— « Bon, je passerai le voir en partant de chez toi, » s'avoue-t-elle vaincue.

Puis elle échange avec sa mère sur leurs dernières recherches en histoire. L'histoire est plus qu'une tradition familiale, c'est une passion familiale. Depuis plus de six générations, parents et enfants analysent, expliquent, enseignent, transmettent, reconstituent, rectifient l'histoire, chacun sur sa période favorite.

Élise est spécialisée sur la période de l'essor technologique, soit de la fin du 17e au 23e siècle, ou plus exactement de 1679, date de l'invention de la machine à vapeur, à 2304, date de l'invention du convertisseur matière-énergie. Elle a toujours été fascinée par le passage du physique au numérique et du travail humain à celui des machines, phase entièrement contenue dans ce demi-millénaire.

Sa mère est spécialisée sur la période suivante, celle où l'économie, l'argent, les frontières, les régimes politiques et bien d'autres choses ont disparu. Ce manque de points communs fait qu'elles échangent de moins en moins, les concepts fondamentaux qu'étudiait Élise ayant été abandonnés durant la période de sa mère. Ce n'était pas le cas avec son père et son grand-père, qui partageaient la même époque qu'elle, du moins jusqu'à l'accident.

C'est probablement de là que vient ce sentiment de distance avec sa mère, comme si sa mère retenait ses élans. Elles s'aiment, mais il n'y a pas entre elles cette complicité qu'elle avait avec son père. Élise a fini par se dire que cela provient du manque d'intérêts communs.

Après un câlin d'adieu avec sa mère, Élise regagne sa bulle et désigne l'appart de son grand-oncle comme destination. Son grand-oncle avait obtenu une place sur la lune, où il avait décidé de finir sa vie. « J'ai trop vu la terre, je préfère les étoiles, » disait-il souvent. Élise sourit en voyant que le voyage ne dure que 3h30, soit moins de temps que pour aller chez sa mère, cent fois moins éloignée. Vive la voie spatiale, qui, sur ce trajet, n'est pas une option. Elle hésite à passer à 1,1 ou 1,2 G pour aller plus vite, mais décide finalement d'en profiter pour dormir.

Arrimée à l'appart de son grand-oncle, elle a un choc en constatant le travail du traitement de fin de vie. Si elle a anticipé les cheveux blancs, il est aussi défiguré, son visage semblant s'être enfoncé, ses côtes sont saillantes, il est voûté, mais plus grand, et il marche lentement, même pour quelqu'un qui se déplace sur la lune. Il a tellement changé que son élan vers lui est stoppé, ce qu'il perçoit.

— « N'aie pas peur, c'est bien moi ! »

— « Bonjour mon oncle, j'avoue que je me suis laissée surprendre. Je suis désolée. »

— « Ce n'est rien, rassure-toi. Le traitement de fin de vie est là pour nous faire accepter la mort, et c'est très efficace. Et la lune n'y arrange rien, mais je ne regrette pas, je ne me lasse pas de regarder les étoiles. J'ai assez fait pour l'humanité, je pars la conscience tranquille. Et puis cela va permettre à tes petits enfants d'avoir à leur tour des enfants, c'est le cycle de la vie. »

Son grand-oncle a obtenu une place sur la face cachée de la lune. C'est le meilleur point de vue sur les étoiles. Il a passé sa vie à améliorer le bénéfice médical de la nourriture, de la production à la consommation, cependant sa passion, ce sont les étoiles, pas culinaires mais célestes. C'est un point qu'Élise n'a jamais compris, quel intérêt peut-il y avoir à observer des astres d'aussi loin ? Avec des systèmes purement optiques, alors que l'on pouvait les voir de plus près dans une bulle ?

— « Ma petite, il ne me reste plus beaucoup de temps. Avant de partir, je dois m'acquitter d'une tâche que ton père m'a confiée juste avant son accident. Je ne sais pas quel impact cela va avoir sur ta vie, mais je ne peux pas emmener ce secret avec moi. »

Après l'accident de son père, c'est son grand-oncle qui a joué le rôle de père, du moins pour ce qu'il en est lorsque l'on a 25 ans. Mais là, elle sent que ce père de substitution lui a caché quelque chose, alors qu'il est la dernière personne à avoir vu son père vivant. Élise ne sait pas quoi en penser, mais elle invite son grand-oncle à poursuivre.

— « Ton père m'a remis un fichier. Un fichier crypté dont je n'ai pas la clé. Il m'a demandé de te le donner le plus tard possible, s'il ne revenait pas. »

Que pouvait contenir ce fichier ? Une vidéo d'adieu ? Mais alors, pourquoi attendre pour le lui donner ?

— « Et c'est tout, il ne t'a rien dit d'autre ? »

— « Juste une chose, qu'il m'a demandé de répéter tel quelle : avant d'avoir compris, il faut garder ce fichier secret, comme dans la guerre des étoiles. »

— « Rien d'autre ? » insiste Élise.

— « Non. Je pense être le seul au courant de l'existence de ce fichier. J'ai hésité à t'en parler depuis 40 ans, mais là je ne peux plus reporter. Tu comprends ? Je ne pouvais pas emmener cela avec moi. »

Qu'est-ce qui devait attendre 40 ans avant d'être révélé ? Pourquoi ce secret ? Que pouvait vouloir dire cette phrase ? Sans aucune réponse, elle mémorise la phrase.

Elle fait ses adieux à son grand-oncle, le remercie pour tout ce qu'il a fait pour elle et le remercie de lui avoir donné le fichier.

C'est vrai que le ciel étoilé est magnifique, elle n'a jamais vu autant d'étoiles, même quand sa bulle est dans l'espace à l'ombre de la terre. Mais comment peut-on aimer vivre dans un décor aussi triste ? Les couleurs vont du gris foncé au noir. On devine dans la pénombre des sols minéraux et accidentés, peu accueillants. Et surtout, on n'y voit jamais le soleil. De toute façon, c'est une destination sans retour pour son grand-oncle. Entre le travail de la gravité lunaire et celui du traitement de fin de vie, son corps ne supportera pas un retour sur terre. Elle se fait la réflexion que sa façon de penser est inversée par rapport à la réalité. Il ne s'agit pas du travail de la gravité lunaire, mais de l'absence de travail de la gravité terrestre, comme il ne s'agit pas du travail du traitement de fin de vie, mais de l'absence du traitement de maintien du corps. Mais la gravité terrestre, naturelle ou reconstituée par les bulles, et le traitement de maintien du corps sont devenus tellement naturels que tout le monde a fini par les oublier.

Sur le chemin du retour à son appart, elle crée un espace privé dans lequel elle essaie différentes manipulations sur le fichier. Aucun outil d'analyse ne donne de résultat, le niveau d'entropie est maximal. Bref, ce fichier ne peut pas être distingué d'un simple tirage aléatoire. La seule information exploitable est qu'il s'agit d'un cryptage à clé, de type OTP. Un cryptage qui a fait ses preuves depuis plus de mille ans, qui a la curieuse propriété de fournir tous les messages possibles si l'on essaie toutes les clés possibles. Même les capacités de calcul actuelles n'y peuvent rien, sans la clé, aucun moyen de révéler son contenu. Et la phrase de son père n'est pas la clé de décryptage.

Arrimée à son appart, Élise n'arrive pas à laisser de côté cette histoire de fichier. Quelle clé a pu imaginer son père ? Quel secret partageaient-ils ? C'était loin, elle cherche dans ses souvenirs d'enfance. Rien. Sur quoi travaillait son père avant son accident ? Il lui semble que c'était sur la fin de la période de l'essor technologique, juste avant l'invention du convertisseur matière-énergie, événement fondateur de la période suivante.

Son inventeur l'a donné à l'humanité. La diffusion du procédé au monde entier a permis de résoudre les problèmes énergétiques de l'époque. Chaque pays avait alors pu disposer d'une production illimitée d'énergie propre. Les rapports de force avaient été remis en question en quelques dizaines d'années. Le niveau de développement de tous les pays s'était nivelé vers le haut. Cela résolut une bonne partie des problèmes migratoires chroniques. L'accès à l'énergie sans limites régla aussi le problème de l'accès à l'eau, et donc de la sécurité alimentaire de chaque pays. Dans un premier temps, l'humanité avait cru au bonheur. L'abondance de ressource avait relancé l'augmentation de la population qui stagnait depuis deux siècles. Puis arriva la catastrophe de 2517, qui vit disparaître un sixième de l'humanité en quelques jours, et déboucha sur le contrôle de la population toujours en place aujourd'hui. Ce convertisseur matière-énergie avait alors permis de rétablir la situation. Il est aujourd'hui considéré comme l'invention la plus importante de l'humanité.

Élise se demande à qui elle peut demander de l'aide pour trouver cette clé, tout en restant dans la confidentialité qu'a préconisée son père. Il a forcément dû prévoir qu'elle pourrait la trouver, reste à savoir comment. Dispose-t-elle de toutes les informations nécessaires ? Et si cela était aussi important, pourquoi son père a-t-il retenu un moyen de transmission aussi risqué ? Si son grand-oncle avait eu un accident, certes rare aujourd'hui, ou si tout simplement elle avait refusé d'aller le voir ? Le fichier aurait été perdu. Non, cela ne ressemblait pas à son père ! Son grand-oncle lui aurait-il menti ? Dans quel intérêt ? Elle ne fait que se poser des questions sans réponse.

Mais une personne peut l'aider à évaluer ces questions. Sa mère.

Élise décide donc de retourner voir sa mère, cette fois elle emprunte la voie spatiale, ce qui lui prend moins d'une demi-heure.

En entrant dans l'appart, elle se jette à nouveau dans les bras de sa mère pour lui faire un câlin.

— « Bonjour ma chérie » lance sa mère après avoir profité du câlin. « Dis-moi deux visites aussi proches, je te manque ? »

— « Bonjour maman, j'ai voulu te revoir, car je suis allée voir grand-oncle. »

— « Bien. Comment va-t-il ? »

— « Il a vieilli. Cela m'a fait un choc. »

— « Oui, je l'ai vu lors de notre dernière communication. Je ne pensais pas non plus que l'arrêt du traitement aurait un effet aussi brutal. »

— « C'est la vie comme on dit, on y passera tous. »

— « N'y pense pas trop, tu n'es qu'à la moitié de ta vie. »

La moitié de sa vie ! C'est justement à cette occasion qu'elle a pris conscience qu'elle n'est pas immortelle. Non pas qu'elle croyait l'être, mais elle n'y avait jamais vraiment pensé avant. Cela doit certainement être plus perturbant pour sa mère qui approche son trois-quarts de vie. Pour passer à autre chose, elle décide de passer au sujet de sa venue.

— « Ce qu'il voulait me transmettre avait à voir avec papa. »

Elle sent que cette simple phrase a un effet sur sa mère, qui semble s'interdire de réagir. Après un long regard, elle décide d'aller plus loin.

— « Maman, il m'a donné quelque chose que papa lui avait confié. Il devait me le révéler le plus tard possible, à la demande de papa. »

— « Enfin ! Écoute, je n'en peux plus de ce secret. Ton père m'a aussi confié quelque chose pour toi, à te transmettre le plus tard possible. »

Donc tout le monde lui ment, ou du moins lui cache des choses. Élise tombe de haut, son grand-oncle et sa mère lui ont caché ce secret pendant 40 ans.

— « Et tu attendais quoi ? »

— « Je ne sais pas. Un signe. Je me suis dit tous les jours, que le plus tard possible, c'était plus tard. »

— « Et maintenant ? »

— « Maintenant, ton grand-oncle a fait un signe. Il a décidé que le plus tard possible, c'est aujourd'hui. Ton père m'a laissé un fichier pour toi, le voilà. Je te le dis tout de suite, je ne sais pas ce qu'il y a dedans. »

— « Un fichier. Et il n'y a pas de phrase avec ? »

— « Si, ton père a été très précis : comme dans la guerre des étoiles, avant d'avoir compris, il faut garder ce fichier secret. »

La même phrase ? Pas tout à fait, la fin est maintenant au début. Cela met le cerveau d'Élise en ébullition. Et si son père avait tout simplement échangé les clés des deux fichiers ? Elle est impatiente d'essayer dans son espace sécurisé, mais pas devant sa mère.

— « Merci maman. Je ne comprends pas ce que cela signifie, mais il faut que je te laisse, j'ai un cours important demain. »

Sur le chemin du retour, elle stocke ce nouveau fichier dans son espace sécurisé. Les deux fichiers sont parfaitement identiques. Cela détruit l'hypothèse de l'inversion des clés. Ces deux phrases, très proches, ne sont que deux indices.

Arrimée chez elle, elle décide de laisser son cerveau chercher tout seul. Elle se concentre sur le cours du lendemain.

La catastrophe de 2517

Élise rejoint la classe virtuelle, il y a un peu plus de 700 étudiants. Pas très étonnant pour ce cours qui traite de la plus grande catastrophe connue de l'humanité. Il est l'un des plus importants du cursus scolaire. De plus, ce cours est obligatoire.

Après avoir rappelé les règles d'intervention liées au nombre d'élèves, elle commence son cours.

— « Bonjour, le cours d'aujourd'hui porte sur l'événement connu sous le nom de "catastrophe de 2517", qui plus exactement s'est déroulé fin janvier 2517 sur Mars. Pour comprendre comment cela a pu arriver, je vous propose de revenir en arrière de 500 ans. »

Élise marque une pause pour vérifier le taux d'attention. 96 %, c'est un bon score. « La première chose à comprendre, c'est que le convertisseur matière-énergie existait depuis deux siècles et qu'il était devenu le moyen quasi exclusif de production d'énergie. Les problèmes de surproduction énergétique sont alors compensés par des systèmes déportant le surplus de chaleur. En clair, quand un point est trop chaud, on le refroidit en transférant sa chaleur vers un autre point. Localement, le point chaud est refroidi, mais la chaleur globale reste augmentée.

À cette époque, la population n'était pas régulée. Deux siècles avant, la population était limitée par la pénurie des ressources. Avec l'apparition du convertisseur matière-énergie, les pénuries ont disparu. Cela eut pour conséquence directe une croissance de la population. Cette croissance n'était pas jugée inquiétante, car l'humanité était en expansion. Il fallait peupler Mars. Il fallait aussi peupler les flottes des colonies d'explorateurs. Il n'était pas rare de voir des couples avoir 4 ou 5 enfants, de la même génération. » Élise marqua une pause. À ce point de son cours, il y avait souvent de petits décrochages, dans un monde où un couple peut difficilement avoir plus de deux enfants. La réaction ne se fit pas attendre. Elle passa la parole à un étudiant.

— « Madame, comment faisaient-ils pour obtenir plus de deux permis de naissance ? Il y avait de la corruption ? »

La corruption faisait partie des mythes persistants chez les étudiants, mais dans un monde où tout ce dont on a besoin est fourni, elle avait perdu une grande partie de son intérêt.

— « Non, pas de corruption. Il n'y avait tout simplement pas de droit de naissance. Tous les couples pouvaient décider par eux-mêmes d'avoir le nombre d'enfants qu'ils souhaitent. Le permis de naissance est une conséquence de la mise en place du contrôle de la population, survenue après la catastrophe. »

— « Madame, il ne fallait pas attendre qu'un parent atteigne les 120 ans ? »

— « Non plus. Tous les couples pouvaient décider par eux-mêmes d'avoir un enfant au moment où ils le désirent. »

Un rapide coup d'œil au taux d'attention montre qu'il remontait en flèche, Élise avait répondu aux interrogations des élèves, ils n'échangent plus entre eux.

— « Donc à cette époque, la population totale était d'environ 12 milliards, 10 sur Terre et 2 sur Mars, à comparer aux 4 et 3 milliards d'aujourd'hui. Et à l'époque, Mars était beaucoup plus petite qu'aujourd'hui. »

— « Madame, vous nous avez expliqué que la Terre ne pouvait pas supporter une population de plus de 4 milliards. Comment ont-ils pu monter jusqu'à 10 ? »

— « En faisant de la dette énergétique ! La production de chaleur dépassait les capacités de dissipation de la planète. La surproduction énergétique conduit au réchauffement global de la planète. Les effets ne s'en font pas ressentir immédiatement, mais ils s'accumulent jusqu'à devenir ingérables. Les dérèglements climatiques apparaissent en premier lieu, puis s'y ajoutent les éruptions volcaniques, les tremblements de terre, et les perturbations du champ électromagnétique. Cela ressemble aux problèmes du 21e siècle avec l'augmentation de la température. À l'époque, le réchauffement n'était considéré que du point de vue climatique, attribué à l'effet de serre et uniquement au niveau de la croûte terrestre. Mais c'est bien l'augmentation de la température de la planète entière qu'il faut considérer. Nous verrons cela en détail dans le cours sur la révolution du 22e siècle.

Et c'est justement l'objet du premier simulateur. Je vous laisse tester les différents paramètres : la population, la chaleur moyenne produite par habitant, la taille de la planète et le coefficient de dissipation de chaleur. Nous reprenons dans 30 minutes. »

Élise observe le déroulement des simulations. Le taux d'activité est relativement bon. Certains arrivent rapidement à la conclusion que Mars était beaucoup plus fragile que la Terre, d'autres prennent plus de temps. Pour ceux qui partent dans de mauvaises directions, elle intervient ponctuellement, les incitant à se poser les bonnes questions. Les statistiques montrent qu'au bout de 15 minutes, 40 % des étudiants obtiennent les bonnes conclusions. Au bout des 30 minutes, le taux atteint 90 %.

— « Bien, le temps est écoulé. Qui veut faire part de ses conclusions ? »

— « Madame, on constate que Mars évolue plus rapidement que la Terre, même si sa population est cinq fois moins importante. »

— « Bien, que remarquez-vous dans cette évolution ? »

— « Madame, l'atmosphère chauffe jusqu'à un certain point, puis elle disparaît brutalement. »

— « Très bien ! Et d'après vous, quelle a été la conséquence de la disparition brutale de l'atmosphère sur la population ? »

— « Madame, tout le monde a dû se réfugier dans sa bulle ? »

— « Cela n'était pas possible. Qui peut me dire pourquoi ? »

— « Madame, à l'époque les bulles n'existaient pas encore. »

— « Très bien. Les bulles ont effectivement été inventées deux siècles plus tard. Qu'utilisait-on alors sur Mars ? »

— « Madame, il y avait des serres géantes. »

— « Exactement, l'atmosphère de Mars était à l'époque irrespirable et pas assez pressurisée. Les colons avaient construit des serres géantes pour maintenir une atmosphère respirable et pressurisée. Que s'est-il donc passé lorsque l'atmosphère martienne a disparu ? »

— « Madame, la pression extérieure a brutalement chuté, les serres ont explosé ? »

— « Exactement, l'atmosphère des serres a disparu dans l'espace avec celle de Mars. »

— « Madame, mais alors, où sont allés les gens ? »

— « Madame, ils sont morts. »

— « Hélas oui. En quelques jours, deux milliards d'individus sont morts et Mars est redevenue inhabitable. »

Élise laisse les étudiants réaliser. C'est un point important dans le parcours éducatif, car il légitime le contrôle de la population. À chaque cycle, elle se remémore sa propre expérience d'étudiante. Ce jour-là, elle a basculé d'une acceptation conformiste et superficielle à un militantisme convaincu en faveur du contrôle de la population. Ces étudiants vont être en âge de procréer et ils seront confrontés au droit de naissance. Sans cette forte légitimité, ils le remettront en cause.

La deuxième partie du cours approche, celle où les étudiants cherchent à invalider la simulation. C'est certainement la partie la plus importante, car elle permet, indirectement, de renforcer la légitimé du contrôle de la population.

— « Madame, il y a une erreur sur les paramètres de Mars dans la simulation. La gravité de Mars est de 0,38 G au lieu de 0,7. »

— « Très bonne remarque. Aujourd'hui, la gravité de Mars est bien de 0,7, mais ce n'était pas le cas à l'époque. Nous verrons cela en détail dans notre prochain cours sur la géogénèse de Mars. À l'époque, la gravité était bien de 0,38 comme c'est indiqué dans la simulation. »

— « Madame, pourquoi personne n'a anticipé les problèmes de Mars ? Il y a bien eu des signes précurseurs ? »

— « C'est un problème complexe. Beaucoup de scientifiques avaient annoncé la catastrophe, mais il était difficile de décider de ramener les gens sur une planète déjà surpeuplée, où la catastrophe était annoncée aussi. La Terre ne pouvait pas supporter deux milliards de personnes supplémentaires. »

— « Madame, pourquoi les personnes de Mars ne sont pas parties en mission de colonisation ? »

— « Bonne remarque. Et justement, c'est ce qu'ils ont essayé de faire. Mais le temps de construction des flottes de mission de colonisation fut trop long. La catastrophe est arrivée avant que celles-ci soient opérationnelles. Une seule, avec une population de seulement 5 millions, a pu partir. »

— « Madame, on voit bien avec la simulation que Mars ne pouvait pas supporter une population de deux milliards. Pourquoi a-t-on laissé la population arriver jusque là, alors que la catastrophe était prévisible ? »

— « Comment aurait-il fallu faire pour limiter la population ? »

— « Madame, en limitant les naissances, comme aujourd'hui. »

— « C'est justement ce qui n'a pas pu être mis en place à l'époque. À l'époque, certains n'en voulaient pas. Si les autres avaient appliqué seuls la limitation des naissances, leur proportion dans la population se serait réduite, au profit de ceux qui ne l'appliquaient pas. Et inversement, la proportion de ceux qui ne l'appliquent pas serait augmentée, annulant l'effet de ceux qui l'appliquent. En résumé, le contrôle de la population ne peut fonctionner que si tout le monde l'applique. »

— « Madame, on aurait aussi pu réduire l'âge limite. »

Élise s'amuse du fait que les deux paramètres du contrôle de naissance, le nombre de naissances et la durée de vie ressortent aussi vite.

— « En fait, cela n'était pas nécessaire à l'époque, l'espérance de vie étant très inférieure à l'âge maximal. Qui peut expliciter ce point ? »

— « Madame, cela signifie que beaucoup de personnes mouraient avant l'âge limite. »

— « Très bien. En effet, contrairement à aujourd'hui, l'âge moyen de la fin de vie était naturel et correspondait à environ 100 ans. Ce n'est que plus tard que l'on a dû définir un âge limite de 120 ans pour contrôler la population. Qui peut me dire ce qui a fait augmenter l'âge moyen ? »

— « Madame, l'invention des biots. »

— « Bien. Effectivement, avec l'invention des biots, l'âge maximal est devenu potentiellement illimité et surtout tout le monde pouvait l'atteindre. C'est pourquoi il a fallu imposer une limite à 120 ans. »

— « Madame, pourquoi 120 ans et pas 100 ou 150 ? »

— « C'était l'âge moyen naturel à l'époque. Il était difficile d'imposer une limite plus basse aux nouvelles générations, qui auraient eu une vie plus courte que leurs aînés. Un âge plus long aurait fait un trou dans la pyramide des âges. Par exemple, en passant de 120 à 150 ans, il n'y aurait quasiment plus eu de droit de naissance pendant 30 ans. »

— « Madame, pourquoi tout le monde a le même âge limite ? »

— « C'est avant tout un principe d'égalité. Si tout le monde n'avait pas le même âge limite, cela signifierait que tout le monde n'a pas les mêmes droits. Et qui peut me citer le premier article de la constitution ? »

— « Madame, toutes les personnes naissent égales en droits. »

— « Exact. Donc, ne pas donner le même âge limite à tout le monde serait anticonstitutionnel. »

— « Madame, on pourrait avoir droit à 120 ans à la naissance, et avoir droit à des années supplémentaires sous certaines conditions. Par exemple, à ceux qui ont fait quelque chose de bien dans leur vie. »

Élise ne s'attendait pas à ce genre de remarque. C'est un point qui l'a toujours surprise. Autant les gens ne remettent pas en cause le droit de naissance, autant le débat sur l'âge limite n'a jamais de fin. Ce débat apparaît souvent chez les personnes qui s'approchent de l'âge limite. Cela lui rappelle son grand-oncle. Mais là, il s'agit de jeunes. Cette remarque provient certainement d'un débat familial.

— « Pouvez-vous expliciter à quoi correspond quelque chose de bien ? »

— « Madame, faire progresser l'humanité. Par exemple, l'inventeur du convertisseur matière-énergie. »

— « Et qui déciderait de donner ces années supplémentaires ? Qui jugerait que l'action de quelqu'un a fait progresser l'humanité ? Quand on a su que le convertisseur était un bien pour l'humanité, son inventeur était déjà mort depuis longtemps. Et juste après la catastrophe de 2517, certains affirmaient encore que son invention en était la cause. »

Élise donne la parole aux étudiants, mais il n'y a plus de volontaire. Elle pense cependant que cela est important, et veut approfondir le sujet.

— « Je vous invite à y réfléchir pour notre prochaine séance. S'il n'y a plus de questions, je vous propose de lever la séance. »

Devant l'absence de réaction, Élise met fin au cours. Elle relit la transcription écrite du cours, la valide et l'archive.

La clé révélée

À son réveil, Élise constate qu'elle a rêvé de son père. Cela n'est pas arrivé depuis longtemps. Elle est retournée au temps où ils cherchaient quelles projections du vingtième siècle s'étaient réalisées.

Pour cela, ils avaient étudié les documents disponibles de l'époque. Il y avait surtout des romans de science-fiction et des films, qu'il avait fallu lire et visionner pendant des semaines. Ce qui avait surtout étonné Élise, c'était le manque de réalisme. Les aberrations étaient nombreuses. Non seulement le bruit était propagé dans l'espace, mais aussi les flammes. Le plus troublant, c'était le non-respect des lois liées à la gravité et à la relativité. Les personnages restaient soumis à la gravité dans des vaisseaux qui n'accéléraient pas. Pire, certains se déplaçaient à la vitesse de la lumière, d'un système stellaire à un autre, puis revenaient à leur point de départ sans que le temps local se soit écoulé plus rapidement. Pourtant, à cette époque, la théorie de la relativité avait déjà plus d'un siècle. Son père avait eu beau lui expliquer que la théorie de la relativité avait été longue à assimiler, elle ne comprenait pas comment les aberrations n'empêchaient pas le public de prendre l'histoire au sérieux. Dans le film champion du genre, il y avait même des vaisseaux capables d'atteindre quasi instantanément la vitesse de la lumière sans que ses occupants en souffrent ! Le souvenir de cette époque avec son père la fait sourire, comment s'appelait donc ce film, qui était d'ailleurs une série d'au moins sept ou huit épisodes ? La guerre des étoiles ! Comme dans la phrase de son père !

Élise sent qu'elle a trouvé quelque chose. La phrase de son père doit forcément faire référence à ce film. Elle le visionne durant son petit déjeuner.

Le film l'amuse beaucoup. Déjà, les gens y sont habillés en permanence. Habits dont la fonction n'est pas évidente. Elle se rappelle que son père lui a expliqué que les gens étaient toujours habillés à l'époque. Les habits servaient à se protéger du froid, mais surtout à cacher le corps. Il était même illégal de se promener nu dans un espace public. Drôle d'époque ! Élise prête attention aux dialogues. Elle cherche quelque chose qui aurait un lien avec la phrase de son père. Peut-être qu'une des répliques correspond. La clé serait la réplique suivante ou précédente. C'était bien là le style de son père.

« A vos intuitions vous fier, il faut. » Cette phrase provoque comme un éclair dans le cerveau d'Élise. C'est exactement ce qu'elle est en train de faire, elle suit son intuition. Son père a très certainement ciblé cette phrase. Mais le plus troublant était la forme. Le rejet du verbe en fin de phrase. Son père lui avait expliqué que c'était une figure de style, l'anastrophe. Ce film avait eu une telle influence que beaucoup de gens s'étaient mis à parler comme Yoda, le petit bonhomme vert de la guerre des étoiles. Du coup, elle et son père s'étaient pris au jeu. Jeu qui les réunissait et que personne ne comprenait.

En se remémorant la phrase de son père, la solution lui apparaît. Elle essaie la clé « avant d'avoir compris, secret ce fichier il faut garder » sans succès, le résultat du décryptage est un fichier illisible. Elle est déçue. Il lui semble pourtant évident que c'est la solution. En reprenant, elle constate qu'elle a peut-être fait une erreur. Elle retente « avant d'avoir compris, secret ce fichier garder il faut. » Le décryptage lui parait durer des heures. Mais le résultat est un fichier lisible ! Élise ressent une grande joie. Joie d'avoir trouvé la solution, mais aussi d'être sûre qu'il s'agit bien d'un message de son père. Qui d'autre aurait pu imaginer une telle clé de cryptage ?

Le fichier est une archive de document. Beaucoup de documents. Visiblement le résultat d'une recherche de son père. Cela porte sur une période immense, du temps des Mésopotamiens à peu avant la disparition de son père, quasiment toute l'histoire de l'Humanité. À en juger par les dates d'acquisition des documents, cela avait pris plusieurs années à son père pour réunir tout cela.

Certains de ces documents sont connus d'Élise. La déclaration du don du convertisseur matière-énergie à l'Humanité en fait partie. On trouve aussi des documents aussi divers que des plans de Léonard de Vinci, de Denis Papin, des publications d'Albert Einstein, de Thomas Edison, de Louis Pasteur… Surtout des documents liés à des inventions qui ont fait progresser la science et l'humanité, mais pas de notes attachées. Quel sens donner à tout cela ? Qu'avait voulu lui transmettre son père ?

Elle est perdue. Pourquoi crypter ces documents qui sont publiquement accessibles ? Il doit forcément y avoir autre chose, des documents inconnus ou modifiés, un compte-rendu de ses recherches. Se rappelant les méthodes de travail de son père, elle entreprend de classer et vérifier les documents. Sauf que le simple accès à tous ces documents publics renseigne sur le contenu de l'archive de son père. Et ce dernier a précisé qu'il fallait rester discrète « avant d'avoir compris, il faut garder ce fichier secret ». Mais comprendre quoi ?

Elle applique l'algorithme de classification automatique. Les documents touchent tous les domaines, à toutes les époques. Son père a collecté ces documents sur plus de 30 ans, à un rythme très variable. La grande majorité comporte des brevets, des plans, des publications, mais certains sont inclassables, ou plus exactement, ont leur propre catégorie. Parmi ceux-là, un document attire l'attention d'Élise, un document nommé « Lettre à ma fille ».

« Ma chérie,

après trente ans de recherche prudente, je suis arrivé à une conclusion terrible et je ne peux pas continuer de vivre sans agir. Je vais, avec mon père, tenter de changer le cours de l'histoire, mais j'ai peur que cela soit dangereux.

Je te laisse tous les indices que j'ai pu rassembler. Fais-toi ta propre conviction et agis en ton âme et conscience.

Si tu lis cette lettre, c'est que mes craintes étaient justifiées et que je ne suis plus là. Sois donc très prudente.

Ton père qui t'aime. »

Élise croit se sentir mal. Si elle comprend bien, l'accident de son père n'en est pas un. Elle éprouve un immense sentiment de solitude, elle aimerait parler de son état à ses proches, se confier, mais elle ne peut pas, ne sachant pas exactement ce que signifiait « garder ce fichier secret ». Après tout, son père a fait en sorte qu'elle soit la seule à y avoir accès, ni son grand-oncle ni sa mère ne savent ce qu'ils ont transmis. Elle est interrompue dans ses réflexions par un appel de son fils, Martin.

— « Allô, maman ? »

— « Oui mon fils préféré. » Élise n'a qu'un seul fils, il est de fait son préféré. Mais c'est un signe d'affection entre eux.

— « Je t'emmène au spectacle ! Viens, tu rencontreras de nouvelles personnes. »

Cet appel fait plaisir à Élise, et il tombe à point. Élise a besoin de se changer les idées, de prendre du recul. Quoi de mieux qu'un spectacle ? Et puis rencontrer de nouvelles personnes l'attire toujours. Son fils le sait bien, son argument n'est pas un hasard. En plus, Élise commence à se lasser de cette solitude d'entre deux, comme on dit, entre deux histoires avec quelqu'un. Cela fait des mois que sa dernière histoire est terminée.

— « Avec plaisir. C'est où ? »

— « Ton appart est presque sur mon chemin, je passe te prendre dans un quart d'heure. »

Un quart d'heure, c'est court pour se préparer. Élise a juste le temps de se doucher et se maquiller, de la tête aux pieds. Elle choisit un thème floral odorant, accentuant les reliefs de son corps, mais c'est le parfum des fleurs qui lui plaît le plus. À peine terminé, elle reçoit l'annonce de l'approche de son fils. Elle monte dans sa bulle et accepte la demande d'appareillage. Sa bulle se désarrime de l'appart, décolle, rejoint et s'appareille à celle de son fils.

— « Pas de câlin, je ne suis pas sèche » prévient Élise quand la porte interbulle s'ouvre.

— « Dommage, » lui renvoie son fils. « Tu es splendide. »

Les dix minutes de voyage permettent à Élise de faire connaissance avec la dernière amie de son fils, dont la bulle est appareillée de l'autre côté. Puis le théâtre apparaît, en suspension magnétique dans les airs. C'est un théâtre en forme d'œuf, avec de multiples tentacules permettant aux bulles de s'arrimer. C'est la bulle de l'amie qui s'arrime, ce qui permettra à Élise de partir seule sans attendre son fils. Non pas qu'elle prévoit de rentrer tôt, mais plutôt qu'elle sait que son fils peut rentrer très tard. Ils débarquent tous les trois sur la passerelle, rejoignant le flux de personne allant au spectacle.

Élise constate que la mode des poilus a encore gagné des adeptes. Cette mode consiste à déprogrammer les biots pour qu'ils laissent, voire augmentent, la poussée des poils, tous les poils. Elle estime qu'environ un tiers des personnes ont succombé à cette mode. Elle ne se trouve pas rétrograde, mais quand même, les poils sont connus pour poser des problèmes d'hygiène, héberger des parasites, sans compter les odeurs. Et puis cela rappelle trop le côté animal de l'être humain à son goût. Bref elle n'approuve pas.

Ils arrivent à leur place.

— « Quel est le spectacle ? » demande Élise.

— « Toi tu avais vraiment envie de sortir ! » plaisante son fils. « C'est la vie poétique des dieux de l'Olympe. Tu sais, les dieux grecs de l'antiquité. »

— « C'est pas ma période mais j'ai un minimum de culture… »

— « C'est la spécialité de Maria, » indique-t-il fièrement en désignant son amie.

Intéressant, son fils qui ne pensait qu'à s'amuser et profiter de la vie a été séduit par une historienne, comme sa mère. Et il en semble fier. C'est vrai qu'elle semble différente de ses précédentes amies. Moins superficielle en tout cas.

Le spectacle commence. C'est effectivement très poétique. Et vu ses lacunes en mythologie grecque, Élise ne reconnaît pas tous les personnages. Au moins, certaines parties sont chantées, ce qui lui procure son compte d'émotion. Mais ce qui attire le plus Élise dans cette sortie, c'est la réception qui suit le spectacle. Réception où elle pourrait faire des rencontres.

Le spectacle a fini par atteindre son terme. Finalement, un peu long au goût d'Élise. La scène disparait dans le sol pour être remplacée par un immense buffet.

— « Qu'en avez-vous pensé ? » demande Maria.

— « Ce n'est pas mon préféré, » répond prudemment Élise.

— « Oui, j'ai aussi trouvé que c'était un peu long. »

Les deux femmes ont un rire complice, qui n'est pas partagé.

— « Moi j'ai trouvé ça bien, » défend Martin.

Puis tous les trois essaient de se frayer un chemin jusqu'au buffet, pris d'assaut. Martin finit par leur proposer d'aller leur chercher une boisson.

— « Puis-je me permettre d'importuner deux femmes seules ? » demande un inconnu.

— « Mais faites » invite Élise avant que Maria ne le rejette.

— « Je n'ai compté qu'une seule rose rouge sur vous. Vous en connaissez la signification ? » dit-il en indiquant le ventre d'Élise, sur lequel une grande rose rouge est centrée sur son nombril.

— « Absolument pas. Le nombre de fleurs aurait-il une signification ? »

— « Oui. Dans votre cas, c'est le coup de foudre. »

Son programme de maquillage aurait pu la prévenir. Élise trouve soudain ce message un peu trop direct.

— « Mais pour cela, il faut l'offrir. Pour l'instant, je la garde sur moi, » renvoie Élise.

L'inconnu semble apprécier le retour, ce qu'il fait comprendre d'un hochement de tête admiratif.

— « Mais je vous demande pardon, je ne me suis pas présenté. Sacha, pour vous servir. »

C'est à ce moment que Martin fait son retour, les mains chargées de verres remplis.

— « Voilà. Je n'ai pas compris ce que c'était, je vous laisse choisir. »

Élise prend un verre, avale une gorgée et répond à Sacha.

— « Je suis Élise. Et voici mon fils, Martin, et son amie Maria. »

— « J'ai cru voir Stéphane et Philippe » annonce Maria à Martin, « tu viens les saluer avec moi ? »

Martin regarde sa mère comme pour demander son autorisation.

— « Vas-y » lui lance-t-elle, « je reste là ».

Maria est assez subtile pour comprendre que l'homme plait à Élise et qu'il vaut mieux les laisser seuls. La bonne impression qu'Élise a eue d'elle ne fait que s'amplifier.

— « Connaissez-vous les balcons de ce théâtre ? Le soleil ne devrait pas tarder à se coucher, » lui demande Sacha dès qu'ils sont seuls.

— « Non, voulez-vous m'y guider ? »

Le contact avec cet homme est facile. Ils se comprennent bien. Ce n'est pas un poilu et son maquillage est choisi avec goût. Tout pour plaire.

Le coucher de soleil est magnifique. Élise se sent bien. Ils discutent pendant presque deux heures. Il est effectivement passionné par les fleurs, ce n'était pas qu'une excuse pour l'aborder. Il est aussi entre-deux. Elle prend plaisir à se laisser séduire, lentement. Il franchit les étapes en douceur, sans forcer.

— « Maman, tu es là, je te cherche partout. Je voudrais te présenter quelqu'un. »

Comment son fils peut-il s'accorder avec une personne aussi subtile que Maria ?

— « Je crains que je ne doive vous laisser » adresse-t-elle à Sacha.

— « En tous cas, ce fut un plaisir d'échanger avec vous. Voudriez-vous visiter ma serre ? »

— « Avec grand plaisir. Prenons rendez-vous. »

Ce qui fut fait, puis Élise suit son fils.

— « Qui est cette personne que tu veux me présenter ? »

— « En fait, ce n'est personne. Maria veut partir mais ta bulle nous coince. Et surtout, je veux te demander un truc avant de partir, un truc personnel. »

— « Je t'écoute mon fils. »

— « Ben voilà, avec Maria on voudrait avoir un enfant. »

— « À ton âge ?! Un troisième ! Tes enfants risquent de ne pas apprécier ! »

Élise a parlé sans réfléchir. Élise n'a eu qu'un seul enfant. Elle n'a pas trouvé l'homme avec qui elle aurait pu en avoir un deuxième. Elle a donc transmis ses droits de naissance à son fils qui a deux enfants. Mais aujourd'hui, son fils était en âge de transmettre à son tour ses droits de naissance à ses enfants. Si son fils consomme ses droits de naissance, ses enfants devront attendre, et ils n'auront chacun qu'un tiers des droits de naissance de leur père, au lieu d'une moitié. C'est une source fréquente de discorde dans les familles. Élise s'aperçoit que son fils n'est pas très à l'aise. Elle cherche à en savoir un peu plus.

— « Et Maria, elle a quoi ? »

— « Deux tiers… et 37 ans, ce serait son premier. »

37 ans, ce serait sa première et probablement dernière chance. Deux tiers de droit de naissance, cela signifiait que ses ascendants avaient aussi eu trois enfants, elle mesurait donc bien les conséquences. Le troisième enfant n'est pas interdit si l'on avait les droits de naissance, mais cela se fait toujours au détriment des générations suivantes. Élise n'a plus de droit de naissance. À la mort prochaine de son grand-oncle, sans

descendance, son droit de naissance sera transmis à son frère, le grand-père d'Élise. Puis celui-ci sera transmis à son père puis à elle-même et son frère, puisque son père et son grand-père ne sont plus. Élise va bientôt recevoir un demi-droit de naissance. Elle peut choisir de le transmettre ou non à son fils, donc lui permettre ou pas d'avoir un enfant avec Maria.

— « Tu tiens beaucoup à elle ? »

— « Je crois. »

— « Je te transmettrai mes droits. C'est à toi de décider entre tes enfants et Maria, car c'est toi qui devras l'assumer. Réfléchis bien. »

Puis ils prennent la passerelle qui les ramène à leurs bulles. Maria les y attend. Élise regagne sa bulle et décide de rentrer chez elle, après avoir salué Maria. Elle n'aimerait pas être à la place de son fils.

Géogénèse de Mars

Avant la première colonisation de Mars, il y avait eu un débat pour savoir s'il fallait ou non terraformer la planète ou y installer des infrastructures permettant d'y vivre en l'état.

Les partisans de la terraformation argumentaient que la vie sur Mars serait dangereuse si elle dépendait du bon fonctionnement des installations. En cas de dysfonctionnement, si la population est nombreuse, il sera impossible de faire face.

Les opposants argumentaient que cela allait prendre des siècles, avec une issue incertaine. La place manquait sur terre et il était urgent de déporter une partie de la population sur une autre planète.

Comme souvent, le débat ne fut jamais tranché. Des colons investirent Mars, et la terraformation, qui aurait exigé d'évacuer tout le monde pendant des siècles, devint impossible. Elle fut donc reportée en théorie, et abandonnée dans les faits.

Les colons avaient rapidement atteint l'autonomie. La présence d'eau dans le sol et d'immenses serres gonflables avaient permis une agriculture abondante permettant de fertiliser toujours plus de sols. En quelques décennies, aller vivre sur Mars fut perçu comme le meilleur moyen d'échapper aux contraintes liées à la surpopulation terrestre. Cette migration vers Mars avait pris tellement d'ampleur, que lorsque la position de Mars était proche de celle de la Terre, plusieurs millions de personnes pouvaient migrer en quelques semaines.

Tant et si bien qu'en 2517, juste avant la catastrophe, la population de Mars atteignait deux milliards. La catastrophe donna douloureusement raison aux partisans de la terraformation, qui portait maintenant le nom de géogénèse, la stratégie de transformation ayant été profondément modifiée.

Élise rejoint la classe virtuelle, composée d'un peu plus de 900 étudiants. Pas très étonnant pour ce cours qui a toujours autant de succès. Il est vrai qu'il s'agit de la plus grande réalisation de l'humanité. Ce cours n'est pas obligatoire mais il suscite toujours beaucoup d'intérêt de la part des étudiants.

— « Bonjour, le cours d'aujourd'hui porte sur la plus grande réalisation de l'Humanité à ce jour, la géogénèse de Mars. Vu que vous êtes très nombreux, veuillez transmettre vos questions au classifieur. »

Le classifieur est souvent utilisé quand le nombre d'étudiants est très important. Les questions similaires sont automatiquement regroupées et reformulées pour répondre au plus grand nombre. Cela permet aussi à l'enseignant de mesurer les attentes. Au-delà du taux d'attention, il permet de s'interrompre au bon moment, pour clarifier un point ou répondre à une demande partagée de précisions.

— « Nous sommes en 2517. La catastrophe vient d'avoir lieu et a donné raison aux partisans de la géogénèse. Cette géogénèse repose sur quatre grands axes : ramener l'orbite de Mars dans la zone de vie, augmenter la gravité de Mars pour qu'elle puisse avoir une atmosphère stable et viable, réactiver son champ magnétique et enfin synchroniser le jour martien, le sol, sur celui de la terre. Qui peut me dire comment on augmente la gravité d'une planète ? »

— « Madame, on l'alourdit en y ajoutant de la matière. »

— « Bien. Où trouvait-on de la matière disponible à l'époque ? »

— « Madame, dans la ceinture d'astéroïde. »

— « Bien, je vois que certains ont déjà travaillé le sujet ! »

C'est tout à fait habituel. Cette information est très largement répandue. Il y a même un jeu très célèbre et très réaliste qui permet de simuler une géogénèse de Mars. Probablement que les deux tiers des étudiants présents y ont déjà joué. Par contre, elle sait comment assurer l'attention de son auditoire, en leur posant une colle infaillible.

— « Qui peut me dire combien de temps a duré le processus de géogénèse ? »

Silence.

— « Personne n'a une idée ? »

— « Madame, 10 ans ? »

— « C'est beaucoup plus. »

— « Madame, 20 ans ? »

— « 2 siècles. »

Élise laisse son auditoire digérer l'information. Cela fait plus de 20 ans qu'elle donne ce cours, et cette information est toujours aussi peu connue. C'est vrai qu'un jeu dont la partie dure 200 ans n'est pas commun. Le classifieur fait apparaître une question largement partagée.

— « Oui, les personnes qui ont lancé ce projet n'en ont pas vu la fin, ni même leurs enfants, ni même les enfants de leurs enfants. Déplacer une planète prend du temps, même avec les technologies actuelles. Mais l'ingéniosité du processus réside dans le fait que les quatre axes dont je vous ai parlé ont pu être réalisés grâce à un seul moyen : le bombardement de Mars avec des astéroïdes. »

Ce point n'est pas étranger aux étudiants, puisque c'est le principe même du célèbre jeu de simulation. Le jeu consiste à envoyer des astéroïdes vers Mars, avec trois paramètres : la trajectoire, la vitesse et la masse. Si l'énergie des astéroïdes est trop forte, la planète se transforme en boule de feu qui met des milliers d'années à refroidir, la partie est perdue. Si au contraire les astéroïdes sont trop petits ou trop lents, cela prend trop de temps. Pour gagner, il faut augmenter la masse de Mars et la déplacer sur l'orbite de la Terre en un minimum de temps. Le fils d'Élise y a joué durant des années, et fini par obtenir un des meilleurs scores à ce jeu. C'est comme cela qu'Élise l'a connu, qu'elle a pu en apprécier le réalisme. Au détail près qu'une partie dure au maximum 2 heures et pas deux siècles et que l'on peut recommencer en cas d'erreur.

La réalité est moins divertissante. En premier lieu, la masse de la ceinture d'astéroïde n'était pas suffisante, il fallut aussi sacrifier quelques lunes de Jupiter, sans compter les deux lunes de Mars. Des espèces de remorqueurs avaient été produits en masse directement sur les astres et astéroïdes choisis. Ensuite, si le réglage de la vitesse de rotation était « simple », le changement d'orbite l'était moins, mais après plusieurs orbites intermédiaires, Mars était venue se placer sur la même orbite que la Terre, au point diamétralement opposé afin d'éviter toute interaction gravitationnelle. Enfin, il fallut gérer le réchauffement de Mars et surtout de son noyau, afin de remettre en route son champ magnétique. Mais 200 ans plus tard, Mars avait assez gagné en masse pour obtenir un champ gravitationnel de 0,7 G, soit la limite basse, communément admise, à laquelle peut s'adapter à long terme le corps humain, et le minimum requis pour maintenir une atmosphère.

— « Mais faire grossir et déplacer la planète ne suffit pas. Que manque-t-il ? »

— « Madame, de l’eau. »

— « De l’eau était déjà présente sur Mars, mais pas suffisamment. Heureusement, la ceinture d’astéroïdes contenait un astéroïde nommé Cérès qui contenait beaucoup d’eau. C’est cette eau qui a formé les mers actuelles de Mars. »

— « Madame, il faut aussi une lune pour faire les marées ? »

— « Tout à fait. Europe, une des lunes de Jupiter a été mise en orbite autour de Mars. Son eau aussi a été transférée sur Mars, mais elle est restée en tant que satellite. »

— « Madame, une atmosphère avec de l’oxygène. »

— « Oui. Et comment a-t-on transformé l’atmosphère de Mars, qui était alors principalement composée d’azote et de gaz carbonique ? »

— « Madame, avec des plantes. Les plantes transforment le gaz carbonique en oxygène. »

— « Exactement. On a introduit des plantes spéciales, à croissance très rapide, les mêmes qui furent utilisées au vingt-et-unième et vingt deuxième siècles pour contrer le réchauffement climatique. Et l’atmosphère s’est progressivement transformée en un mélange d’azote et d’oxygène, comme sur Terre. Puis on y a transplanté à peu près tout ce qui vit sur terre. Certaines espèces y sont devenues prépondérantes, d’autres ne se sont pas acclimatées. Ainsi, en deux cents ans, Mars fut transformée en une petite Terre, aux caractéristiques semblables, permettant aux humains d’y vivre à l’air libre. Dans le siècle qui a suivi, deux milliards de personnes ont quitté la Terre pour vivre sur Mars. »

Élise passe aux questions collectées par le classifieur.

— « Est-il vrai que Mars a changé de couleur ? » est la première question synthétique.

— « Oui. Avant Mars, vu de l'espace, était une planète rouge. Après sa géogénèse, Mars est devenu bleu et ocre avec des taches blanches, comme la terre. »

— « Comment Mars a-t-elle pu refroidir aussi vite après le bombardement des astéroïdes ? »

Élise reconnaît cette question qui l'amuse une fois de plus. Elle vient probablement de Philippe, son collègue d'astrophysique. Dans son cours, il explique la formation du système solaire aux élèves. Quand les planètes se sont formées, l'énergie déployée en a fait des boules de feu, qui ont mis des centaines de milliers d'années à refroidir, avant que la vie ne puisse s'y développer. Il leur présente cela comme le paradoxe de la géogénèse de Mars qui n'a duré que deux siècles. D'un côté, l'énergie cumulée des astéroïdes devait être assez forte pour faire changer son orbite, d'un autre côté cette même quantité d'énergie aurait dû transformer la planète en boule de feu qui ne serait pas encore refroidie. Or Mars est bel et bien là. Ce professeur pousse le vice à en faire un travail de réflexion. Il prend un malin plaisir à le donner juste avant le cours d'Élise. Pour les élèves, l'occasion est trop belle de trouver la solution sans effort.

— « Si vous comptez sur moi pour faire votre travail d'astrophysique à votre place, c'est raté ! Je vais cependant vous donner un indice : cherchez comment envoyer un astéroïde sur une planète sans la réchauffer. » Cet indice met les élèves les plus doués sur la bonne piste, plutôt que chercher à refroidir rapidement la planète, la solution est de l'empêcher de chauffer.

— « Est-il vrai que l'on ne peut plus communiquer avec Mars ? »

— « Oui et non. Puisque Mars est maintenant sur le point diamétralement opposé à la Terre, le soleil est toujours entre les deux. Cela empêche toute communication directe, les ondes électromagnétiques ne traversant pas le soleil. Mais à mi-chemin de la trajectoire de l'orbite, il y a des relais, qu'on appelle des douanes, qui relaient les messages, comme les bulles d'ailleurs. »

— « Est-il vrai que l'on ne peut pas aller sur Mars sans autorisation ? »

— « Oui. Mais c'est avant tout pour contrôler les migrations de population. Souvenez-vous de la catastrophe de 2517, il ne faut surtout pas qu'une planète soit surpeuplée. La réciproque est vraie aussi, il faut une autorisation pour migrer de Mars vers la Terre. »

Les questions suivantes ont un poids beaucoup plus faible, ce qui signifie qu'elles sont posées par beaucoup moins d'élèves. Élise lève donc la séance.

De retour dans son appart, elle reprend l'analyse des documents de son père. Parmi ceux qui sont inclassables, il y en a un qu'elle n'arrive pas à comprendre.

Il décrit un procédé mystérieux de transformation d'une masse informe pour lui donner des propriétés géométriques. D'innombrables schémas montrent le rebond de rayons sur cette forme avant et après traitement. Il y a beaucoup de formules scientifiques. De ce qu'elle déchiffre des différents schémas, il s'agirait d'un procédé pour enfermer une masse informe afin de changer ses propriétés. Elle n'arrive pas à donner du sens à tout cela. La seule indication qui lui parle est qu'il est fait mention de Jupiter.

Il faut qu'elle trouve quelqu'un capable de comprendre et de lui expliquer tout cela. Et une personne lui vient naturellement à l'esprit : Philippe, son collègue d'astrophysique.

La confrérie secrète du savoir

La confrérie secrète du savoir est considérée par le commun des mortels comme le mythe le plus ancien et le plus persistant de l'humanité. Ses origines remontent à la Mésopotamie, époque où le savoir humain a commencé à se matérialiser en dehors du support oral humain.

On trouve beaucoup de textes sur le sujet, mais la preuve de son existence n'a jamais pu être établie. C'est tout le paradoxe de cette société secrète, elle est à la fois omniprésente dans l'histoire et absente de tout écrit. Son existence, qui reste supposée, aurait été démontrée assez récemment, depuis un siècle environ.

Son mode d'action n'est pas très clair. Une partie de la population en ferait partie dans le plus grand secret, promettant de ne jamais admettre son existence, en agissant sur la société, en bien ou en mal selon les auteurs.

Pour Élise, ce mythe est une réalité. La devise de cette société secrète est « L'humanité avant toute chose. ». Son but est la transmission des savoirs, le savoir, le savoir-faire et le faire savoir. C'est cette organisation qui a inventé les universités et les bibliothèques. Et si Élise la connait aussi bien, c'est qu'elle en est membre.

Cette organisation se moque éperdument du bien et du mal, sa seule motivation est d'éviter la perte des savoirs qui ont sorti les humains de l'état sauvage. La perpétuation de cette société dans le temps se fait par tradition orale, voire familiale. C'est son père qui a recruté Élise, son père et son grand-père, puisqu'il faut deux recruteurs. Deux maîtres qui ne se connaissent normalement pas. La charte de cette confrérie repose sur quatre commandements, par ordre de priorité, ne devant souffrir d'aucune exception, que chaque membre, et donc Élise, connait par cœur.

«

1. L'humanité avant toute chose.
2. Transmets tous les savoirs véritables, sans distinction d'ethnie ou de religion, à tes amis, à tes ennemis, au sein de tous les royaumes.
3. Préfère mourir plutôt que trahir.
4. Recrute un membre au moins, deux au plus.

»

Ces commandements sont évidemment fondamentaux, mais c'est aussi le signe de reconnaissance des membres entre eux. Si quelqu'un se doute de l'appartenance d'un autre, il lui suffit d'introduire le premier commandement dans la discussion, une version altérée mais suffisamment claire. L'autre doit à son tour introduire le deuxième, et ainsi de suite, à tour de rôle, jusqu'au dernier commandement. Cela permet d'inviter à se découvrir un membre supposé, en toute discrétion, lui laissant toute liberté de répondre ou non à l'invitation. C'est aussi une forme de salut entre confrères qui ne se sont pas vus depuis un certain temps, pour confirmer leur appartenance.

Bien sûr, il y a eu des trahisons, qui ont révélé cette société secrète au grand jour, mais sans preuve. Avec une transmission orale, il n'y a pas de preuve. On avait la foi ou pas. Et le travail des confrères historiens a son effet. Les écrits sur cette société secrète étaient rectifiés, voire détruits dans le temps. Cela explique que la découverte est récente, et qu'elle restera toujours récente.

Élise, comme tous, ne connaît que très peu de membres. Personne ne sait combien ils sont. Quelques personnes l'ont approchée, pour la recruter, alors qu'elle était déjà membre. Elle s'était fait reconnaître d'autres. Ce sont les seuls membres dont elle a connaissance.

L'action se réduit à transmettre les connaissances au maximum de personne. C'est toute sa vie : acquérir et transmettre les savoirs. Elle agissait déjà pour cette société avant d'en faire partie. L'histoire de cette société est transmise par voie orale, mais vérifiée. Il faut confirmer un fait auprès de plusieurs sources, au moins deux membres qui ne se connaissent pas, avant de le transmettre à son tour. Ainsi, si une personne falsifie un fait historique, il est oublié lors de la transmission. Ce mode de fonctionnement a fait ses preuves sur plus de six millénaires. C'est la force de cette société. Les faits historiques les plus anciens font état de la transmission des savoirs mésopotamiens aux Égyptiens et aux Grecs, ce qui a contribué à l'effondrement de l'empire mésopotamien, puis des Grecs aux Romains, des Romains aux Indiens et aux Arabes et des Arabes aux Occidentaux. Le mode opératoire est trivial et s'appuie à l'origine sur des personnes nommées relais. Ces relais sont le plus souvent des savants de leur époque. Les membres sont d'un côté des élèves de ces savants, pour récupérer les savoirs, et de l'autre, des apporteurs d'idées auprès de ces savants, pour diffuser le savoir.

Bref, la mission de cette société est de faire perdurer les savoirs au-delà des royaumes, des pays, des nations ou des empires, mais pas seulement. La transmission des savoirs sert aussi une cause moins directement accessible, celle de faire progresser l'humanité, quel qu'en soit le coût. Ainsi, lorsqu'une organisation ou une civilisation avait une avance technologique, la confrérie secrète transmettait ses savoirs à ses concurrentes, réduisant ainsi son avance technologique. Si elle arrêtait de progresser, elle était ainsi rattrapée puis dépassée. Cela les forçait au progrès technologique permanent. Même si cela en conduisait certaines à disparaître, l'humanité en sortait gagnante, à moyen ou long terme du moins.

Bien sûr, la confrérie avait échoué quelquefois durant l'histoire. Lors de l'invasion de l'Amérique ou de l'Australie par l'Occident, n'ayant pas de membres dans le camp adverse, elle n'avait pas pu transmettre les savoirs qui auraient équilibré ou au moins retardé les événements. Et pire encore, beaucoup de savoirs des civilisations évincées avaient été perdus, même si certains membres s'étaient précipités pour recueillir ce qui pouvait l'être, auprès des Indiens d'Amérique ou des Aborigènes.

Mais globalement, la confrérie avait réussi à enrayer l'expansion totale d'une civilisation, d'Alexandre le Grand à Hitler, en passant par l'empire arabe ou Napoléon. Son action fut souvent mal acceptée et certains membres l'ont payé de leur vie. Le plus souvent, les membres furent perçus comme des traîtres ou des transfuges et traités comme tels. Ils agissaient souvent à l'encontre et cachés de leurs contemporains. Une évolution de l'humanité au vingt et unième siècle avait cependant grandement facilité leur travail : Internet. Ce réseau avait rendu les informations accessibles de partout, et surtout, permettait une communication à la fois discrète et distante.

Les membres de la confrérie avaient rapidement compris et adopté ce moyen de communication et ses successeurs. Plus besoin de franchir des frontières avec des secrets compromettants ni de se rencontrer. Au-delà de faciliter leur travail, ce réseau assurait leur anonymat et leur permettait d'être omniprésents. Ils n'ont même plus besoin d'entrer en contact avec les relais. Ils peuvent agir en toute discrétion et toute impunité.

Cette facilité d'action s'est accompagnée d'une forte évolution, au point que les frontières, les nations, les ethnies ont progressivement disparu pour laisser la place à une humanité unifiée. Dans cette nouvelle civilisation, tous accèdent à tous les savoirs. Cette dernière a été nommée la civilisation des maillons par les historiens, en référence aux maillons de la chaîne de transmission du savoir, que sont les individus. Cela a considérablement réduit l'utilité de la confrérie. Elle perdure actuellement sans agir ou presque, poussée par la force de son quatrième commandement. Les quatre sont toujours transmis à travers les générations, en attendant le jour où ils seront à nouveau utiles.

Beaucoup de membres considèrent que le but ultime de l'organisation a été atteint, la transmission étant maintenant la valeur centrale de la société. Leur rôle est maintenant d'en assurer la pérennité. C'est exactement ce que fait Élise, à travers son métier d'enseignante.

Extraterrestres du passé

En 2651, l'Humanité crut que sa solitude dans l'univers allait toucher à sa fin. Un objet non identifié avançait vers le globe. Sa trajectoire ne laissait place à aucun doute, il venait des confins de l'espace et sa destination était la Terre.

Tout le monde attendait cet événement. On dut interdire d'approcher l'engin quand il se mit en orbite. Mais la plus grande surprise fut que cet ovni était habité par huit humains. Il s'agissait d'une des toutes premières expéditions.

Après l'invention du convertisseur matière-énergie, en 2304, les ingénieurs disposaient d'une source suffisamment puissante pour voyager dans l'Univers sans en subir le principal inconvénient, l'apesanteur. La pesanteur et l'accélération étant physiquement équivalentes, on pouvait parfaitement recréer la pesanteur terrestre dans un vaisseau spatial en constante accélération. Et l'énergie fournie par le convertisseur permettait ce type d'accélération.

Un projet vit donc le jour. Sa mission était d'explorer la bordure du système solaire. Il était aussi une première validation, dans une échelle de temps directement perceptible par l'homme, de la théorie de la relativité, toujours pas remise en cause ces quatre derniers siècles. Le périple devait durer cent cinquante ans sur Terre, mais seulement quelques années pour l'équipage. Cette validation permettrait à des êtres humains d'aller visiter d'autres planètes au cours de leur vie, même si le retour ne pouvait être qu'un voyage dans le futur.

Quand cette expédition avait quitté la Terre, en 2350, elle avait été suivie par l'ensemble de l'humanité qui y voyait les débuts de l'exploration de l'univers extrastellaire. Puis on avait perdu le contact avec l'expédition. Au bout de quelques années sans nouvelles, on avait fini par la considérer comme perdue, dans l'indifférence générale.

Le retour était prévu en 2500. Quelques fidèles avaient espéré une bonne nouvelle, en vain.

Lors du retour effectif en 2650, plus personne ne s'en souvenait. On avait vite retrouvé la trace de l'expédition dans les archives, mais cette mission n'avait plus rien d'extraordinaire, l'homme ayant depuis envoyé dans l'espace des dizaines d'expéditions et les apports scientifiques de l'expérience étant devenus obsolètes.

Pour les huit hommes d'équipage, les choses étaient différentes. D'un statut de précurseurs scientifique, ils étaient passés à celui d'attardés. En premier lieu, ils durent réapprendre à parler, l'évolution linguistique des trois cents dernières années les ayant rendus à peine compréhensibles. Leurs contemporains étaient oubliés depuis longtemps, tous leurs repères avaient disparu. Même le système solaire avait changé. La ceinture d'astéroïde avait disparu, Mars était déplacée. Lors de leur retour, ils s'étaient même demandé s'ils étaient au bon endroit. Certains sont devenus la coqueluche des historiens. D'autres ont sombré dans la dépression.

Leur expérience ne servit finalement qu'à une seule chose, à comprendre qu'on ne revenait jamais d'une expédition.

Les expéditions étaient pour la plupart des essaimages de l'humanité. Elles visaient le plus souvent une exoplanète où l'implantation de l'homme semblait possible. Elles étaient constituées d'une flotte de plusieurs vaisseaux pour assurer la résilience à un accident, et d'une population d'au moins cent mille individus pour garantir la diversité génétique. Pour les premières expéditions, les plus jeunes avaient l'espoir de découvrir l'exoplanète de leur vivant. Maintenant, les cibles étant de plus en plus lointaines, cet espoir n'était plus permis. Le départ au sein d'une expédition signifiait finir sa vie dans une flotte de vaisseaux. Et l'on devait embarquer avec toute son éventuelle descendance. Ce qui expliquait qu'en grande majorité, les volontaires étaient jeunes et sans enfants.

Conflit familial

Élise travaille sur sa prochaine conférence quand elle reçoit l'appel de sa petite fille. Elle éprouve du plaisir en la voyant. À 20 ans, Amina, était magnifique, très féminine malgré son maquillage géométrique noir et blanc, qu'Élise n'appréciait que moyennement. Surtout les cercles concentriques autour de ses seins, et les lignes brisées qui ressemblaient à des flèches en direction de son pubis.

— « Bonjour ma chérie. »

— « Salut mamie. »

— « Ben dis-moi, les garçons arrivent encore à te regarder dans les yeux ? » C'est plus fort qu'elle, même si elle sait qu'Amina n'apprécie pas ce genre de remarque.

— « C'est la mode mamie, tu devrais sortir plus souvent. Comment vas-tu ? Papa m'a dit que tu avais un nouvel amoureux ? »

— « Oh, ce n'est pas un amoureux, pas encore. Mais j'avoue qu'il me plaît. Je vois que ton père est toujours aussi bavard. Et toi, tes amours ? »

— « Bof, ça va ça vient, mais je n'ai toujours pas trouvé le père de mes enfants. »

Élise l'a renvoyée directement sur ce qu'elle supposait être le sujet de l'appel de sa petite fille. Elle décide de continuer.

— « Mais tu as tout ton temps, ma chérie. »

— « Surtout avec mon père. Il t'en a parlé ? »

— « Oui. Dis-moi comment tu as pris cette nouvelle ? »

— « Moyen. Avec mon frère qui veut nous abandonner, décidément les hommes n'ont aucun sens de la famille. »

— « Ton frère veut nous abandonner ?! »

— « Tu n'es pas au courant. Il s'est inscrit au concours pour une expédition ! »

— « Oh, tu m'as fait peur. Tu sais, c'est très fréquent, à son âge, de s'inscrire pour une expédition, mais finalement très peu sont retenus. »

— « Oui, mais l'intention est là. M'abandonner ne le gêne pas. »

— « Ma pauvre chérie, mais tu m'as moi, et ta mère. Tu peux compter sur nous. »

— « Justement, tu ne voudrais pas lui parler à mon père. Tu ne voudrais pas lui dire qu'il est trop vieux pour avoir un enfant ? »

— « Écoute, c'est un grand garçon. Ce n'est plus à moi de lui dire comment gérer sa vie. Et puis de toute façon, je ne peux rien y changer. »

— « Ben si, tu peux retenir le droit de naissance en attendant qu'il change d'avis. »

— « C'est un peu abusif, ne trouves-tu pas ? Et puis il n'est pas seul, Maria aussi a le droit d'avoir un enfant. »

— « Ah celle-là, j'aurais mieux fait de rester dans ma bulle plutôt que la présenter à mon père. »

— « Moi je l'ai trouvée plutôt bien. »

— « Moi aussi je l'aimais bien avant cette histoire d'enfant. Mais là, elle m'a trahie. »

— « Ma chérie, c'est un peu extrême. Mets-toi un peu de son côté, c'est peut-être sa dernière chance d'enfanter. Et puis ton tour viendra. Essaie d'en parler avec elle, pas pour la convaincre de renoncer, mais pour la comprendre. »

— « T'es trop sage mamie. Pourtant t'as pas eu ton deuxième. Tu ne regrettes pas ? »

— « Je n'ai jamais rencontré l'homme du deuxième enfant, le droit de naissance ne suffit pas. »

— « Et ton dernier amoureux ? »

— « Un, ce n'est pas mon amoureux pour l'instant, et de deux tu voudrais que je fasse un enfant maintenant ? »

— « Ah non, mon père, ça suffit ! »

— « Bon, parle avec Maria. Tu verras, les choses vont se tasser. »

— « Ouais, je verrai. Sinon j'ai été à la semaine "Paris authentique" où tu m'avais inscrite pour mon anniversaire. »

Le brusque changement de sujet annonçait qu'Amina ne voulait pas aller plus loin.

— « Oui. Cela t'a plu ? »

— « Bof. J'ai adoré les spectacles, surtout celui des Folies Bergère avec Joséphine Baker. C'était la seule à être normale, je veux dire sans vêtements, et tout le monde l'adorait pour ça. Drôle d'époque. Tu savais qu'ils mettaient des habits même pour dormir ? »

— « C'est un peu exagéré, mais oui, ils portaient tout le temps des habits. »

— « Par contre, j'ai pas aimé les transports. À croire que les gens de l'époque passaient leur temps à se déplacer ! Et lentement en plus. »

— « Ils n'avaient pas le choix. »

— « Ouais, ben j'aurais pas aimé vivre à cette époque. On finit par s'ennuyer dans ces transports. »

S'ennuyer. C'est la chose la plus fuie par la jeunesse d'aujourd'hui.

— « Bien ma chérie. Je dois te laisser pour préparer ma conférence. »

— « Je te laisse, je viendrai te voir. »

— « Et n'oublie pas, parle avec Maria, et ton père. »

Élise est soulagée. Elle redoutait cette conversation avec sa petite fille. Elle s'en sort bien.

Sa conférence est quasiment terminée. Ce qui ne peut être prévu, ce sont les questions. Le plus souvent, les mêmes questions reviennent, mais quelquefois une nouvelle apparait. Elle a dans ce cas toujours le sentiment qu'il s'agit d'un piège, d'une remise en cause de son expertise. Elle a souvent l'impression que le demandeur connait la bonne réponse et qu'il veut juste vérifier qu'elle aussi. C'est un biais dont elle a conscience mais qu'elle n'arrive pas à corriger. Quand quelqu'un lui pose une question, elle cherche quelle réponse il attend, au lieu de répondre simplement.

Cours d'astrophysique

Philippe, le professeur d'astrophysique, assure son cours en présentiel. C'est un luxe qu'il peut se permettre vu le faible nombre d'élèves, environ quatre-vingts. Il préfère, comme beaucoup, les cours en physique, l'interaction y est plus riche. D'un autre côté, le nombre d'élèves reflète une désaffection qui lui plaît moins. L'Histoire de sa collègue Élise attire nettement plus les foules. Il regrette que les jeunes soient plus tournés vers le passé que vers le présent et même l'avenir que représente son domaine.

Aujourd'hui, il va constater les résultats du travail de réflexion qu'il a donné le cours d'avant sur le déplacement de Mars. C'est un moment du cycle d'enseignement intéressant, car on y mesure le progrès des étudiants.

— « Bonjour messieurs. Aujourd'hui, nous sommes peu nombreux, et j'en profite pour vous proposer que l'on trouve la solution de façon collective. Qui veut se lancer ? »

Plusieurs mains se lèvent, pas une majorité mais une bonne partie. Cela fait plaisir à Philippe. Il désigne un étudiant de la main.

— « Monsieur, si l'on souhaite changer la trajectoire d'une planète, il faut modifier sa quantité de mouvement. Deux solutions s'offrent à nous. Soit, on transforme une partie de la masse en énergie, soustraite à l'astre, pour expulser de la matière dans l'espace. Sa quantité de mouvement est alors modifiée par l'effet de recul et sa trajectoire s'en trouve affectée. Soit, on ajoute de la masse externe à la planète. La quantité de mouvement de la planète est alors modifiée par l'ajout de la quantité de mouvement externe de la matière ajoutée et sa trajectoire s'en trouve affectée. »

— « Bon, qui peut me critiquer ces deux solutions ? »

— « Monsieur, en expulsant de la matière, on va réduire la masse de la planète alors qu'on veut l'augmenter. La deuxième solution est meilleure pour l'objectif à atteindre. »

— « C'est effectivement ce qu'ont pensé les astrophysiciens voici cinq siècles. »

La porte de l'amphithéâtre s'ouvre. C'est Élise. Philippe et elle se connaissent depuis longtemps. Elle s'assoit à la première place venue pour ne pas déranger le cours. Après un rapide salut de la main, Philippe reprend.

— « Qui veut développer la seconde solution ? »

— « Monsieur, pour la matière externe, on peut détourner des astéroïdes vers Mars. Quand la planète va les capter, elle va absorber leur quantité de mouvement. »

— « C'est ce qui se passe, quand vous envoyez des cailloux sur un ballon. Cela change la trajectoire du ballon. Mais avec les planètes, cela ne fonctionne pas. Qui peut me dire pourquoi ? »

— « Monsieur, parce que les astéroïdes sont trop petits. »

— « Précisez ! »

— « Monsieur, leur masse est trop faible par rapport à celle de Mars. »

— « Bien. Alors comment fait-on ? »

— « Monsieur, on utilise beaucoup d'astéroïdes. »

— « Très bien. Les quantités négligeables ne le sont plus quand on les additionne. Mais comment envoyez-vous les astéroïdes sur Mars ? »

— « Monsieur, on les pousse. »

Cette remarque fait rire la classe. Philippe juge qu'il n'est pas nécessaire d'en rajouter.

— « Je parlais de leur arrivée sur Mars ! »

— « Monsieur, ils s'écrasent. »

— « Et cela ne pose pas de problème ? »

— « Monsieur, avec toute l'énergie libérée, Mars va exploser. »

— « Sans aller jusque là, on va effectivement transformer Mars en une boule de feu qui va mettre quelques dizaines de milliers d'années à se refroidir. Est-ce que cela a été le cas ? »

— « Monsieur, non, j'y étais il y a trois mois et il n'y avait pas de feu. »

À nouveau, des rires se font entendre.

— « Bien, nous sommes donc maintenant arrivés à la problématique de votre travail de réflexion. Qu'avez-vous trouvé ? »

Il y a nettement moins de mains levées, mais l'attention des élèves est forte.

— « Monsieur, au lieu d'envoyer directement les astéroïdes sur Mars, on peut les satelliser. Ainsi, Mars capture leur quantité de mouvement avec une libération d'énergie minimale et ne se réchauffe pas. Mais après il y a un autre problème, Mars ne peut pas avoir autant de satellites. »

Cela ne sortait pas du jeu de simulation. Il y en a toujours deux ou trois comme lui dans une classe. Ils ne rigolent pas avec les autres, car ils ne trouvent pas cela drôle. Ils lèvent la main si la question leur permet d'avoir une réponse à leur propre interrogation. Ils savent exploiter l'indice que leur a donné Élise.

— « Bien ! Développez. »

— « Monsieur, la quantité d'astéroïdes en orbite conduirait à des collisions imprévisibles. Cela modifierait la quantité de mouvement de la planète de façon aléatoire. Impossible de maîtriser la trajectoire de Mars dans ces conditions. »

— « Bon, alors comment faire ? Puisqu'ils l'ont fait. »

— « Monsieur, il faut faire amarsir les astéroïdes sans libérer d'énergie. »

— « C'est peut-être là le problème. Sans énergie ou avec si peu d'énergie que Mars ne se réchauffe presque pas ? »

Philippe voit bien qu'il a ouvert des portes à cet élève, on l'entend presque réfléchir. Il aurait aimé qu'ils soient plus nombreux comme lui, mais le reste de la classe se contente d'attendre, en le regardant.

— « Des graviers ! Il faut réduire les astéroïdes en graviers… Pardon, Monsieur, des graviers. »

Tous les yeux de la classe passent de l'élève au professeur. En attente du résultat.

— « Développez. »

Les regards retournent vers l'élève.

— « Monsieur, si l'on réduit les astéroïdes en petites pierres, et qu'on les ralentit légèrement, ils vont rentrer dans l'atmosphère de Mars avec une grande vitesse presque tangentielle. Ils brûleront en altitude, se décomposeront en poussières, et retomberont doucement sur Mars. L'énergie sera libérée dans les couches hautes et se dissipera dans l'espace en réchauffant très peu Mars. »

Retour des yeux sur le professeur.

— « Bravo Didier. En fait, les graviers étaient des cailloux gros comme le poing, mais vous avez trouvé. »

Cela mit en joie toute la classe, sauf l'élève. Philippe lève la séance, ce qui provoque un mouvement de foule qui ressemble beaucoup à une évacuation d'urgence. Élise s'adresse à Didier lorsqu'il passe devant elle.

— « Bravo, je ne vous connaissais pas ce talent. »

— « Madame, merci. »

L'amphithéâtre vidé, Philippe la rejoint.

— « C'est gentil d'être passée. »

— « Je voulais voir si je n'avais pas trop vendu la mèche. Il a l'air doué. »

— « Doué comme Didier, j'en ai maximum un tous les 10 ans. »

— « Je ne l'ai pas repéré dans mon cours. »

— « Normal, quand c'est facile, il reste éteint. »

— « Je sais pas comment je dois le prendre. Enfin, c'est vrai que je n'ai pas tout compris. C'est quoi cette histoire de graviers ? »

— « Une ruse pour empêcher Mars de chauffer. Je crois qu'ils ont mis 50 ans pour la mettre au point. Avec Didier, ils auraient certainement gagné du temps, enfin, c'était 500 ans plus tôt. À l'époque on tâtonnait. »

— « On tâtonnait ? Pour bouger une planète ? »

— « Ben oui, qu'est-ce que tu crois ? La réalité n'est pas aussi propre que l'histoire que tu racontes. On a quand même bien perturbé un système solaire qui avait mis des centaines de milliers d'années à se stabiliser. Pourquoi crois-tu qu'on a dû mettre en place Sentinelle aussi rapidement après le déplacement de Mars ? »

— « Le système de surveillance des météorites ? »

— « Oui, tant qu'on avait pas balancé des astéroïdes dans tous les sens, il n'y avait pas de problème. »

— « C'est le déplacement de Mars qui a fait tout ça ? »

— « Plus exactement, c'est ce qu'on a fait avec la ceinture d'astéroïdes pour déplacer Mars. Beaucoup d'entre eux n'ont pas voulu faire ce qu'on leur demandait. Et aujourd'hui encore, on doit en dévier deux ou trois par an, des météorites qui sortent de nulle part. Il y a moins d'un demi-siècle, on a détecté trois petits astéroïdes très proches de la Terre qu'on a juste eu le temps de dévier. »

— « Des nouvelles météorites apparaissent ? »

— « Et elles disparaissent. Il y a 90 ans, on a même perdu un astéroïde de plus de 80 km de diamètre, d'un seul coup. Il est passé derrière Jupiter et n'est jamais ressorti de l'autre côté. »

Jupiter ! La seule chose qu'elle a retenue du document de son père sur le procédé mystérieux. Philippe aussi risque de faire le lien. Cela remet sérieusement en cause l'aspect discret de sa question. Elle décide donc de ne pas la poser. Et puis elle vient de trouver quelqu'un d'autre pour l'aider. Didier sera certainement plus discret.

— « Je ne savais pas tout cela. »

— « Ben, ne le mets pas dans ton cours si tu ne veux pas te fâcher avec la Multinationale. Ils n'aiment pas beaucoup qu'on suggère l'idée qu'ils ne maîtrisent pas tout. »

Le rendez-vous de la serre

Son rendez-vous avec Sacha approche. Élise parcourt sa bibliothèque de maquillage sans arriver à se décider. Doit-elle adopter le même que la dernière fois ? Certainement pas, la rose de son ventre serait un message trop direct. Un maquillage géométrique à la mode ? Il va penser que je cherche à me rajeunir. C'est la troisième fois qu'elle consulte sa bibliothèque sans trouver. Puis l'idée lui vint d'un coup. Le floral, avec la rose qu'il lui a envoyée en scénographie. Une fleur dont il est visiblement très fier, une rose arc-en-ciel, du rouge en son centre jusqu'au violet aux bords de la fleur. Élise édite immédiatement son maquillage floral et y remplace quelques fleurs, et surtout l'unique rose rouge du ventre par des roses arc-en-ciel, directement extraites de la scénographie, sous différents points de vue. Le résultat lui plaît, elle se l'applique.

Dans sa bulle, en route vers la serre de Sacha, elle ne peut s'empêcher d'élaborer le scénario de son arrivée. Il l'attend devant la serre, avec un maquillage très stylé, et lui ouvre grands les bras à son arrivée. Mieux, il lui offre des fleurs dès qu'elle sort de sa bulle, comme cela se faisait avant. Ce serait une bonne idée pour accueillir une historienne. Elle passe son temps à réviser, enrichir, créer de nouveaux scénarios pour son arrivée, et le temps passe très vite.

Lorsque sa bulle s'ouvre, personne n'est là. Elle entend juste une voix lui dire « Descendez, je suis dans la serre. » Elle s'exécute, espérant un rebondissement dans cet accueil qui lui semble fade et froid. Elle entre dans la serre et découvre Sacha, sans aucun maquillage, les mains pleines de terre, tenant une espèce de paire de ciseaux raccourcis. Elle doit faire un effort pour cacher sa déception. Elle reste souriante mais interrogative.

— « Je suis désolé de vous recevoir comme cela, je n'ai pas vu le temps passé. Je suis en train de faire des greffes. Vous savez ce que c'est ? »

Quel contraste ! Ce n'était pas du tout le même Sacha qu'elle a rencontré au spectacle.

— « Non. »

— « Approchez, je vais vous montrer. »

Élise s'approche. Elle est un peu perdue. Elle ne sait pas comment réagir.

— « Ce sont vos roses ? »

— « Oui, mais pas l'arc-en-ciel que je constate, vous avez bien reçu, » dit-il en désignant son maquillage. « J'en conclus qu'elle vous plaît. »

Il a tout de même remarqué son maquillage. Il n'est pas aussi indifférent qu'il le laisse paraître. Est-ce un jeu ?

— « Oui, beaucoup. »

— « Je lui ai donné votre nom. Cette rose s'appelle officiellement Élise. »

C'est évidemment la première fois que l'on donne son nom à une fleur. Elle n'arrive pas à comprendre ce que cela signifie, mais son état émotionnel le lui fait comprendre. L'attraction vers Sacha est plus forte que jamais, elle est remontée sans prévenir. S'agit-il d'une mise en scène ? A-t-il calculé tout cela ? Elle ne sait plus quoi dire. Sa répartie a disparu.

— « Merci. »

— « Regardez. On coupe la tige en deux, à cet endroit-là. Puis on introduit un bout de branche d'un autre rosier et l'on attache le tout pour que cela reste bien serré. On coupe les branches de la souche, afin qu'elle donne toute sa sève au greffon. Ainsi, on aura les roses du greffon, mais sur un rosier ayant les qualités de la souche. »

— « Une sorte de parasite. »

— « On peut voir les choses comme cela, mais je préfère penser qu'il s'agit d'une symbiose. La souche nourrit la greffe, qui à son tour lui donne de belles roses. Vous voulez essayer ? »

— « Je ne voudrais pas esquinter vos rosiers. »

— « Ne vous inquiétez pas, il y a toujours beaucoup de perte. Méfiez-vous seulement des épines. Avant elles pouvaient être mortelles. »

— « Mortelles ? »

— « Oui, dans d'atroces contractions musculaires, à cause du tétanos. Rassurez-vous, vos biots géreront parfaitement la situation. »

Élise prend le couteau et entreprend de couper le rosier souche, mais elle se coupe.

— « Vous permettez ? » dit Sacha en lui prenant la main et portant le doigt à sa propre bouche.

— « Je suis maladroite, » bredouille-t-elle. L'émotion est tellement forte qu'elle n'arrive plus à parler distinctement. Elle préfère se taire. Il libère son doigt.

— « Vous voyez, cela ne saigne plus. Bon maintenant il faut introduire la branche. »

Élise s'exécute. L'émotion la submerge et dans ce cas elle sait ce qu'il faut faire. S'oublier en se concentrant sur une activité. Elle s'applique.

— « Très bien. Vous avez fait votre première greffe ! Vous voyez l'important, c'est essayer. On va la poser là et attendre. »

— « Attendre ? »

— « Oui, on ne sait jamais si une greffe va prendre ou pas, mais ce n'est pas pour cela qu'il faut s'abstenir, comme pour d'autres choses. »

Elle est sûre qu'il y a là un double sens. Ce « comme pour d'autres choses » évoque leur relation. Elle perd ses moyens et elle est sûre que cela se voit. Cet homme la perturbe trop. Elle aimerait reprendre la main, son instinct la pousse à fuir et ses réflexions partent dans tous les sens, mais elle a la volonté de profiter de ce moment, le ressentir le plus possible.

— « Vous me tiendrez au courant ? »

— « Je n'y manquerai pas. Je vous garde à manger ? »

Il le fait exprès. Qui compte-t-il manger ? Non, c'est probablement un double sens exagéré. Son cerveau ne fonctionne plus comme il faut. Elle doit se reprendre, retrouver le contrôle. Et puis non, c'est encore un mauvais réflexe. Il faut au contraire se laisser faire. Cet homme ne lui veut que du bien.

— « Avec grand plaisir, » répond-elle avec un regard soutenu et un grand sourire.

— « Je vous conduis au salon, et je vais vous faire goûter ma fameuse tomate farcie. »

Toute seule dans le salon, Élise arrive à se calmer. Elle se souvient du saut en parachute, de la panique ressentie avant de sauter. Puis de la décision qu'elle avait prise, décision de ne pas avoir peur, décision de profiter des sensations. De faire les choses volontairement mais sans s'anesthésier. C'est cela être vivant.

La tomate farcie, s'il n'y en a qu'une cela va être un peu court. Mais Sacha est plein de surprises. Attendons de voir, laissons-nous porter.

— « Et voilà ma spécialité, la tomate farcie. Fourchette ou cuillère ? »

Sacha dépose le plat sur la table du salon. Il n'y a effectivement qu'une seule tomate farcie pour deux, mais elle a la taille d'une citrouille et avec sa multitude de couches, elle ressemble plutôt à des lasagnes ou un millefeuille.

— « Cuillère. »

Pendant que Sacha sert du vin, Élise n'attend pas. Elle plonge sa cuillère dans la tomate, et récupère un morceau de la première couche. La dominance est salée, du moins au début, puis les épices se révèlent. C'est bon. Elle y retourne tout de suite. Elle prend conscience qu'elle a faim, très faim.

— « Cela vous plaît ? »

Élise n'est même pas gênée d'avoir commencé sans y être invitée. Elle se contente de sourire, sans ouvrir les lèvres, car sa bouche est pleine. La deuxième couche est différente. La dominante est acide mais très brève. Elle se demande ce que lui réserve la troisième couche.

— « Comment faites-vous cela ? »

— « C'est très long, mais si vous voulez je vous montrerai. Pour l'instant, je vous laisse découvrir. »

Chaque couche apporte sa nouveauté. La dernière étant, sans surprise, sucrée, entre le caramel et le chocolat. Elle a dévoré et beaucoup trop mangé, mais il reste au moins les deux tiers du plat. Ils avaient mangé sans parler, s'échangeant des regards complices, partageant les mêmes plaisirs gustatifs.

— « C'est normalement pour dix. » annonce Sacha.

Élise se met à rire. La honte est anormalement et totalement absente. Sacha s'est installé sur le dos en face d'elle. Élise sait clairement de quoi elle a envie maintenant. Après un long regard, elle avance à quatre pattes vers Sacha, lui écarte légèrement les pieds, commence à embrasser ses chevilles. Puis elle remonte entre ses jambes, plaquant son corps contre lui. Après s'être attardée à mi-chemin, elle arrive à sa bouche qu'elle embrasse longuement. Puis elle se redresse, se met à califourchon sur Sacha et commence un lent va-et-vient avec son bassin.

L'environnement disparaît peu à peu. Elle ferme et rouvre les yeux. Sacha semble apprécier, partager ce qu'elle ressent. Les souvenirs de la discussion du spectacle, de la serre, du repas se bousculent dans sa tête. Des sensations oubliées, même nouvelles, apparaissent dans son corps. Des frissons, des spasmes lui remontent dans le dos. Une chaleur intense, presque électrique, remonte de son bas ventre jusque dans sa tête. Sa gorge fait un bruit sourd, elle semble se dilater. Elle est submergée par une sensation de bien être, puissante, qui la paralyse, elle ne voit plus, n'entend plus, ne respire plus. Puis l'épuisement la gagne et elle a juste le temps d'amortir sa chute sur Sacha.

Quand elle revient à elle, Sacha dort. Elle a l'impression d'être dans son corps. Elle ressent les battements de son cœur, respire avec lui. Peu à peu, elle reprend conscience de l'environnement. Elle est chez Sacha, et elle ne revient pas de ce qui vient d'arriver.

— « Je suis désolée, » confie-t-elle à Sacha.

— « Désolée ? Si je ne dois garder qu'un seul souvenir dans ma vie, je voudrais que ce soit celui-là. »

— « Je n'ai pensé qu'à moi. »

— « Bien continue, cela me plaît beaucoup. »

Élise n'est pas vraiment désolée. L'accord avec Sacha est naturel. Les choses vont toutes seules avec lui. Elle ne doute pas de lui. Elle se sent juste heureuse.

La multinationale

Élise prépare sa conférence sur l'histoire des multinationales de la période de l'essor technologique. Elle est une des plus grandes spécialistes de cette période et ses conférences sont particulièrement appréciées. Elle vient de consulter le nombre d'inscrits, un peu plus de trois millions. C'est un nouveau record pour Élise, sans compter les différés. Cela la rend nerveuse, même si tout est prêt.

Elle décide donc de se relaxer, et sa détente favorite est un bain dans les eaux équatoriales. Elle consulte les spots disponibles, il y en a un à moins de vingt minutes, qu'elle réserve. Durant le voyage, elle s'applique un film protecteur. Cela évite tous les désagréments de la baignade, comme les piqûres de méduses, mais aussi les coups de soleil si l'on traîne trop longtemps sur la plage. Le film oculaire permet de voir aussi bien hors de l'eau que dessous, ce qui laisse une sensation de liberté durant les apnées.

Elle ne se lasse pas de ce spectacle sous-marin coloré, du corail, des poissons. De ces fosses où elle plonge et ressent la fraîcheur de l'eau sur son corps. Elle observe même une tortue et deux raies mantas, évoluant gracieusement entre deux eaux. Après une bonne heure de nage et de plongée, elle s'allonge à même le sable, laissant le soleil la réchauffer. En tout, elle y reste presque deux heures. Sur le chemin du retour, après avoir enlevé le film protecteur, elle commande à ses biots de lui rajouter deux teintes de bronzage, plus par coquetterie qu'autre chose.

De retour à son appart, elle s'installe et rejoue une dernière fois le déroulé de sa conférence. Elle adopte un maquillage sobre et classique. Elle est prête. Des inscrits de dernière minute avaient porté le nombre d'auditeurs à plus de trois millions deux cent mille. « Il faut se concentrer sur ce que l'on fait et non pas sur les enjeux, » se remémore Élise avant d'ouvrir la conférence.

— « Bonjour mesdames et messieurs. La conférence d'aujourd'hui porte sur l'histoire des multinationales durant la période de l'essor technologique, qui a vu naître la multinationale que nous connaissons aujourd'hui. Le premier point que je vais développer est la notion de propriété. Il n'est pas possible de comprendre cette période sans ce concept, aujourd'hui disparu. »

Une petite pause permet à Élise de vérifier le taux d'attention, 99 %, l'auditoire boit ses paroles.

— « La propriété était à l'époque le moteur de l'humanité. Tout ce qui existait, en dehors de l'air qu'on respire, appartenait soit à une personne, soit à une entreprise, soit à un état. Chaque parcelle de terre émergée avait un propriétaire, mais aussi l'eau potable, l'énergie, le logement, la nourriture, la santé, les œuvres d'art. Pour obtenir les ressources possédées par un autre, ou juste en profiter temporairement, il fallait lui donner de l'argent. Argent obtenu grâce à ce que l'on possédait. Par exemple à l'époque, j'aurais été propriétaire de cette conférence, et pour la suivre vous auriez dû me donner de l'argent. Si l'on inventait quelque chose, on en était propriétaire. On échangeait son travail physique et/ou intellectuel contre de l'argent, qui servait à son tour à s'approprier autre chose, le plus souvent de la nourriture ou un logement. »

Le taux d'attention chute à 80 %. Élise comprend que cela signifie que les auditeurs se posent des questions, à eux-mêmes, mais aussi à leurs voisins.

— « Si certains ne trouvent pas cela clair, je vous invite à transmettre vos questions au classifieur. »

La réponse ne se fait pas attendre, le classifieur remonte une question devant toutes les autres : « Comment faisaient les gens qui n'avaient pas d'argent pour subvenir à leur besoin ? »

— « Les gens qui n'avaient pas ou très peu d'argent s'appelaient des pauvres. Il leur était effectivement difficile de subvenir à leurs besoins. Certains pouvaient même mourir de faim, d'autres dormaient dehors. Mais ce n'est pas l'argent qui a provoqué cela, les gens mouraient de faim bien avant, et ce jusqu'au vingt-quatrième siècle. Il faut comprendre que jusqu'au vingt et unième siècle, beaucoup de gens vivaient en autosuffisance, quasiment sans argent, mais les ressources étaient insuffisantes pour satisfaire les besoins de la population mondiale. Entre le vingt et unième et le vingt-quatrième siècle, c'était plus un problème de répartition que de suffisance. »

Le taux d'attention remonte progressivement. Élise en conclut qu'elle a répondu aux interrogations. Elle poursuit sa conférence.

— « À partir du dix-huitième siècle, l'activité de production d'énergie, de nourriture, de logements et de tous les objets utiles à l'humanité s'est organisée en entreprise. Ces entreprises réunissaient l'argent de plusieurs personnes dans le but de concentrer des ressources et des savoirs afin de produire des biens. Biens qui étaient à leur tour échangés contre de l'argent. Le solde positif des échanges d'argent s'appelait le profit, et ce profit était distribué aux personnes de l'entreprise.

Si une entreprise ne faisait pas de profit, elle disparaissait, et les personnes qui la constituaient devaient trouver une autre entreprise pour gagner de l'argent.

À partir de la fin du vingtième siècle, de nouvelles entreprises sont apparues, les multinationales. Profitant le plus souvent d'une rupture technologique, ces multinationales se caractérisaient par une croissance rapide, une activité mondiale, et un objectif unique : l'accumulation des profits. Profits qui n'étaient pas totalement distribués et qui leur servaient à diversifier leurs activités par l'acquisition d'autres entreprises. Ainsi, la propriété commença à se déplacer des personnes et des états vers les multinationales. Progressivement, ces multinationales ont concentré l'argent disponible, au détriment des gens et des états. Vers la fin du vingt et unième siècle, elles ont commencé à subvenir directement aux nécessités des personnes dont elles avaient besoin pour fonctionner. Ainsi, au lieu d'obtenir de l'argent en échange de leur travail, les individus voyaient leurs différents besoins satisfaits que ce soit la nourriture, le logement, les divertissements ou la santé. Ce mode de fonctionnement s'étendit du temps de travail actif à toute la vie. Entrer dans une multinationale vous garantissait qu'elle subviendrait à toutes vos nécessités jusqu'à la fin de votre vie. Puis cela fut étendu à votre descendance, la multinationale subvenait à vos impératifs et ceux de vos enfants pour toute leur vie, y compris à leur éducation. Les personnes n'avaient donc plus besoin d'argent. Et la production de la multinationale était en grande partie utilisée pour subvenir aux exigences de ses personnes.

Durant le vingt-deuxième siècle, l'objectif des multinationales est devenu l'acquisition des personnes, voire de familles, plutôt que l'accumulation de profits. Cela s'explique par le fait qu'il y avait de moins en moins de personnes prêtes à donner de l'argent pour subvenir à leurs besoins. Pour attirer des personnes, il fallait satisfaire le mieux possible les besoins des personnes, et pour satisfaire aux besoins de ces personnes il fallait attirer les gens qui produisent. C'est ainsi que la compétition entre les compagnies s'est déplacée du profit vers l'acquisition des populations. La rivalité entre multinationales se jouait donc sur leurs prestations à leurs personnels. Lorsque deux personnes appartenant à deux firmes avaient un enfant, elles choisissaient la meilleure des deux pour celui-ci. C'est ainsi que les populations se sont déplacées vers les meilleures multinationales et que nous avons vu la concentration des populations. En 2100, il y avait plusieurs dizaines de milliers de multinationales, en 2200 elles n'étaient plus que quelques centaines et il n'y en avait plus que trois en 2500, qui avaient absorbé toutes les autres entreprises et toute la population. »

Élise jeta un rapide coup d'œil au taux d'attention. 92 %, c'était un bon score après un laïus aussi long. Le contexte était posé, elle allait maintenant pouvoir développer les différents aspects de cette période.

— « Dans ce contexte, je vous propose maintenant de traiter des évolutions majeures, domaine par domaine. En premier lieu, l'impact sur les personnes. Au dix-neuvième siècle, les personnes vivaient soit en autosuffisance, soit de leur travail. Et le rapport en ces deux modes s'est inversé au cours du siècle. La majorité vivant en autosuffisance au début du siècle, l'immense majorité vivant de son travail à la fin du siècle. C'est ce que l'on a appelé la révolution industrielle. Le vingtième siècle a vu cet écart s'accentuer jusqu'au point où il n'y avait plus assez de travail pour tout le monde. Une partie grandissante de la population était donc sans travail et non autosuffisante. Ce sont les pauvres dont j'ai déjà parlé. Et la productivité augmentant, on avait assez de biens pour satisfaire la population mondiale, pour une quantité de travail diminuant. Cela conduit à l'augmentation de la proportion de pauvres. Les états, dans un ordre dispersé, ont pris les premiers ces pauvres en charge. Le principe étant de prélever de l'argent aux personnes travaillant et aux entreprises pour le donner aux pauvres. Certains états instituèrent une rente minimale pour leur permettre de vivre. Mais la proportion des pauvres ne faisait que s'accroître avec l'augmentation de la productivité, rendant les prélèvements insoutenables. À la fin du vingt et unième siècle, certaines multinationales ont proposé de prendre en charge ces pauvres, comme s'ils faisaient partie de leurs personnels, en échange d'une diminution des prélèvements. Ce qui fait que toute personne, productive ou non, pouvait devenir membre d'une multinationale et n'avait, de fait, plus besoin d'argent. C'est ainsi que les pauvres ont disparu, pour compenser les prélèvements que subissaient les multinationales. »

94 % de taux d'attention. Élise tient son public. Cependant, le classifieur remonte une question : « Pourquoi ne pas partager le travail ? » Elle préfère y répondre immédiatement et profiter de la transition.

— « Je vois que beaucoup d'entre vous se demandent pourquoi le travail n'a pas été équitablement réparti entre toutes les personnes, afin d'éviter d'avoir des pauvres. Cela a été tenté. Plusieurs états ont institué une durée maximale de travail dans le but de mieux le répartir, mais cela n'a pas fonctionné. Justement, en deuxième lieu, je vais aborder l'évolution des états. Les états, nations ou pays s'étaient constitués au fil de l'histoire en fonction d'affinités géographiques ou culturelles. On pense que les origines remontent à la constitution des villages qui petit à petit se sont regroupés pour former des pays. Des guerres de conquête sont venues modifier ce découpage, mais au vingt et unième siècle, la terre est divisée en un peu plus de 200 pays, de tailles très diverses. Chaque état avait sa propre politique, certains laissaient leur population se débrouiller seule, d'autres organisaient toute leur vie. Mais tous les états avaient des chefs qui décidaient plus ou moins pour la population. Ces chefs, un par un, ont décidé de transférer les fonctions des états aux multinationales, certains par choix, d'autres par contrainte économique, mais tous sous la pression directe ou indirecte des pauvres qui voulaient obtenir le même niveau de vie que les membres des multinationales. Ainsi, les états ont été progressivement dépourvus de toutes leurs fonctions. Ces états existent encore théoriquement de nos jours, mais sans aucune fonction ni population, ils ont disparu dans la pratique.

En troisième lieu, je vais aborder le thème de l'argent. Pour bien comprendre cette époque, il faut bien comprendre que cet argent était devenu tout puissant au cours du vingtième siècle. Sans argent, pas de logement, pas de nourriture et encore moins de divertissement. La vie des gens de l'époque était donc très orientée sur l'acquisition de cet argent, nécessaire pour vivre. Initialement inventé et maîtrisé par les états, l'argent a échappé à leur contrôle, notamment avec l'introduction de monnaies mondiales autogérées, et les états eux-mêmes en sont devenus dépendants. L'argent, qui permettait d'obtenir toutes les ressources a été progressivement capté par les multinationales. Multinationales qui l'ont fait disparaître au niveau des personnes en subvenant directement à leurs besoins, privant ainsi les états du prélèvement d'argent sur les personnes et les multinationales. À la fin du vingt-deuxième siècle, l'argent ne circulait plus qu'entre les multinationales et les états. En 2304, l'invention et le don à l'humanité du convertisseur matière-énergie ont privé les états de leur principale source d'argent, la vente de leurs ressources. Non seulement des ressources énergétiques, mais aussi de matière première, puisqu'avec une énergie quasi illimitée, le recyclage et l'extraction spatiale permettaient aux multinationales d'être autonomes. »

Élise marque une pause et consulte le taux d'attention. 98 %. Élise est soulagée, sa conférence est déjà un succès.

— « En conclusion, et je me permets d'élargir le sujet de cette conférence aux conséquences de la catastrophe de 2517, qui a conduit à la fusion des trois multinationales sous gestion automatique. Aujourd'hui, l'argent a disparu, les états ont disparu, la propriété a disparu et la Multinationale pourvoit seule et exclusivement à tous les besoins de l'humanité. Il ne reste plus grand-chose des fondamentaux de l'époque de l'essor technologique qui pourtant ont construit notre monde. »

Sacha et Amina lui adressent un bravo en direct. Le taux de satisfaction se stabilise à 4,9 sur cinq. Élise est heureuse. Elle éprouve un grand sentiment de réussite. Même sa mère lui adresse un message « Ton père et ton grand-père auraient été très fiers de toi. » Bon, elle aurait aussi pu parler d'elle, mais Élise connaissait sa mère, ce devait être de la pudeur. Ce message lui procure quand même de la joie.

Elle met fin à la conférence. Elle a envie de partager ce moment, de le partager avec Sacha. Elle décide donc de le rejoindre chez lui. En route, elle reçoit un appel de sa mère.

— « Bonjour ma chérie. Alors tu gardes les pieds sur terre ? »

— « Bonjour maman, j'ai du mal. »

— « C'était très bien. Moi aussi je suis fière de toi. »

— « Merci maman. » Sa mère se laissait aller. Cela fait vraiment plaisir à Élise.

— « Dis-moi, j'organise un repas de famille. »

— « Chez toi ? »

— « Non, j'ai réservé un restaurant, le mille pétales. »

Ce restaurant est très connu. Il ressemble à un épi de blé géant, chaque grain étant une salle de restaurant avec une vue panoramique.

— « Chouette, j'adore cet endroit. »

— « Je me disais que tu pourrais y inviter ton nouvel amoureux ? »

Forcément, il y a une contrepartie à la gentillesse de sa mère !

— « Je vois, Amina a prévenu toute l'humanité ! »

— « Ne lui en veux pas. Elle est tellement contente pour toi. »

— « Bon, je verrai. Bisous maman. »

— « Bisous ma fille. »

Élise est un peu énervée. Elle aurait préféré faire ses annonces elle-même. En plus, Amina n'est sûre de rien. Elle lui expliquera les bonnes manières à l'occasion. La serre de Sacha approche. Soudainement Élise se sent mal à l'aise. Et si Sacha ne l'attendait pas. Pire s'il n'était pas seul, avec une autre femme ? Non, pas lui. Elle chasse cette pensée de son esprit et s'arrime à la serre.

— « Je m'incruste ! » déclare-t-elle en voyant Sacha.

— « Quelle bonne idée ! »

Contrairement à beaucoup de personnes, Sacha n'a pas d'appart. Juste une tour d'arrimage. Il vit dans une ancienne maison, attenante à la serre. Ils se prennent dans les bras l'un de l'autre, le contact est chaud et profond. Comment Élise a-t-elle pu penser qu'il pouvait y avoir une autre femme ? Impossible.

— « Alors, tu te remets de ta conférence ? »

— « Je suis tout excitée, je voulais partager cela avec toi. »

Ils rirent tous les deux de ce nouveau double sens. Élise ne rougit même pas quand il le lui fait comprendre.

— « Mais il y avait aussi ce sens-là… » ajoute-t-elle en se laissant allonger sur les cousins. Ce coup-ci, c'est Sacha qui écarta légèrement les pieds d'Élise.

Quand ils reviennent à eux, Élise est totalement détendue. Elle observe les murs de cette maison où vit Sacha.

— « Pourquoi vis-tu ici ? »

— « Ben déjà, c'est à côté de ma serre et puis je n'aime pas la vie en bulle. »

— « Et cette passion pour les plantes, ça te vient d'où ? »

— « Ces fleurs ont été faites par l'homme, elles ne vivent pas dans la nature. Si personne ne les préserve, ce serait une perte de savoirs terrible pour l'humanité. »

Cette réponse résonne chez Élise. Savoirs et humanité. Sacha serait-il membre de la confrérie ? L'occasion est trop belle, elle décide de sonder.

— « En sommes tu les préserves pour l'humanité, avant toute chose ? »

— « Attiser la compétition du capital génétique et des savoir-faire entre tous les botanistes, partout dans le monde, c'est vital pour les plantes. »

Pas de deuxième commandement en réponse au premier. Il n'a pas répondu correctement. Cela signifie qu'il n'est pas membre, ou qu'il ne veut pas qu'elle le sache. Mais il semble avoir changé d'attitude lorsqu'Élise a prononcé le premier commandement, et maintenant il semble être en attente. Cela n'est pas cohérent. Quelque chose gêne Élise, mais elle ne comprend pas quoi. La règle d'or est de faire comme si de rien n'était.

— « Et tu sauves ces fleurs de l'oubli tout seul ? »

— « Non, nous sommes des milliers. On s'échange des graines, on partage nos trouvailles. On ne fait pas que préserver, on continue d'inventer de nouvelles variétés. Ma spécialité, c'est les roses. »

La gêne s'estompe. Élise n'a pas compris ce qui s'est passé mais l'attitude de Sacha est redevenue normale. Elle s'est probablement fait des idées.

— « Des milliers ? »

— « Oui, certains sont même sur Mars. »

— « Sur les roses ? »

— « Non, les roses c'est ce que je préfère. Et ma rose préférée c'est toi. »

Élise se dit que le bonheur tient à peu de choses. Si elle n'avait pas choisi un maquillage avec cette rose rouge, son histoire d'amour n'aurait peut-être pas eu lieu. Suivit une longue discussion sur la vie de Sacha, après laquelle Élise décide de rentrer à son appart.

— « Je te laisse, j'espère te revoir bientôt. Ah oui, ma mère t'invite à un repas de famille, ne te sens surtout pas obligé. »

— « Mais au contraire, je brûle d'envie de connaître ta famille ! »

— « Bien, j'espère que tu ne seras pas déçu. Considère-toi comme invité. »

Après un long baiser, elle regagne sa bulle et son appart. Arrivée chez elle, elle constate comme sa vie vient de changer. Sa conférence est un succès au-delà de toutes ses espérances. Un nombre incroyable de messages de félicitations lui sont adressés. Et Sacha qui vient d'entrer dans sa vie, si soudainement et si profondément. Elle se sent heureuse et épanouie.

Sur son bureau, elle retrouve le dossier de son père. Comme il serait fier de la voir ainsi. Elle l'ouvre, comme pour se rapprocher de lui. Les algorithmes de classification ont affiné les résultats. Sept fichiers semblent totalement inclassables. Elle regarde ce qu'il y a dedans.

Le premier est une synthèse statistique des autres documents, sur les inventions de l'humanité au cours de l'histoire. Une longue chronologie, avec des événements de plus en plus fréquents, et des annotations. Ces annotations sont des questions. Par exemple, sur la découverte de la gravitation de Newton, l'annotation dit « Qui a lancé la pomme ? », ou encore sur Léonard de Vinci « Comment peut-on être aussi prolifique ? ». Élise reconnaît bien là son père, qui avait la fâcheuse habitude de toujours répondre à une question par une autre. Il ne donnait jamais la solution mais préférait vous mettre sur la piste permettant de la trouver par soi-même. Élise se demande à quelle question son père essayait de répondre avec ces questions. « Pourquoi les catholiques ont-ils préservé Cordoue ? » Cette dernière question met Élise sur la voie. Dans le récit oral de la confrérie, la sauvegarde de Cordoue est présente. Les confrères avaient empêché la destruction pure et simple du contenu des lieux musulmans. Certes la mosquée avait été transformée en cathédrale, mais les trésors de connaissance qu'elle contenait avaient été récupérés par les moines, traduits en latin et transmis à tout l'occident. C'était là un fait historique, mais aussi un élément important de l'histoire de la confrérie. De là à penser qu'un confrère avait lancé la pomme de Newton, ou soufflé ses idées à Léonard de Vinci, il n'y avait qu'un pas qu'Élise avait franchi depuis longtemps. La confrérie avait évidemment influencé l'histoire de l'humanité, et son père en avait recueilli patiemment les indices, à défaut de preuves.

Rien qu'Élise ne supposait déjà, ou même qu'elle connaissait à travers l'histoire orale de la confrérie. Mais ce moment l'avait rapproché de son père.

Jeux olympiques

Les Jeux olympiques sont une tradition qui prend ses racines au temps des Grecs, remise au goût du jour au début du vingtième siècle. Ils ont lieu tous les quatre ans. Les athlètes de différentes origines s'y affrontent. Jusqu'au vingt et unième siècle, les origines étaient liées aux pays. Puis, des écoles furent autorisées à participer en leur propre nom. Avec le temps, les pays se sont effacés laissant leur place aux écoles.

En 2748, les jeux furent organisés pour la première fois sur Mars. Mais les résultats provoquèrent une immense polémique. Les athlètes terriens avaient battu la plupart des records des épreuves de force, battus de 30 à 40 %, alors que l'on gagnait péniblement quelques pour cent par siècle. Pour les épreuves de fond, ce fut nettement moins bon. L'explication était dans la variation de la gravitation. Avec 0,7 G, les lancers, les sauts des sportifs terriens, habitués à 1G, étaient beaucoup plus efficaces, les sportifs martiens, pour leur première participation, avaient été ridiculisés. Par contre, la pression de l'air moindre avait fait que seuls les sportifs martiens avaient pu terminer le marathon, les autres ayant dû abandonner, car ils suffoquaient.

Si dans un premier temps certains se félicitaient des records battus, d'autres criaient au scandale. Après débats, les records furent finalement annulés. Un nouveau règlement vit le jour, avec l'organisation de deux jeux : ceux de la Terre et ceux de Mars. Les athlètes y participant devaient résider sur la planète, sans discontinuer, depuis au moins une année. Et dans ces conditions, on observa que les performances des deux jeux s'amélioraient. Selon les années, des records étaient battus des deux côtés, mais toujours du même côté pour une discipline donnée. Et ces écarts se creusèrent avec les siècles. Les disciplines mêmes furent modifiées différemment sur une planète par rapport à l'autre, mais les deux divertissements étaient très appréciés des deux populations.

Et les différences entre les populations martiennes et terrestres s'étaient accentuées avec le temps. Soumis à une gravité moindre, les hommes de Mars étaient plus grands et plus fins. En quelques générations, la taille moyenne était passée d'un mètre quatre-vingt à deux mètres vingt, pour un poids sensiblement équivalent. Cela avait évidemment un impact sur les performances sportives et pire sur le métabolisme humain.

Ainsi, des maladies spécifiquement martiennes étaient apparues. Maladies qui avaient été transmises à la Terre avec le déplacement des populations. Pour limiter ce phénomène, les voyages directs avec Mars avaient été interdits. Deux stations-douanes avaient été installées à mi-chemin entre les deux planètes, chacune au milieu des moitiés de l'orbite géomartienne. On allait de la Terre à Mars par l'une, et l'on revenait par l'autre.

Didier

Élise avait pris des renseignements complémentaires sur Didier auprès de ses collègues. Le moins que l'on peut dire, c'est qu'il ne fait pas l'unanimité chez ses professeurs. Selon les cas, il est qualifié de touriste, de fumiste, d'insolent, de fainéant ou de génie. Il se fout de tout. C'était un égoïste incapable de travailler en groupe, d'ailleurs il n'a pas de copains. En résumé, le profil parfait et discret pour la question qu'Élise veut lui poser. Mais comment présenter les choses pour ne pas éveiller des soupçons ?

Déjà plusieurs jours qu'Élise cherche l'approche idéale, mais le temps presse, le cours arrive à sa fin et elle va encore perdre l'occasion de lui parler. Elle se résout donc à utiliser l'histoire d'un jeu avec Philippe.

— « Didier ? »

— « Madame, oui. »

— « J'aurai un petit service à vous demander. »

— « Madame, avec plaisir. »

— « Mais il faudrait être très discret, surtout avec Philippe. C'est possible pour vous ? »

— « Madame, oui. »

— « Bien. Rejoignez-moi à cette adresse, après le cours. »

— « Madame, j'y serai. »

L'endroit qu'a choisi Élise est un espace public. Elle ne veut surtout pas que sa relation avec Didier soit mal interprétée. Les professeurs ont souvent des entrevues avec des élèves, mais cela a toujours lieu en public.

Arrivée sur place, elle n'attend pas Didier très longtemps.

— « Merci d'être venu. »

— « Madame, avec plaisir. »

— « Pour cette entrevue, laissez tomber le Madame. »

— « … Bien. »

— « Mais ne l'oubliez pas au prochain cours. »

— « Ma… J'y ferai attention. »

— « Et vous me promettez de rester absolument discret. »

— « Je vous l'ai déjà promis. »

— « Bien. Vous savez que l'on se connaît bien avec Philippe ? »

— « Oui. »

— « On a un petit jeu entre nous. Il me pose une colle de physique, et je lui pose une colle d'histoire. Le premier qui trouve a gagné. »

— « Une sorte d'énigme ? »

— « Si vous voulez. »

— « Et ce n'est pas de la triche ? »

— « De vous demander ? Non, j'y ai droit. Vous n'êtes pas professeur ? »

— « Ok. C'est quoi l'énigme ? »

Élise affiche le document sur la table. Du moins, sa version du document dont elle a supprimé toutes les choses qui auraient pu permettre son identification, et surtout la mention de Jupiter. Didier fut comme absorbé par le document. Élise le laisse réfléchir. Un coup d'œil autour d'elle lui confirme que son plan fonctionne. Pour tout le monde, il s'agit d'une simple discussion entre un élève et son professeur, comme cela se fait régulièrement, pour travailler sur un document.

— « C'est vieux. On n'écrit plus les formules comme cela depuis au moins un siècle. Vous avez une idée de la taille ? »

— « C'est le jeu, je n'ai que ça. »

— « On dirait une sorte de blindage électromagnétique à spectre large. »

— « Ah ? »

— « Et c'est dans quel milieu ? »

— « Milieu ? »

— « Sur terre, dans l'air, dans l'eau ? »

— « J'aurais dit dans l'espace… »

— « Dans le vide ? Mais cela inverse tout. »

— « Ah bon… »

— « Je dirais que c'est un cache-bulle. »

— « Un cache-bulle ? »

— « Oui. Regardez, ces panneaux forment une boite qui empêche les ondes électromagnétiques de passer. Si vous les mettez autour d'une bulle comme ceci, toutes les longueurs d'onde sont absorbées. »

— « Une sorte de boite d'invisibilité ? »

— « Oui, mais pas uniquement pour l'œil humain, pour le radar aussi. Cela se comporte un peu comme un trou noir. On ne peut le voir que s'il y a quelque chose de lumineux derrière. »

— « Vous voulez dire que si je mets ma bulle là-dedans, et que je me déplace, personne ne peut me voir ? »

— « Dans l'espace sur fond noir, aucun moyen de vous voir. »

— « Intéressant ! »

— « Sauf qu'il ne faudra pas accélérer, ou très peu. »

— « Pourquoi ? »

— « Cette boite a l'air très fragile. Si vous accélérez, vous allez tout casser, ou alors il faudrait la renforcer. »

— « Et cela peut cacher plusieurs bulles ? »

— « Cela peut cacher une, mille ou un million de bulles, du moment qu'elles bougent ensemble. Tant que la boite bouge comme son contenu, pas de soucis. Si ce n'est pas le cas, crac. La taille c'est le problème de ce document, il n'y a aucune indication dessus. Soit il décrit un usage général, soit il en manque une partie du document. »

Élise commence à trouver Didier un peu trop perspicace.

— « Je pense que ce n'est effectivement qu'un bout de document. Moi-même, je ne donne à Philippe qu'un extrait. Le but du jeu est de comprendre l'usage. J'avoue que vous avez brillamment répondu. Mais on est bien d'accord, pas un mot à Philippe ? »

— « C'est bien compris. Je vous laisserai tout le mérite de la découverte. »

Élise comprend le côté insolent dont certains de ses collègues lui avaient parlé.

— « Et sinon, vous prévoyez de faire quoi de votre vie ? »

— « J'aime bien l'astrophysique. J'aimerais bien contribuer à l'humanité dans ce domaine. »

— « L'enseignement ? »

— « Ah non. Sauf votre respect, je ne vois pas l'intérêt de diffuser des savoirs à des personnes qui n'y trouvent aucun intérêt. C'est une perte de temps. Je ferais plutôt de la recherche, de la recherche appliquée. »

— « Inventer de nouvelles choses ? »

— « Oui, notamment dans le domaine des expéditions. Vous vous rendez compte que Christophe Colomb avait prévu de revenir lorsqu'il est parti découvrir l'Amérique, alors que nous envoyons des flottes au hasard dans l'univers, sans aucun espoir de retour ? »

— « C'est un point de vue intéressant ! Mais le hasard fait parfois bien les choses, prenez par exemple la vie, l'humanité. »

— « L'invention de la vie n'a fait appel à aucune intelligence. C'est un simple processus de tentatives aléatoires et de sélections. Nous, nous sommes doués d'intelligence, on devrait pouvoir faire mieux. »

— « Je vois, vous n'êtes pas qu'un scientifique ! »

— « Si, tout est science, même l'histoire que vous enseignez. Cette histoire est le résultat d'une démarche scientifique pour organiser les faits et donner du sens à ce que nous sommes aujourd'hui. »

— « Intéressant, vous ne croyez pas à la vérité des faits historiques ? »

— « Je ne crois pas à leur interprétation. Et pour preuve, vous savez comme moi que l'interprétation change dans le temps et selon l'observateur. Au moins, en astrophysique, il n'y a qu'une seule vérité, que l'on affine avec le temps. »

— « C'est passionnant. J'aurais beaucoup de plaisir à rediscuter avec vous. Mais il faut que j'y aille. »

— « Moi aussi. Et si vous avez d'autres énigmes, ne vous gênez pas. »

— « Merci beaucoup. »

Élise regagne sa bulle. Cet élève est vraiment intéressant. Elle se demande s'il ne ferait pas un bon relais pour la confrérie, voire un apprenti. Le deuxième, qu'elle attend depuis très longtemps.

La révolution du 22e siècle

Élise rejoint la classe virtuelle, il y a un peu plus de 500 étudiants. Ce cours n'est pas obligatoire. Ce cours attire surtout les curieux. Les étudiants se conseillent d'y assister d'une année sur l'autre, pour constater la bizarrerie des ancêtres.

— « Bonjour, le sujet d'aujourd'hui porte sur la révolution dite du 22e siècle. Vu que vous êtes nombreux, veuillez transmettre vos questions au classifieur. »

Le taux d'attention est de 99 %. Elle sait que ce cours est perçu un peu comme un spectacle par les élèves.

— « Pour comprendre la situation sur Terre au début du vingt-deuxième siècle, il faut comprendre les événements du siècle précédent. Au début du siècle, les scientifiques ont alerté l'humanité sur un problème à venir, nommé le réchauffement climatique. Ce problème était attribué à l'augmentation de l'effet de serre qui provoquait une réduction de la dissipation de chaleur de la Terre vers l'espace. Cette dissipation étant moindre, on attribuait le réchauffement de la surface du globe à une accumulation plus importante du réchauffement solaire. L'effet de serre était attribué à l'émission de gaz carbonés dans l'atmosphère, comme le gaz carbonique et le méthane. Ces derniers provenaient de l'activité humaine. La réduction de la production de ces gaz est donc apparue comme la solution. »

Le taux d'attention ne fléchissait pas.

— « Sauf que la population était en croissance constante. Le développement humain aussi. On avait une dynamique de double augmentation, le nombre d'individus d'une part, et la production moyenne de gaz par personne d'autre part. De plus, la gouvernance de la Terre n'était pas coordonnée à l'époque. Cela déboucha sur des actions trop timides et au milieu du 21e siècle, on ne pouvait que constater les effets sur le climat de l'augmentation de la température. Sécheresse, inondations, tornades, désertification, glissements de terrain augmentaient de façon exponentielle. Cela conduisit l'humanité à prendre des mesures sévères contre la production des gaz, notamment en limitant drastiquement le recours aux énergies fossiles, qui consiste à transformer du carbone enfoui sous terre en gaz pour en retirer de l'énergie. La seconde moitié du siècle a vu les différentes civilisations essayer de s'adapter aux nouvelles conditions climatiques, en attendant une amélioration. Une idée a pris le pas sur les autres. Puisque l'énergie fossile provenait de l'enfouissement du carbone sous terre par les plantes, on décida d'inverser le processus en augmentant fortement la population des plantes sur terre. De nouvelles espèces, à croissance rapide, ont été mises au point. Elles ont rapidement colonisé les espaces désertiques, les espaces agricoles, les façades et les toits des bâtiments. »

Élise se dit que ce cours était vraiment agréable. C'était un peu comme raconter une histoire à des enfants.

— « Mais au début du vingt-deuxième siècle, l'amélioration n'était toujours pas perceptible. Au contraire, les tremblements de terre, les éruptions volcaniques, et les perturbations du champ magnétique étaient venus noircir le tableau. Ce n'est qu'à cette période que l'on a vraiment compris que le problème était la production de chaleur. L'activité humaine produisait trop de chaleur, et passer des énergies fossiles à l'énergie solaire, éolienne ou nucléaire ne changeait rien au problème. Pire, le réchauffement ne se limitait pas à l'écorce terrestre, mais à tout le globe, y compris le manteau et le noyau, ce qui augmentait l'activité volcanique et perturbait le champ magnétique. La solution était de réduire la production de chaleur globale. Cela ne pouvait se faire que de deux façons. En premier réduire la population mondiale. En second, diminuer la production de chaleur de chaque individu. »

Pas de question au classifieur. Son auditoire attendait la suite.

— « L'urgence et la gravité de la situation ont permis de mettre en place une gouvernance mondiale contraignante. Parmi les secteurs de l'activité humaine qui produisaient le plus de chaleur, le transport arrivait en tête. La première mesure a été l'interdiction du tourisme. Tout déplacement était soumis à une autorisation. Le transport a été lourdement pénalisé. Cela a incité à produire localement, et le transport a été divisé par cent en quelques années. La production locale a rapidement touché plusieurs secteurs comme l'alimentation, l'énergie et le bâtiment. Mais un bien manufacturé résistait : le vêtement. Il était quelque chose que tout le monde utilisait à l'époque, pour se protéger du froid, mais surtout par habitude ou pour se décorer. Leur entretien était très consommateur, il fallait les fabriquer, mais aussi les transporter, et les laver régulièrement. Il est alors apparu un mouvement viral, la révolution des sans-vêtements. L'idée était à la fois présentée comme un geste réduisant la production de chaleur et un retour aux sources. Après tout, l'humanité vivait nue à ses débuts. En quelques années, la majorité des gens ont supprimé les vêtements. La température moyenne du globe a commencé à se stabiliser, puis à baisser. La coïncidence avec la suppression des vêtements a donné une image négative au port de vêtements. Cela est resté ancré dans l'esprit des gens, d'autant plus qu'il s'agissait d'une initiative vertueuse de la population, pas d'une contrainte de la gouvernance mondiale.

Les études ont montré, par la suite, que la réduction de la chaleur provenait plus des plantes que de l'arrêt de la production du textile. En plus de capter le gaz carbonique, les plantes absorbent la chaleur. Mais tout le monde a conservé l'idée que vivre sans vêtements était bon pour la planète. C'est pourquoi nous vivons nus aujourd'hui. »

Le classifieur s'affolait.

— « Madame, comment faisaient les gens dans les zones froides ? »

— « Quand les vêtements étaient vraiment utiles, les gens les ont conservés. Mais ils ont évolué. Au lieu d'en avoir plusieurs, les personnes n'en portaient plus qu'un, comme aujourd'hui. »

— « Madame, à quoi servait d'avoir plusieurs vêtements ? »

— « Cela peut vous paraître bizarre, mais les gens avaient plusieurs vêtements qui servaient à la même chose. Ils en portaient même plusieurs simultanément. Par exemple, un pour tenir chaud, un pour faire joli, et un troisième pour se protéger de la pluie. Ils avaient souvent trois ou quatre couches. »

— « Madame, si l'on a compris au vingt-deuxième siècle que la production de chaleur était dangereuse, pourquoi a-t-on eu le problème à nouveau en 2517 ? »

— « C'est une excellente question. L'Histoire montrait que c'était déjà arrivé. Certains scientifiques ont alerté sur le sujet. Certains expliquaient qu'avec le progrès technologique, et grâce au convertisseur, on pourrait compenser les problèmes de réchauffement. D'autres disaient qu'il ne s'agissait pas du même problème, qu'il ne fallait pas le confondre avec le réchauffement climatique. Et à ce moment, les multinationales n'étaient encore pas unifiées, il n'y avait pas de gouvernance unique. »

Le classifieur ne présentait plus de questions à forte représentation. Élise mit fin au cours.

Révélations

Élise tenait à arriver au repas de famille avec Sacha. Sa bulle s'est arrimée à la sienne avant d'arriver au restaurant.

— « Bonjour ma chérie, bonjour Sacha, enfin je présume ? » accueille sa mère.

— « Bonjour maman, oui c'est Sacha. »

— « Entrez, venez que je vous présente toute notre famille. »

— « Je vous suis, mais je vous présente mes humanités avant toute chose. »

La formule est un peu obséquieuse au goût d'Élise, mais surtout elle déclenche le salut des confrères. La surprise passant, Élise se met à rire. Sacha ne se rend certainement pas compte de ce qu'il a dit. Sa mère le prend par le bras et l'emmène vers la salle de restaurant.

— « Magnifique endroit, je ne connaissais pas. »

— « Voici mes mères. Martine et Sophie. »

— « Bonjour mesdames. »

Élise a l'impression d'être devenue transparente. C'est tout juste si ses grand-mères n'oublient pas de l'embrasser tellement leurs regards sont accrochés à Sacha.

— « Vous devez être Amina ! Vous ressemblez tellement à votre grand-mère, je ne saurais dire qui est la plus belle. »

Sacha s'était visiblement lancé dans un numéro de charme. Et il néglige complètement Élise. Mais cela l'amuse et la rassure. C'est très bon signe pour eux qu'il cherche à séduire sa famille. Elle le regarde évoluer.

— « Et vous, vous êtes le frère d'Amina ! »

— « Ahmed. Ravi de vous rencontrer. »

— « Ah Martin, le fils d'Élise, et Maria. Mais nous nous sommes déjà rencontrés. »

— « Oui, à ce spectacle passionnant, » renvoie Maria.

— « Enchanté » complète Martin.

Sans faute. Mais avec le reste de la famille, il devra trouver autre chose. Élise le regarde s'éloigner vers les autres membres de la famille, littéralement tiré par sa mère.

— « Bonjour mamie chérie, » Amina la sort de ses pensées. Sacha semble disparaître au loin.

— « Bonjour ma petite fille chérie. Ouvre ta bouche, que je vérifie quelque chose. »

Amina, surprise, s'exécute.

— « Ah ben si elle est toujours là. »

— « Quoi ? »

— « Ta langue ! J'ai cru qu'elle se baladait encore. »

— « Ah, tu parles de Sacha ? »

— « Ben oui. Si j'avais voulu rester discrète… »

— « Pardon mamie. Je vais te chercher à boire pour me faire pardonner. »

Élise se retrouve seule avec son petit-fils, elle en profite pour sonder cette envie d'expédition.

— « Alors, tu veux abandonner la Terre et ta descendance ? »

— « Tu as raison, Amina ne sait pas tenir sa langue ! »

— « Mais tu n'es pas sérieux ? »

— « Si. »

— « Et la descendance ? »

— « Ben de toute façon, dans mon cas c'est compromis. »

Élise comprend immédiatement. Elle avait déjà des soupçons. Son petit-fils est homo-exclusif. Même à notre époque, il est difficile d'avoir des enfants entre hommes, alors que c'est courant entre femmes depuis près d'un millénaire. Mais la nature s'acharne contre les hommes, comme pour les personnes ayant un lien de parenté. Il faut trouver une femme prête à porter l'enfant de deux autres personnes et à l'abandonner. Et surtout, c'est considéré comme contre nature et très mal vu.

— « Rien n'est jamais définitif. » Élise s'en veut de ne pas trouver mieux pour le réconforter.

— « Tu vois, sans descendance, il n'y a plus de raisons de rester sur Terre. »

— « Plus de raisons ? »

— « Cite-m'en une seule ! »

— « Je ne sais pas. Personnellement, ma vie d'enseignante me passionne et me satisfait. Je m'en voudrais d'abandonner mes étudiants. »

— « C'est pour cela que tu n'as eu qu'un enfant ? »

— « Non, c'est plutôt parce que j'ai attendu trop longtemps le père idéal. Et puis un jour, il était trop tard. Mais je ne suis pas la seule passionnée, regarde ma mère et mon grand-oncle. »

— « Justement, deux personnes qui ont fini par s'éloigner des autres. Ta mère, là où personne n'habite plus. Ton grand-oncle sur la Lune ! »

— « Oui, mais chacun a vécu sa passion. »

— « L'important c'est d'y croire. Moi, je n'ai pas de passion. Je préfère largement l'aventure d'une l'expédition à la vie que l'on me propose sur Terre. Bon, et toi, c'est le grand amour ? »

Le frère et la sœur ne peuvent pas se renier. Ils ont tous les deux cette façon brutale de changer de sujet. C'est vrai qu'ils sont frères-complets. Leur père est même resté avec leur mère durant quinze ans. Une éternité.

— « Ben ça y ressemble en tout cas. »

Mais justement, Élise perçoit des éclats de rire au loin. Sacha fait de grands gestes et semble captiver son auditoire. Il est temps de le rejoindre. Élise arrive doucement et lui prend la main, comme pour signaler sa présence.

— « Sais-tu que ton grand-oncle est aussi botaniste ? Spécialiste des tulipes ? »

— « Qu'il attise la compétition des bulbes entre les tous les botanistes, sans distinction ? » ajoute sa mère.

— « Ah, il préfère mourir plutôt que trahir ses fleurs adorées, comme moi ! » relance Sacha.

Élise a l'impression que tout s'effondre d'un coup. Elle est prise d'une forte angoisse. Ce coup-ci aucun doute est permis, Sacha et sa mère échangent le salut de la confrérie. Elle en est sûre. Elle s'agrippe à Sacha pour ne pas tomber.

— « Ça va ma chérie, tu es toute pâle ? »

Cela n'est pas possible. Sacha, qui n'a pas voulu échanger le salut avec elle, le fait avec sa mère. Et sa mère serait une consœur ? Comment peut-elle ne pas le savoir ? Depuis quand ? Tout le monde lui parle, mais les paroles n'ont aucun sens, elles résonnent et se mélangent. Ses oreilles sifflent, sa vue se brouille, ses jambes ramollissent. Elle se sent descendre…

Quand elle revient à elle, elle est allongée dans la bulle de Sacha et entend sa voix.

— « Les biots disent que tout va bien. »

— « Reste allongée, ma fille. Tu t'es évanouie, mais tout va bien. »

— « Je vais la ramener chez elle. Je vais veiller sur elle, je pense qu'elle a juste besoin de repos. Ne vous inquiétez pas. »

— « Vous me tenez au courant. C'est un accueil familial un peu spécial, mais je suis sûre que tout le monde vous a adopté. Notre famille recrute un membre, au moins un, et j'en suis très heureuse. »

— « Merci beaucoup de m'accueillir aussi généreusement. »

Élise n'en croyait pas ses oreilles. Ils étaient allés jusqu'au bout du salut de la confrérie. C'est un cauchemar, il faut qu'elle se réveille pour sortir de là. Sacha la transporte dans sa bulle, finit de rassurer tout le monde, et ils se désarriment.

Arrimée à son appart, Élise n'arrive toujours pas à réaliser. Comment Sacha et sa mère peuvent-ils être complices ? Pourquoi Sacha a-t-il refusé le salut avec elle ? Et sa mère ? Sacha n'est pas l'homme qu'elle croit. C'est un manipulateur. Elle se lève et entre dans son appart. Elle prend une boisson énergisante pour se remettre de ses émotions. Mais elle ne trouve pas de solution, pas d'explications possibles à ce qui vient de lui arriver. Elle ne peut plus faire confiance à Sacha. Cela lui fait mal. Comment quelqu'un peut-il faire cela ? Jouer l'amour pour obtenir quelque chose. Et pour obtenir quoi ? Elle doit se calmer. Il est aux petits soins pour elle, mais c'est probablement pour mieux l'amadouer. La colère monte brusquement en elle.

— « Va-t'en ! Quitte mon appart ! Va-t'en ! »

Sacha essaie de négocier. Mais c'est trop tard, elle l'a démasqué. Elle répète, montrant sa colère.

— « Va-t'en ! Va-t'en ! Va-t'en ! Va-t'en ! »

— « J'y vais. Je te laisse te calmer. Mais promets-moi de m'appeler, ou au moins d'appeler ta mère. Ne reste pas seule.

Je ne sais pas ce qui se passe, mais ce n'est pas normal. Ne reste pas seule. »

Il monte dans sa bulle et s'en va.

Élise élabore plusieurs scénarios dans sa tête, autant d'explications. Aucune ne tient la route. Quel peut être l'intérêt de Sacha ? Pourquoi sa propre mère serait-elle contre elle ?

Elle finit par se calmer, mais elle est triste, très triste. Presque par réflexe, elle commande à ses biots de l'endormir, pour faire une pause.

Élise émerge doucement. Elle revient à la réalité, mais elle est aussi triste qu'avant son sommeil. C'est un bruit qui l'a réveillée. Plus exactement quelqu'un qui parle, qui insiste. C'est la voix de sa mère.

— « Ma chérie, réponds-moi. Je t'en supplie, laisse-moi m'arrimer. »

Sa mère est venue la rejoindre. Elle constate sur le mur que sa mère lui a laissé plein de messages. Sacha et Amina aussi. Elle est toujours aussi triste, mais la colère a disparu. Au point où elle en est, autant en parler avec sa mère.

L'arrimage de sa mère est très rapide. Elle devait être juste à côté de son appart.

— « Ma chérie, qu'est-ce qu'il se passe ? Cela fait deux heures que je t'appelle. »

— « J'ai demandé aux biots de me faire dormir. Rien de plus. »

— « Mais qu'est-ce qui se passe ? Qu'est-ce que tu as eu tout à l'heure ? Tu n'es pas enceinte ? »

— « Maman, j'ai 65 ans. »

— « Cela s'est déjà vu. »

— « Non, je ne suis pas enceinte. »

— « Laisse-moi voir tes biots. »

— « Tiens, si cela peut te rassurer. »

Pendant que sa mère déchiffre le rapport affiché au mur, Élise se sert une boisson énergisante.

— « Il n'y a rien, » conclut sa mère.

— « Tu vois, tu ne me fais pas confiance. »

— « Mais je ne comprends pas, je suis inquiète. »

— « Ben moi aussi je suis inquiète. Qu'est-ce qu'il y a entre toi et Sacha ? »

— « Entre moi et Sacha ? Rien ! Enfin, c'est ton amoureux, jamais je ne pourrais te faire cela ! »

— « Non. Je parle pas de ça. »

— « Et de quoi alors ? »

— « L'humanité avant toute chose. »

Sa mère a un mouvement de recul. Elle semble étonnée. Elle hésite, puis elle récite très lentement.

— « Attise la compétition des savoirs entre les ethnies, les religions, tes amis, tes ennemis, et tous les royaumes. »

Quelque chose cloche. Ce n'est pas la bonne phrase, mais elle y ressemble et l'attitude de sa mère ne colle pas. Si ce n'était pas un commandement, d'où venait cette phrase ? Elle n'avait aucun sens. Élise se souvient que Sacha a prononcé le premier et le troisième commandement et sa mère le quatrième. Elle n'avait pas entendu le deuxième, mais maintenant ce « Attise la compétition » lui rappelle quelque chose. Elle tente sa chance.

— « Préfère mourir plutôt que trahir. »

— « Recrute un membre au moins, deux ou plus ! Oh, ma fille, je suis tellement heureuse ! J'étais sûre que tu en étais, je ne comprenais pas pourquoi tu ne voulais pas de moi ! »

Sa mère prend Élise dans ses bras, qui ressent et reconnaît le câlin de sa mère. C'est bon. Incompréhensible, mais bon et sincère. Sa mère pleure, entre deux sanglots, elle ajoute.

— « J'ai jamais compris pourquoi tu ne voulais pas de moi. »

La tristesse d'Élise s'est envolée. Elle se trompait. Ce n'est pas sa mère qui était distante, mais elle qui la gardait à distance, du moins de son point de vue. Sa mère ne voulait plus la lâcher. Mais un autre problème monopolisait les pensées d'Élise, il y a une deuxième version des commandements ! Comment cela est-il possible ? Elle ne peut pas le demander à sa mère, elle n'a pas respecté le salut de sa confrérie. Le code est très strict sur ce point.

Et Sacha ? Il a les mêmes commandements que sa mère. Il n'a pas fait d'erreur lors du salut avec sa mère, Élise n'a simplement pas entendu le deuxième commandement lorsque sa mère l'a dit. Et du coup, Sacha n'a pas abandonné le salut avec elle, au contraire, pour Sacha, c'est elle qui ne l'a pas suivi lorsqu'elle était chez lui. Cette conclusion lui rend son bonheur. Sa mère n'en finit pas de pleurer. Élise la cajole pour la consoler.

— « J'avais peur que tu fasses une bêtise, comme ton père. »

Élise reçoit cette phrase comme une décharge électrique. Elle éloigne sa mère pour la regarder dans les yeux.

— « Comme mon père ? »

— « Oui, ce n'était pas un accident, ton père s'est suicidé… avec son père. »

Suicidé ? Sa mère avait arrêté de pleurer.

— « Qui t'a dit ça ? »

— « L'inspecteur. Celui qui a enquêté sur la mort de ton père. Il m'a dit que j'avais le droit de savoir. Il m'a dit que les boites noires des deux bulles ne laissaient la place à aucun doute. Les sécurités avaient été désactivées sur les deux bulles et le mode manuel était activé. Ils ont percuté l'astéroïde, pas l'inverse. »

Elle recommence à pleurer et se remet dans les bras d'Élise.

On avait toujours dit à Élise que l'accident avait été provoqué par un petit astéroïde non détecté, qui avait percuté les deux bulles arrimées ensemble. Elle n'avait jamais entendu parler de cet inspecteur. Elle avait pourtant lu le rapport à plusieurs reprises. Aucune mention de ces boites noires ni du mode manuel.

— « Et cet inspecteur, tu as ses coordonnées ? »

— « Oui, je te les donnerai. »

Sa mère est inconsolable. Elle lâche des années de non-dits et de frustration. Élise la cajole, mais ne la suit pas. Elle se trouve même extraordinairement calme, voire froide. Elle reconnaît cet état. C'est celui des situations d'urgence, du danger imminent. Elle ne ressent rien, elle est aux aguets prête à réagir. Ses sens sont exacerbés. Son cerveau attend le prochain événement pour le traiter au plus vite, pour ne plus se laisser déborder. Mais il ne se passe rien d'autre que les sanglots de sa mère. Elles restent ainsi pendant de longues minutes.

Le niveau de stress d'Élise redescend peu à peu. Sa réflexion se remet en route, et son objet vient vite occulter son environnement. Comment peut-il y avoir deux jeux de commandement ? Les codes de la confrérie sont normalement très efficaces, si quelqu'un en change un seul, il n'est plus reconnu par ses pairs, il s'exclut de lui-même de la confrérie. C'est d'ailleurs pour cette raison que les commandements parlent de royaumes et d'ethnie, disparus depuis très longtemps. Et si c'étaient les siens qui étaient incorrects ? Son père et son grand-père étaient sa source. Seraient-ils complices de ce changement ? Non, si Élise n'avait pas les bons commandements, elle n'aurait pas été reconnue par les confrères qu'elle a croisés ces 40 dernières années. Les siens étaient donc les bons. Mais ceux de sa mère fonctionnaient avec Sacha. Elle a bien dû les obtenir d'autres confrères avant, pour pouvoir reconnaître ceux de Sacha. Cela n'avait pas de sens, sauf s'il y a deux confréries, chacune avec son propre jeu de commandement. Quelle pourrait être l'utilité d'une deuxième confrérie ? Les commandements étaient les mêmes à un près. La filiation est donc évidente, mais quelle confrérie a engendré l'autre ?

— « Je suis heureuse d'avoir pu enfin te parler. Je n'en pouvais plus de cette distance entre nous. »

La voix de sa mère est encore chargée de pleurs.

— « Je suis désolée, maman, je ne me rendais pas compte. »

— « Tu sais, avec ton père, on s'est séparé à cause de cela. Il n'a jamais voulu partager ce secret avec moi. »

Élise comprenait très bien son père. Elle-même ne pouvait pas partager le secret avec sa mère. Mais sa mère l'ignore et c'est très bien comme cela.

— « Si tu veux, tu peux rester ici un peu. »

— « Oui. Je vais te faire à manger, comme quand tu étais petite. Tu te souviens ? Je partirai après. »

— « Oui, mais alors des pâtes à la tomate ! »

— « Avec plein de fromage ? »

— « Oh oui ! »

Sacha vient interrompre ce moment de complicité avec sa mère. Élise accepte la conversation et il apparaît sur le mur.

— « Élise, mon amour. Ça va mieux ? »

— « Oui, ma mère est aux petits soins pour moi. »

— « Génial. Je te laisse, je te rappellerai plus tard. »

Le mur s'efface.

— « Tu as de la chance de l'avoir, tu sais. Il s'est bien occupé de toi. »

— « Et la famille, ils l'ont trouvé comment ? »

— « Oh, ils l'adorent déjà. »

Sacha était bel et bien rentré dans sa vie. Mais bizarrement, elle ne retrouvait pas cette attirance, pourtant très forte la veille.

Sa mère partie, elle n'a pas envie de rejoindre tout de suite Sacha. Elle trouve cela dommage, mais préfère s'écouter. Elle a besoin de temps pour elle, pour accepter cette nouvelle vérité. Deux confréries. Il n'y a rien de prévu dans le code pour ce cas, à sa connaissance.

Son métier reprend le dessus. Quand on découvre une nouvelle vérité historique, la première chose à faire est d'essayer de la renforcer ou de la valider. C'est le côté enquêtrice qui lui plaît dans son métier. « Les vraies vérités cachent toujours des preuves, » disait son grand-père. Par quoi pouvait-elle commencer ?

Le nom de l'inspecteur donné par sa mère correspondait bien à l'auteur du rapport d'accident de son père. Elle décide de l'appeler.

— « Allô ? »

— « Bonjour, je suis Élise. J'aurais aimé vous poser des questions sur un accident survenu voici 40 ans. »

L'homme resta sans réactions. Comme s'il n'avait rien entendu.

— « Monsieur ? »

— « Vous êtes la fille ? »

— « Oui, enfin je crois. »

— « J'attends votre appel depuis 40 ans. »

Elle réalise. Autant la fille semblait hasardeux, mais les 40 ans ne laissaient aucun doute. L'homme avait immédiatement compris de quoi elle voulait lui parler.

— « Oui, c'est bien moi. »

— « Je vous rappelle. »

Il raccroche. Puis il la rappelle immédiatement.

— « Excusez-moi, mais je voulais m'assurer que notre communication était correctement cryptée. »

Un parano. C'est fréquent dans la police. C'est une activité qui déforme les gens.

— « Pas de problème. »

— « Vous avez lu le rapport ? »

— « Je n'ai même que cela. »

— « Alors pourquoi m'appelez-vous maintenant ? »

— « Ma mère vient de me dire que vous lui auriez affirmé qu'il s'agissait d'un suicide ? »

— « Oui. »

— « Vous pouvez m'en dire plus ? »

— « Il y a toujours une enquête dans ce genre d'accident. Ne serait-ce que pour trouver un défaut dans les bulles. Dans le cas de votre père et de votre grand-père, on a pu récupérer les boites noires. Les enregistrements sont formels, toutes les sécurités ont été désactivées sur les deux bulles avant l'accident. Et les deux bulles ont sciemment percuté la météorite, pas l'inverse, comme l'indique le rapport. »

— « Et pourquoi ce n'est pas dans le rapport ? »

— « Ben les suicides on n'aime pas trop ça. Et cela peut gêner les familles, c'est jamais agréable de l'apprendre. Donc on le dit, mais on ne le met pas dans le rapport. »

Sur ce point, Élise ne pouvait pas lui en vouloir. Il y a deux choses très mal vues dans cette société, le suicide et l'abandon d'un enfant. Et quand cela arrive, on le cache. Au point qu'il est même difficile de trouver des statistiques dessus. Élise savait que le suicide était, loin devant les autres, la première cause de mortalité avant la limite d'âge.

— « Et il y aurait d'autres choses qui ne sont pas dans le rapport ? »

— « Vous savez, un crash dans l'espace, on ne retrouve jamais grand-chose. Parfois, les boites noires restent attachées à la bulle, mais dans votre cas on n'a retrouvé que les boites noires, grâce à leur émetteur, et rien d'autre. »

— « Et pourquoi ne pas me l'avoir dit à moi ? J'étais en âge de comprendre. »

— « Quand je l'ai dit à votre mère, elle m'a supplié de ne rien vous dire, qu'elle préférait vous l'annoncer elle-même. Mais… »

— « Mais ? »

— « En général, il se passe ce que vous venez de faire. Quand vous l'apprenez, vous m'appelez. Cela fait dix ans que j'ai arrêté mon activité, et vous êtes la seule qui ne m'ait jamais appelé. Tous les jours, j'avais mauvaise conscience d'avoir accepté de ne rien vous dire. Merci de m'avoir appelé. »

— « C'est moi qui vous remercie de me dire tout cela. »

— « On est bien d'accord ? Je ne vous ai rien dit. La multinationale n'aime pas que l'on dise que les rapports sont incomplets. »

— « Oui, ne vous inquiétez pas. Et l'enregistrement des boites noires ? »

— « Oui. »

— « Vous l'avez ? »

— « Je dois pouvoir le retrouver. Mais je ne vois pas ce que cela vous apportera. »

— « C'est sentimental. Il ne me reste pas grand-chose de mon père, je suis attachée à tout ce qui le concerne. Vous pourriez me l'envoyer ? »

— « Si cela peut vous faire plaisir, pourquoi pas. De toute façon, il y a prescription. »

— « Merci. »

Elle met fin à la communication. Comment pourrait-elle en savoir plus sur la mort de son père et de son grand-père ? Quelque chose en elle n'arrivait pas à accepter leurs suicides. Son père et son grand-père s'aimaient trop. Aucun des deux n'aurait accepté le suicide de l'autre. Ils auraient forcément trouvé une autre solution. À moins que… « Préfère mourir plutôt que trahir », n'avaient-ils pas eu d'autre solution pour préserver la confrérie. Pour la préserver de quoi ?

La seule source d'information qui vient à l'esprit d'Élise est le dossier de son père. Elle commence avec une recherche directe sur les commandements. Elle est surprise, beaucoup de documents correspondent. En y regardant de plus près, cela parle surtout des dix commandements, d'une ancienne religion. Elle retranche donc les « 10 commandements » de sa recherche. Elle tombe sur un document bizarre, a priori mal encodé. Elle l'édite en mode brut, pour voir ce qu'il y a dedans. « Je suis sûr que ma fille saura quoi faire », suivi d'un paquet de caractères incompréhensibles. C'est clairement une énigme laissée par son père à son intention. Elle sourit. Cela lui ressemble tellement. Le paquet de caractères, c'est un cryptogramme, et la phrase permet de trouver la clé. Élise copie le cryptogramme dans un fichier. Et la clé, une anastrophe probablement. Elle essaie « Ma fille saura quoi faire, sûr, je suis. » Raté. Bien sûr ! Il faut transformer les deux niveaux « Quoi faire, ma fille saura, sûr, je suis, » gagné. Le texte s'affiche, mais il est dans une de ces langues anciennes qu'elle ne connaît pas. Qu'importe, les traducteurs sont faits pour cela. Le texte apparaît, Élise le lit immédiatement.

Cela est un texte d'un certain Gaius Amafinius. Elle n'en a jamais entendu parler. Le texte parle d'une secte, dont l'objet n'est pas très clair. Ses membres ne se réunissent pas, mais se contentent de se transmettre une tradition orale. Pour se reconnaître, ils échangent des phrases, c'est même le moyen de les identifier. « L'humanité avant toute chose », « Transmets tous les savoirs véritables », « Préfère mourir plutôt que trahir », « Recrute un membre ». Elle n'en croit pas ses yeux, ce document décrit la confrérie. Inutile de chercher s'il est authentique, en bon confrère, son père a dû le faire disparaître. Mais ce que note avant tout Élise, c'est le deuxième commandement, c'est le sien, pas celui de sa mère ou de Sacha !

Il serait bien d'en savoir un peu plus sur ce Gaius Amafinius, mais ce genre de recherche n'est pas forcément discret. Avec un nom pareil, ce devait être un Romain, et elle connaît une spécialiste de cette époque, Maria.

— « Bonjour Élise, vous allez mieux ? »

— « Oui, je te remercie. Je crois que cette conférence m'a épuisée sans que je m'en rende compte. Tout ira mieux après un peu de repos. »

— « Je l'espère. En tout cas, n'hésitez pas à me demander quoi que ce soit. »

— « Eh bien, justement, j'ai quelque chose à te demander ! Rassure-toi rien de compliqué pour toi. »

— « Ah… ben oui. C'est quoi ? »

— « Je profite de ce repos forcé pour ranger et j'ai retrouvé un nom, Gaius Amafinius. Je crois que c'est un Romain, mais je ne me souviens plus pourquoi je l'ai noté. Tu le connais ? »

— « Gaius Amafinius ? Oui, c'est un philosophe romain. Du deuxième siècle avant J.-C., je crois. Un des premiers à écrire en latin, si ce n'est le premier. Il aurait beaucoup documenté la philosophie épicurienne, la démocratisant. »

— « Ah voilà. Deuxième siècle avant J.-C. Merci, je me souviens maintenant. Et comment va mon fils préféré ? »

— « Bien. Il est en grande discussion avec sa fille… »

— « Je vois. Ne le dérangez pas. »

— « J'espère vous revoir bientôt. »

— « Moi aussi. À bientôt. »

Ce document était une trace de la confrérie datant du deuxième siècle avant J.-C. Élise comprend maintenant pourquoi c'est un document crypté dans un dossier crypté. Son père n'aurait jamais dû garder un tel document selon le code de la confrérie. S'il l'a fait, c'est uniquement pour lui transmettre, et pour cela il a enfreint le code. Elle sait ce qu'il lui reste à faire, pour respecter le code et réparer l'erreur de son père, elle détruit le document.

Sacha l'appelle.

— « Salut mon amour, comment vas-tu ? »

— « Beaucoup mieux. Je crois que c'est le contrecoup de la conférence, ma mère m'a requinqué. »

— « Bien. Très bien… »

— « Bon d'accord, je passe te voir, il faut qu'on parle. »

Élise regrette ses paroles instantanément, mais cela est sorti tout seul. C'est un peu tôt à son goût pour parler avec Sacha, mais s'il y en a un qui peut lui fournir des informations sur cette deuxième confrérie, c'est lui.

— « Bien, je t'attends. »

Un message arrive juste avant son départ. Ce sont les enregistrements des boites noires. Elle les stocke dans le dossier privé, elle les regardera plus tard.

Amendement du droit de naissance

En 2530, le droit de naissance a été institué dans le but de contrôler la démographie de la planète, suite à la catastrophe de 2517 sur Mars.

La règle initiale était simple. Chaque habitant, vivant de la Terre, s'était vu attribué un droit de naissance. Ce droit était transmis lors de son décès, à parts égales, à ses descendants directs. À leur tour, ils pouvaient soit l'utiliser pour avoir des enfants, soit le transmettre à leur descendance. Ainsi, chaque mort d'un ascendant autorisait une naissance dans la famille. Cela assurait le renouvellement des familles. Si une personne n'avait pas d'héritiers à sa mort, son droit de naissance était éteint. Cela permettait de réduire progressivement la population terrestre, trop nombreuse.

Lorsque la colonisation de Mars fut lancée, après la géogénèse, le transfert de population acheva de réduire la population de la Terre, à une valeur jugée optimale, soit quatre milliards. Apparut alors un problème, l'extinction de droits continuait de réduire progressivement la population. Un premier amendement modifia la loi pour conserver les droits au lieu de les éteindre. Ces droits étaient redistribués à la demande, ce qui eut pour conséquence de déséquilibrer la répartition des naissances dans les familles.

Quand la population de Mars atteignit trois milliards, le droit de naissance y fut institué selon les mêmes règles que sur Terre.

Le nombre de personnes parties en expéditions contribuait aussi à réduire la population, phénomène qui a pris de l'ampleur au cours des 27 et 28e siècles, avec l'accélération de la fréquence des départs.

Pour limiter ce biais, un nouvel amendement fit que le droit de naissance était transmis quand la personne quittait la planète définitivement, par décès, migration sur Mars ou départ en expédition. En corollaire, pour migrer vers une planète, il fallait y obtenir un droit de naissance. Ainsi, les droits de naissances d'une planète restaient dans l'ensemble constants, assurant la stabilité de la population.

Pour favoriser la conservation des familles, la transmission fut élargie des descendants aux collatéraux. Si une personne quittait la Terre sans descendance, ses droits de naissances étaient transmis à ses frères ou sœurs.

Cette législation n'avait plus été modifiée depuis plus de deux cents ans. C'est pourquoi Élise est très surprise de cette proposition d'amendement. L'amendement était très court. Il proposait purement et simplement de supprimer la possibilité, pour les martiens, d'obtenir un droit de naissance terrien, et réciproquement. Cela n'était rien d'autre que la suppression de la possibilité de migrer.

Le calendrier annoncé pour les débats et le vote était de trois mois. Mais Sacha l'attendait, Élise approfondirait plus tard.

La famille de Sacha

Arrimée chez Sacha, Élise se rend directement dans le salon. Cela lui fait bizarre, elle a déjà pris l'habitude de cette maison et pourtant elle sent que ce n'est plus comme avant. Comme si elle n'était pas venue depuis longtemps.

— « Ah ! Enfin tu es là ! »

— « Oui. Je suis désolée de t'avoir renvoyé de chez moi. Mais je n'étais pas dans mon état normal. Je crois que j'ai fait une crise d'angoisse. Ce doit être la fatigue de la conférence. »

— « Il n'y a pas de problème mon amour. Tu ne me dois aucune explication. »

— « Du coup, cela a été un peu court avec ma famille. »

— « Oui, mais je suis sûr que ta mère m'adore déjà. »

— « Mais forcément, tu es tellement adorable. Et moi, quand est-ce que je vois ta mère ? »

— « Cela va être un peu compliqué. »

— « Vous êtes fâchés ? »

— « Non, elle est morte. »

— « Oh, je suis désolé. Je ne savais pas. »

— « Ce n'est pas grave, je ne l'ai jamais connue. Et tant qu'on y est, je ne connais pas mon père non plus. Je suis un enfant totalement abandonné. »

— « Il est… mort aussi ? »

— « Je ne pense pas, mais il est très loin. Il est parti en expédition avant ma naissance. »

— « Parti en expédition. Mais je croyais que l'on ne pouvait pas sans ses enfants. »

— « Oui. En fait c'est une histoire un peu compliquée. »

— « Dis-moi. »

— « Ma mère était follement amoureuse de mon père, lui non. Il était en phase finale de départ. Ma mère avait un droit de naissance complet, ce qui lui a permis d'interrompre sa contraception, seule. Et elle est tombée enceinte de mon père. Mais mon père est quand même parti et ma mère s'est suicidée de chagrin juste après ma naissance. »

— « Mon pauvre amour. »

— « Les parents de ma mère m'ont élevé, mais je crois qu'ils n'ont jamais accepté le suicide de ma mère, que je leur rappelais sans cesse. Cela doit faire au moins quinze ans que je ne les ai pas vus. »

Élise lui aurait bien demandé s'il avait des enfants, mais elle avait peur de la réponse. Elle verrait plus tard. La famille est un élément fondamental, et il n'est pas facile d'avouer que l'on n'a pas de famille. Elle comprenait mieux l'élan qu'il avait eu pour la sienne. La famille devait lui manquer, il avait envie d'en rejoindre une.

Elle se rapprochait de lui progressivement, mais elle n'avait plus cet élan vers lui. Une distance persistait. La complicité qu'elle avait connue ne revenait pas. Cela la rend un peu triste. Et si c'était le différend sur la confrérie qui se mettait entre eux. De toute façon, il faudra crever l'abcès un jour.

— « Mon amour, la famille c'est important, mais je pense que le plus important, c'est l'humanité, avant toute chose, l'humanité est notre grande famille à tous. »

Sacha marque un temps d'arrêt.

— « Une grande famille qui attise la compétition des petites familles. Une grande famille qui ne juge que par les savoirs, sans tenir compte des religions, des amis, des ennemis. J'aurais aimé appartenir à une famille plus petite, plus spécifique et plus aimante. »

Ce coup-ci, Élise reconnut le deuxième commandement, celui de l'autre confrérie. Elle ne put s'empêcher d'admirer la pirouette de Sacha. Il est visiblement pressé, car on délaye habituellement plus, pour que les choses soient plus faciles. Même si elle est consciente de l'imposture que cela représente, elle décide de continuer.

— « Une famille pour laquelle tu préfères mourir plutôt que trahir. »

— « Une famille où l'on te recrute comme un frère, au moins. »

Un grand silence suit. Ils se regardent dans les yeux. Élise a mille questions sur la confrérie de Sacha. Mais elle ne sait ni par quoi ni comment commencer. Sacha la prend de vitesse.

— « Me permets-tu d'enfreindre le code ? »

— « Oui. »

— « Pourquoi n'as-tu pas suivi la première fois ? »

Que lui dire ? Parce qu'elle n'est pas de la même confrérie ? Sacha n'est pas un confrère au sens d'Élise, et le code interdit formellement d'accepter l'existence de la confrérie auprès de quelqu'un qui n'est pas un confrère. Pire, enfreindre le code, comme vient de le faire Sacha, exclut de la confrérie. Le code de Sacha est-il le même que le sien ? Après tout, elle ne sait que très peu de choses sur la confrérie de Sacha, elle a besoin d'en savoir plus, mais comment le faire sans se démasquer ? Cette pensée lui donne une idée qu'elle tente directement.

— « Parce que je suis une apprentie ! »

Sacha marque le coup. Il ne s'attendait pas à cette réponse.

— « Et tu ne veux pas de moi comme maître ? »

— « Je ne sais pas. Je ne sais pas si le code le permet. »

— « Mais si, rassure-toi. Ton premier maître aurait dû te l'apprendre. Le premier te choisit, mais tu choisis le second. Je dois donc te poser la question. Veux-tu de moi comme maître ? »

Les choses allaient trop vite pour Élise. Si Sacha devenait son maître, cela allait beaucoup affecter leur relation et selon son code, elle n'avait pas le droit de prendre un troisième maître. Mais le code s'appliquait-il à Sacha ? Elle a beau fouiller sa mémoire, le code ne prévoit rien pour les autres confréries. Il laisse les confrères libres d'adhérer à toute autre organisation, sans plus de précisions. Prendre Sacha comme maître est une source formidable d'information et elle veut en savoir plus, mais elle a l'impression d'entrer dans un bain d'eau glacée, de faire quelque chose de bien et désagréable à la fois.

— « Oui, je le veux. »

Cette phrase lui rappelle fortement celle qu'elle donna à son grand-père voici plus de 45 ans. Son père avait été son premier maître, l'initiateur, mais elle n'avait pas su faire confiance à un second, jusqu'à son grand-père. Elle s'était toujours demandé si c'était son grand-père qui avait initié son père, mais il lui était interdit de le savoir.

— « Je suis donc ton maître. Mon rôle est de te confirmer comme consœur. Je vais t'exposer mon code et tout ce que je confirme de ton premier maître sera le tien. Tu ne dois jamais admettre faire partie de la confrérie, même face à des preuves. Tu ne dois jamais désigner des membres de la confrérie, même à des confrères. »

Au moins le laïus d'accueil était le même. C'était mot pour mot le discours de son grand-père.

— « Maintenant, je te propose une expérience que tu ne connais pas. »

— « Laquelle ? »

— « Le bain de boue. Tu vas voir, c'est beaucoup plus agréable qu'il n'y paraît. Suis-moi. »

Jusqu'à présent, il ne l'avait jamais déçue. Sacha l'entraîne dans une autre pièce de la maison, pièce où elle n'avait jamais eu la curiosité d'aller. L'odeur n'est pas la plus accueillante qui soit, mais elle apprécie de se laisser faire, de se laisser aller.

— « Entre là-dedans. »

Sacha désigne un bassin rempli d'une matière marron et visqueuse. Impossible d'estimer la profondeur de ce bassin. Elle y pénètre prudemment. C'est tiède, entre une poudre et un liquide. C'est peu profond, à peine à hauteur de ses genoux. Sacha la suit et s'y assoit. Elle l'imite. Puis il projette de la boue sur son corps. D'instinct elle lui répond. Il s'en suit une bataille rangée, à laquelle aucun centimètre carré de peau n'échappe.

— « Maintenant, nous allons là. »

Sacha désigne une porte vitrée, couverte de buée. Elle y entre. C'est suffocant. L'air y est saturé de vapeur et il y fait très chaud. Sacha la suit.

— « Allonge-toi là, et ferme les yeux. »

Sacha désigne une table en pierre. Elle s'exécute. C'est très surprenant, la pierre est molle et chaude. Sacha pose les mains sur le bas de son dos, puis remonte jusqu'à sa nuque, avec une pression ferme. Ses mains font des mouvements symétriques sur son corps et pressent chacun de ses muscles. La nuque, les épaules, les bras, les mains. Naturellement, elle serre les mains de Sacha dans les siennes puis les relâche. Ses mains remontent le long de ses bras, à nouveau sa nuque, puis elles descendent sous ses épaules, passent sur ses hanches, longent ses jambes et s'arrêtent sous ses pieds. Bizarrement elle n'est pas chatouillée. Elle sent un doigt appuyer fortement sur sa plante de pieds. Elle a l'impression que cette pression se propage jusque dans le haut de son corps. Maintenant, il lisse ses mollets, puis ses cuisses, puis ses fesses. Élise a l'impression de fondre sur la table, de ne même plus savoir comment contracter son corps. Il est à présent sur son coccyx, où il imprime un mouvement de va-et-vient appuyé. Elle sent une chaleur naître dans son bas ventre. Les mains remontent alors le long de la colonne vertébrale, puis repartent du coccyx pour à nouveau remonter. Ces mouvements tirent la chaleur de son bas ventre vers le haut de son corps. De plus en plus haut. Il lui indique de se retourner. Il applique directement une main sur son sexe qu'il fait glisser vers sa gorge et recommence en alternant ses mains. Elle ressent alors une barre chaude et agréable, qui naît entre ses hanches et monte presque jusqu'à sa gorge. Elle aimerait que cela aille plus haut, dans sa bouche, dans sa tête. Elle essaie alors de tirer mentalement cette sensation, de l'augmenter, mais au contraire la sensation régresse.

— « Laisse venir les choses, ne les cherche pas, » chuchote Sacha.

Puis il plaque une main entre ses seins, et de l'autre masse fermement la racine de son nez. Élise s'éloigne. Elle a la sensation de voler, de planer au-dessus de son océan favori. Elle peut même visiter les fonds marins sans ressentir le contact de l'eau sur sa peau. La main de Sacha est bien présente, mais c'est le seul contact qu'elle a avec la réalité, et tout l'amour de Sacha passe dans cette main, et toute la beauté de son océan l'émerveille.

D'un seul coup, son poids revient. Elle ressent presque un choc avec la table en pierre. Elle est lourde, incapable d'aucun mouvement. L'océan s'estompe. Elle rouvre les yeux.

— « Excuse-moi, j'ai peut-être arrêté un peu brutalement, mais 40 minutes de hammam c'est le maximum, il faut qu'on sorte. »

Élise ne sait plus trop où elle est, mais ses forces et ses esprits reviennent progressivement. Elle suit Sacha en dehors de la pièce.

— « C'était génial ! »

— « Tu m'as l'air très réceptive. »

En dehors du hammam, la boue commence à sécher sur la peau. Cela n'est pas très agréable, Élise essaie de l'enlever en frottant. Sacha lui montre un coin de la pièce.

— « On se rince ? »

— « Oui. Ça commence à me gêner. »

Ils s'installent tous les deux sous la douche. Chacun fait disparaître les résidus de boue sur l'autre avec ses mains. C'est agréable. Sacha explore tout son corps et finit par insister sur un point précis…

De retour au salon, Élise ne sait plus quoi penser de Sacha. Il n'a certainement pas choisi sa confrérie. Il a l'air tellement sincère. Elle aimerait tant retrouver la complicité des débuts. Elle hésite à tout lui avouer, mais l'interdit est le plus fort. Sacha la rejoint avec des boissons et une nourriture mystérieuse. Bien qu'inconnue, elle est délicieuse. Ils mangent ainsi de longues minutes, sans rien dire. Puis Élise rompt le silence.

— « Tu as lu cette proposition d'amendement sur le droit de naissance ? »

— « J'étais dessus quand tu es arrivée. »

— « Je ne vois pas l'intérêt d'interdire les déplacements d'une planète à l'autre. »

— « Tu dis cela parce que tu es terrienne. »

— « Je ne vois pas le rapport. »

— « Les terriens ne veulent pas, ou plutôt ne veulent plus, migrer sur Mars. »

— « Ben oui, tu as déjà visité Mars ? »

— « Oui. On est nettement mieux sur Terre, nous sommes d'accord. Ce que je dis, c'est que les terriens ne voient pas l'intérêt d'interdire la migration, car ils ne la veulent pas. »

— « Je ne comprends pas où tu veux en venir ? »

— « Ce n'est pas le cas des martiens. »

— « Explique-moi ! »

— « Les martiens veulent venir sur Terre. Et pour cela, ils consomment des droits de naissance. »

— « Mais cela est vrai des deux côtés. »

— « Sauf que les droits de naissance martiens ne sont plus tous consommés depuis plusieurs dizaines d'années. »

— « Tu veux dire que les gens qui migrent de la Terre vers Mars sont plus nombreux que dans l'autre sens ? »

— « C'est très net. Et cela pose un problème. »

— « Lequel ? »

— « Les terriens ne peuvent plus se reproduire autant que les martiens. Lentement, les martiens vont devenir plus nombreux que les terriens. »

— « Au secours, les humains sont envahis par les humains ! »

— « Non, avec trois siècles d'évolution séparée, dans des milieux distincts, les humains de Mars ne sont plus les mêmes que ceux de la Terre. »

Élise n'en croit pas ses oreilles. Sacha faisait-il preuve de racisme ? Elle pensait que cela était réservé aux personnes peu cultivées ou au moins peu éduquées.

— « Ne me dis pas que tu adhères à ces théories ! L'ADN ne change pas aussi vite. »

— « L'ADN non, mais il faut prendre en compte le milieu. Et de plus, chaque droit de naissance pris par un martien est un terrien de moins. »

Cette dernière phrase fait comprendre à Élise que Sacha ne voit vraiment pas les choses comme elle. Cela lui pose un problème, surtout après l'avoir pris comme maître.

Prise de conscience

De retour chez elle, Élise n'arrive pas à se sortir de la tête les dernières paroles de Sacha. Comment peut-il sérieusement penser comme cela ? Elle décide d'approfondir cette proposition d'amendement du droit de naissance. La statistique n'est pas encore très affinée, mais plus de trois des estimations de vote sont en faveur de l'amendement. 90 % pour les terriens et plus de 50 % pour les martiens. Élise a l'impression étrange de ne pas faire partie de ce monde. Comment cela est-il possible ? Ce matin encore, elle n'imaginait même pas que la question se pose. Quand Sacha avait affiché sa position, elle était persuadée qu'il s'agissait d'une minorité. Mais avec ces chiffres, elle s'aperçoit de son erreur. C'est elle qui pense comme une minorité, une petite minorité.

Comment ne s'est-elle pas aperçue de ce changement ? Elle, une historienne très au fait des changements de mentalités intervenus dans l'humanité tout au long du temps. Elle veut en parler à quelqu'un. Mais qui ? Pas à Sacha, pas à sa mère, pas à ses enfants. Philippe, son collègue lui parait être la meilleure personne.

— « Allô, Philippe ? »

— « Tiens. Qu'est-ce qui me vaut un appel de ma chère collègue ? »

— « Tu as vu la proposition d'amendement ? »

— « Sur le droit de naissance. Oui. Enfin ! »

— « Enfin ? »

— « Depuis le temps que cette expédition ne dit pas son nom, on y arrive enfin. »

— « J'avoue que je ne te suis pas. »

— « Pour moi, la grande migration vers Mars est une expédition, un peu spéciale, mais une expédition quand même. J'ai toujours trouvé injuste que l'on puisse revenir de celle-là et pas des autres. Soit on part, soit on reste. Mais quand on est parti, on ne revient pas. »

Élise ne s'attendait pas à cet argument. Elle n'y retrouve pas le racisme qu'elle a attribué au camp adverse. Cela ressemble à une position tout à fait acceptable, au détail près qu'elle conduit aussi à accepter l'amendement, qu'elle rejette d'instinct.

— « Tu penses qu'il ne devrait plus y avoir d'échange en la Terre et Mars. »

— « Oui. Éventuellement des observations scientifiques. Le hasard a fait que ces deux mondes sont cachés l'un à l'autre, et c'est à mon avis une bonne chose. C'est une très bonne opportunité pour l'humanité d'explorer deux voies distinctes d'évolution. Si l'on ne veut pas qu'une branche l'emporte sur l'autre, il faut limiter les échanges. »

— « Ce n'est pas complètement un hasard, c'est l'Homme qui a mis Mars dans cette position. Mais si je reprends ton idée, on aurait dû limiter les échanges entre l'occident et l'Amérique ? »

— « Exactement. L'humanité aurait été enrichie de la civilisation inca plutôt que la faire disparaître. Ne penses-tu pas qu'elle y aurait gagné ? »

— « Intéressant. Tu penses que si les hommes, après s'être répartis sur tous les continents, n'avaient plus eu de contacts entre eux, l'humanité en aurait été enrichie ? »

— « Parfaitement. »

— « Mais que fais-tu de l'absence de concurrence qui motive les progrès ? »

— « La concurrence existait suffisamment à l'intérieur de chaque continent. Et puis ton argument milite pour la séparation de Mars et de la Terre. En les séparant, on les rend concurrentes, ce qui est bon pour l'humanité. »

— « Mais s'ils restent séparés, comment s'enrichissent-ils mutuellement ? »

— « Ils finissent par se rapprocher, quand la technologie réduit la distance, mais sans que l'un fasse disparaître l'autre. Aujourd'hui, l'espace a remplacé les océans, et les planètes sont les continents d'hier. Quand nous aurons fait beaucoup de progrès technologiques, nous pourrons peut-être réunifier les civilisations nées des différentes expéditions, et en envoyer de nouvelles dans d'autres galaxies. »

Philippe semblait aussi humaniste qu'Élise, mais il n'arrivait pas aux mêmes conclusions. Sa position était tout à fait raisonnable. Elle se sentait apaisée par cet échange. La situation lui parait moins grave, il n'y avait pas 90 % de racistes sur Terre.

Après avoir remercié Philippe de cet échange, elle reçoit un message de Sacha.

« Je n'aime pas la façon dont nous nous sommes quittés, j'ai besoin d'être sûr que tu n'es pas fâchée. Est-ce que je peux venir te voir ? Je t'aime. »

Elle accepte. Sacha s'arrime à son appart. Elle est un peu stressée, sans vraiment comprendre pourquoi. Ils commencent par s'embrasser, puis elle affronte la situation.

— « Je t'avoue que ta position m'a un peu surprise. »

— « Je l'ai ressenti. Mais j'ai du mal à comprendre. »

— « Pour moi, tous les humains se valent. »

— « Pour moi aussi. Mais il y a compétition entre des groupes d'humains et on doit défendre son camp. C'est naturel, c'est ce qui nous fait progresser. »

Élise s'aperçoit qu'elle est instinctivement attachée à une unité globale. Elle a pris conscience que cela n'est pas partagé par tout le monde, loin de là. Après tout, en tant qu'historienne, elle sait très bien que l'humanité s'est construite sur la compétition entre différents groupes : nations, religions, idéologies…

— « Tu as peut-être raison. »

Sacha explore l'appart. Après tout, il n'est jamais vraiment venu chez Élise.

— « Qu'est-ce que c'est ? » dit-il en désignant des objets dans une vitrine.

— « Ce sont des livres. Ils ont presque un millénaire. »

Sacha se plante devant la vitrine et se concentre devant un des livres. Il ressemble à un enfant qui apprend à commander avec la pensée. Cela amuse beaucoup Élise. Elle attend sa réaction.

— « Ils n'ont pas l'air de fonctionner. »

Elle éclate de rire.

— « Cela ne se commande pas par la pensée, mais avec les mains. Je te montre. »

Élise commande à la vitrine de s'ouvrir. Elle prend un livre dans ses mains, et l'ouvre.

— « Tu vois, c'est articulé sur la tranche. Le texte commence sur cette page. Quand tu as fini de la lire, tu la tournes comme ça et tu continues. »

Elle lui tend le livre pour l'inviter à essayer. Sacha le manipule, puis se positionne sur la première page qu'il commence à lire.

— « Oh la. Je ne connais pas un mot sur trois. C'est incompréhensible. »

— « Oui, la langue évolue vite. Et puis beaucoup d'objets de la vie courante ont disparu. »

— « Qu'est-ce qu'il raconte celui-là »

— « LNO ? C'est une fiction de l'époque, qui parle des dangers potentiels de la communication numérique, un sujet très présent au 21e siècle. »

— « Et tu as tout lu ? »

— « Pire, je l'ai étudié. Pour une historienne, cela permet de comprendre la façon de penser des gens de l'époque. »

— « Et il existe en actualisé ? »

— « Tu voudrais le lire ? »

— « Oui. Cela me permettrait de mieux te connaître. »

— « Je ne pense pas. Il y est fait référence à beaucoup de concepts disparus aujourd'hui, comme l'argent, les hommes politiques, les sociétés commerciales et j'en oublie. »

— « Tant pis. »

— « Ce n'est pas plutôt à toi de m'apprendre des choses ? »

— « Si. Tu veux maintenant ? »

— « Pourquoi pas ? »

— « Bien. Le premier commandement parle de lui-même : l'humanité avant toute chose. Il signifie que la chose qui surpasse tout c'est l'humanité, et sa préservation dans le futur. Le premier point à comprendre, c'est que nous composons cette humanité, mais qu'elle ne dépend pas de nous. »

— « L'individu ne pèse rien face à l'humanité, qui seule compte. »

— « Exactement. Le deuxième commandement mérite plus d'explication : attise la compétition des savoirs entre les ethnies, les religions, tes amis, tes ennemis, et tous les royaumes. Il pose que le moteur du progrès de l'humanité est la compétition entre les groupes d'individus. Et surtout, il définit la richesse de l'humanité, le savoir. »

Élise sent que la différence entre les deux confréries réside dans ce point-là. Dans sa version, l'injonction d'initier la compétition est absente, mais juste d'équilibrer le savoir entre les compétiteurs.

— « Et les individus ne sont que les maillons de cette chaîne de transmission du savoir. »

— « Parfaitement. Pour la confrérie, la seule véritable finalité d'un être humain est de transmettre ses gènes et ses connaissances à tous sans distinction. Tu dois d'ailleurs savoir mieux que moi ce que sont les ethnies et les royaumes ? »

— « Certainement, mais ces notions n'existent plus de nos jours. Comment les traduire ? »

— « Cela s'applique aujourd'hui à tous les groupes d'individus distincts. Les premiers qui me viennent à l'esprit, si tu permets, ce sont les terriens et les martiens. Nous devons stimuler la compétition entre eux. »

— « Et les expéditions ? »

— « Oui, on peut considérer que chaque expédition entre en concurrence avec l'humanité restée sur Terre. La différence avec Mars est que nous ne pouvons, pour l'instant, leur transmettre d'information. »

Ce point n'était pas complètement exact, comme lui avait expliqué Philippe. De la Terre, on pouvait observer les exoplanètes et l'influence que les colons avaient dessus. Et de ces exoplanètes, ils pouvaient nous observer. Cela permet un échange d'information minimal. Le point est que cette communication se fait avec quelques dizaines, voire quelques centaines, d'années de décalage, alors qu'elle n'est que d'environ 20 minutes avec Mars. Ils voient donc notre passé, et réciproquement.

— « Et sur Terre, il n'y a pas de groupes ? »

— « Si. Les groupes linguistiques par exemple, chacun défend sa langue, c'est une forme de compétition. »

Cela lui rappelle l'initiation de son père. Il avait insisté sur le fait que les traducteurs étaient des relais de choix. Mais Élise cherche à comprendre quelles différences concrètes constituent l'écart des deux commandements.

— « Et quel doit être notre rôle sur ces groupes ? »

— « Attiser la compétition, justement ! Inciter un groupe à prendre l'avantage sur l'autre, tout en aidant aussi l'autre. C'est le seul moyen de faire progresser l'humanité. »

On y était. Les paroles de son père résonnaient encore dans sa tête « Nous ne devons jamais prendre parti. Nous devons seulement nous assurer que les vainqueurs ont le savoir véritable afin qu'il survive avec eux. C'est le seul moyen de faire gagner l'humanité. » C'est un point qui a toujours posé question à Élise. Quand on transmet le savoir du plus fort au plus faible, on rééquilibre les choses. Cela est prendre, en quelque sorte, le parti du plus faible, même si cela pousse le fort à progresser. Chez Sacha, le but n'est pas d'aider le plus faible, mais d'améliorer le plus fort, aider le faible ne sert qu'à renforcer le plus fort. Élise a besoin d'en avoir le cœur net.

— « Mais si deux groupes égaux coexistent sans compétition ? »

— « Ton rôle est de créer cette compétition, pour le bien de l'humanité ! »

Élise marque une pause. Les dires de Sacha lui posent question. Et comme Sacha la sent hésitante, il argumente.

— « Regarde ce qui se passe sur Terre. Tout le monde dispose des ressources nécessaires. Il suffit de demander pour avoir quelque chose. Il n'y a plus de compétition. Le résultat est que l'humanité n'a jamais fait aussi peu de progrès. Cite-moi une seule grande avancée de ces trois derniers siècles ? »

Élise a beau chercher, elle ne trouve pas. Elle ne trouve pas non plus le défaut de l'argumentation de Sacha, mais elle n'est pas prête à l'accepter pour autant.

— « Il faut que j'y réfléchisse. »

— « Tu es pourtant bien placée en tant qu'historienne. »

— « Laisse-moi y réfléchir. »

Élise passe en revue les événements historiques. L'invention de la communication numérique, du convertisseur, la reconstruction de Mars, les bulles… Mais après, rien ne lui vient à l'esprit.

— « Je pense que cela suffit pour aujourd'hui. Nous verrons les autres commandements plus tard. Que dirais-tu d'un bon restaurant ? »

Élise est perdue. Elle n'a pas envie de ce restaurant, elle n'a pas faim, mais comment refuser à Sacha.

— « Bon, je réserve, je repasse chez moi et l'on s'y retrouve dans deux heures ? »

— « Oui. »

Sacha parti, Élise n'arrive pas à penser à autre chose. Comme avec un casse-tête, où l'on sait qu'il y a une solution sans pouvoir la trouver.

Décès du grand-oncle

Élise est perdue dans ses réflexions. Elle n'est plus sûre de ses propres valeurs, de ces valeurs qui ont gouverné sa vie jusqu'à maintenant. Et si elle s'était trompée ? Si son père et son grand-père l'avaient trompée ? Elle se sent fragile, et donc méfiante. Sa mère interrompt ses pensées.

— « Salut ma chérie. »

— « Salut maman. »

— « J'ai une triste nouvelle. »

— « Grand-Oncle ? »

— « Oui. Il est décédé voici deux heures. »

— « C'est triste, on s'y attendait. »

— « Sais-tu que tu es l'héritière de sa vie ? »

— « Oui, il me l'avait dit. »

— « La multinationale m'a dit que nous pourrons aller chercher les objets que nous voulons récupérer dans son appart dès demain. Tu penses que ton fils en voudra ? »

— « Je ne sais pas. Je vais lui proposer. »

— « Bon je te laisse, j'ai plein de gens à prévenir. »

En plus de son droit de naissance, elle hérite de ses données, du moins de celles qu'il a voulu laisser. Elle ouvre machinalement l'archive. Un premier répertoire l'attire, des photos et des scénographies de famille. Elle y voit son père, petit garçon, elle-même bébé. Cela la plonge dans un état nostalgique. Elle doit s'en extraire pour regarder ce qu'il y a d'autre. La passion de son grand-oncle y tient une grande place. Il y a des milliers de captures de vidéos des étoiles. Le tout est organisé par date et par secteur de la voûte céleste. Le volume augmente franchement durant la période lunaire de son grand-oncle. Comment peut-on se passionner à ce point pour les étoiles ?

Élise fusionne la totalité des données avec les siennes, comme elle l'avait fait pour son père et son grand-père. Ainsi, ses héritiers choisiront ce qu'ils voudront. Elle doit maintenant prévenir son fils. Quand quelqu'un décède, l'usage veut que la nouvelle soit transmise de parents à enfants.

— « Allô, Martin ? »

— « Bonjour maman. »

— « J'ai une triste nouvelle. »

— « Grand-Oncle ? »

— « Oui. Il est décédé voici deux heures. »

— « Et cela te rend triste ? »

— « Oui. Je m'y attendais, mais maintenant que c'est arrivé cela me fait quelque chose. »

— « Tu veux que je vienne ? »

— « Non. Je rejoins Sacha au restaurant dans peu de temps, merci mon chéri. Mamie m'a demandé si tu voulais récupérer des objets. »

— « Tu sais, je le connaissais peu. Je ne pense pas qu'il y ait des objets qui me parlent dans son appart. Je demanderai à mes enfants, au cas où. »

— « Et tes enfants, justement, comment vont-ils ? »

— « C'est un peu compliqué avec Amina, surtout avec Maria. Et Ahmed qui ne veut pas démordre de son départ. Il t'en a parlé ? »

— « Oui, rapidement au repas de famille. »

— « Je ne sais pas quoi lui dire pour le faire changer d'avis. »

— « Je préfère ne pas m'en mêler. »

— « Je te comprends. Bon je vais les appeler à mon tour. »

Élise a fait son devoir. Elle a transmis la nouvelle à sa descendance. Elle se demande s'il en a toujours été ainsi. Comment faisaient les hommes avant ? Tout cela n'est que conventions. On en est tellement imprégné que l'on en a à peine conscience, comme pour tout ce qui est omniprésent.

Cela rejoint ses pensées. Le code de la confrérie a-t-il vraiment toujours été le même ? Il aurait aussi pu évoluer, se séparer en plusieurs branches. Cette idée lui plaisait, la confrérie de Sacha et la sienne n'étaient que deux branches cousines. La grande similitude des commandements le prouvait, ces deux confréries avaient la même origine. Ce phénomène était très courant dans l'histoire de l'humanité. L'homo sapiens avait eu plusieurs lignées qui se considéraient comme des races différentes et concurrentes. Les religions s'étaient séparées en plusieurs courants qui avaient fini par s'opposer, même s'ils se réclamaient tous des mêmes origines. Élise n'avait jamais compris ce qui était à l'origine de ce phénomène, maintenant elle y voyait le travail de la confrérie de Sacha. Et cela confortait la légitimité de cette dernière, car cela impliquait qu'elle était au moins aussi ancienne que la sienne.

— « Allô, mon amour ? »

Décidément, tout le monde avait décidé de l'empêcher de réfléchir.

— « Oui mon amour. »

— « Pour le restaurant, j'ai une autre proposition à te faire. »

— « Je t'écoute. »

— « J'ai croisé quelqu'un que j'aimerais te présenter. Il m'a proposé que nous allions au restaurant ensemble. Tu verras, il est très intéressant, je suis sûr qu'il va te plaire. »

L'idée de rencontrer une nouvelle personne plaît à Élise, et puis cela lui changera les idées et lui permettra d'échapper au tête-à-tête avec Sacha.

— « Avec grand plaisir. Je serais ravie de connaître tes amis. »

— « Bien. Je confirme et t'envoie l'adresse. »

Élise reprend sa réflexion.

Les deux confréries pourraient être légitimes. Celle de Sacha ne serait pas forcément une imposture. Cette idée l'apaise. C'est une bonne solution à ses problèmes de conscience. Après tout, le code ne lui interdit pas de faire partie d'une autre confrérie, il lui suffira de garder les choses bien séparées et de maintenir la sienne secrète.

Elle reçoit l'adresse du restaurant. Il ne lui reste plus que le temps de se préparer. Quel maquillage va-t-elle choisir ? Ne connaissant pas l'ami de Sacha, elle opte pour un maquillage assez neutre, mais élégant. Elle y ajoute un brassard noir en souvenir de son grand-oncle. Les gens n'en connaissent plus la signification depuis longtemps, mais c'est sa façon de l'honorer.

Restaurant

Une fois arrimée, Élise découvre ce restaurant qu'elle ne connaît pas. Le thème est visiblement la forêt tropicale. On se croirait en pleine nature, sur le sol de la Terre. Elle commande au mur d'accueil de lui indiquer où se trouve Sacha, et suit le parcours fléché. Quand il l'aperçoit, Sacha se lève et s'avance vers elle pour l'accompagner jusqu'à la table.

— « Voici Élise. Et voici Serge et Philomène. »

Serge se lève à son tour.

— « Enchanté de faire votre connaissance. »

— « Ravie de vous rencontrer » disent en même temps Élise et Philomène.

— « Asseyons-nous, » conclut Sacha.

Serge doit à peu près avoir l'âge de sa mère. Son amie est beaucoup plus jeune, très belle, grande et fine, mais beaucoup plus jeune, 30 ans maximum. Cela se voit aussi dans son maquillage, très abstrait et qui ne met pas ses formes en valeur. Même si Élise essaie de le cacher, elle se sent toujours un peu mal à l'aise avec les couples ayant une aussi grande différence d'âge. Et Serge s'en aperçoit malgré elle.

— « Philomène est ma petite fille. »

— « Madame, je vous ai eu comme professeure. »

Élise est à la fois soulagée et confuse. Elle sourit à la limite du rire.

— « Désolée. Nous avons tellement d'élèves. »

— « Serge, je te propose de commander maintenant, ce sera fait. »

— « Bonne idée. Élise, vous connaissez cet endroit ? »

— « C'est la première fois que j'y viens. »

— « Ici, il n'y a pas de carte. On donne ses goûts et ils vous font un repas sur mesure, ou alors, vous choisissez la surprise. »

— « La surprise ! »

— « Très bien, quatre surprises. »

— « C'est un endroit très agréable, on se croirait sur Terre, je veux dire sur le sol en pleine forêt. »

— « Oui, ce sont de vraies plantes. Savez-vous que nous devons cela à notre ami Sacha ? »

— « Je n'ai donné que quelques conseils. »

— « Et en dehors d'enseigner l'histoire, que faites-vous dans la vie ? »

— « De la recherche, comme beaucoup d'enseignants. »

— « Et des conférences. J'ai assisté à la dernière. Bravo. On a du mal à croire aujourd'hui que le travail était obligatoire pour vivre. »

— « En effet, l'humanité a beaucoup changé. Et vous, Philomène, vous avez terminé vos études ? »

— « Pas vraiment. Je me suis donné un peu de temps pour choisir ma voie. »

— « C'est toute la jeunesse d'aujourd'hui, ils ne savent pas où ils vont. Vous avez aussi des petits enfants ? » intervient Serge.

— « Oui, deux, par mon fils. J'ai beaucoup de chance. »

— « La descendance est la seule finalité de notre vie. Vos parents doivent être fiers ? »

— « Ma mère, beaucoup. Mon père est, hélas, mort avant de voir cela. »

— « Désolé, c'est arrivé récemment ? »

— « Non, rassurez-vous, il y a plus de quarante ans. »

— « C'est devenu tellement rare de nos jours. Je suis désolé, je ne voulais pas raviver un souvenir douloureux. »

— « Je vous assure qu'il n'y a aucun problème. En quarante ans, je m'y suis faite. »

— « Et j'imagine que vos grands-parents ont été dévastés ? Moi-même, si je perdais un enfant ou un petit-enfant j'aurais du mal à m'en remettre. »

Élise commence à avoir un sentiment étrange. Cet homme cherche quelque chose. De plus, elle trouve ses questions très déplacées en présence de Sacha. Elle choisit donc de l'arrêter dans cette voie, en essayant de le mettre mal à l'aise.

— « Mon grand-père est mort dans l'accident avec mon père. »

— « Ah oui, je me souviens de cet accident. Le père et le fils dans une collision avec un astéroïde. Cela avait fait beaucoup de bruit à l'époque. Vous êtes sa fille ? »

C'est trop gros pour Élise. Cet homme en sait beaucoup plus qu'il n'y parait. Il revient sans cesse sur elle, ne respectant aucune politesse. Il insiste sur un sujet pouvant mettre mal à l'aise son ami Sacha. Cet homme est tout simplement en train de l'interroger, au-delà d'une simple curiosité. Mais que cherche-t-il à savoir ?

— « Oui. »

— « Je me souviens. Il y avait eu une enquête pour comprendre pourquoi l'astéroïde n'avait pas été détecté par Sentinelle. Je n'ai pas de souvenirs des conclusions. »

— « Le rapport que j'ai eu à l'époque ne le mentionnait pas. La conclusion était qu'il s'agissait d'un accident. Vous savez, à l'époque, la cause de la mort de mon père n'était pas mon principal souci. »

— « Je comprends. Ah, les surprises ! »

Les surprises arrivent sur la table. Élise a faim. Comme le veut la politesse, elle commence en premier. Le plat est en forme de pyramide, tout le monde a le même. Il se compose de plusieurs couches, de différentes couleurs. Chacun pioche un peu au hasard.

— « Ce plat est une série d'étonnements. La couleur ne correspond jamais au goût. »

— « Oui. Le vert c'est de la carotte. »

— « Exact. Et le bleu, de la tomate. »

Chacun y va de son commentaire. Élise se demande si Serge va reprendre ses questions après cette trêve. Elle cherche comment il aurait pu soupçonner l'existence du dossier de son père. À moins qu'il ne cherche à savoir si Élise sait qu'il s'agit d'un suicide, et pas d'un accident. Sa mère a très bien pu être indiscrète. La parano de l'inspecteur était peut-être justifiée, et leur conversation a pu laisser des traces. La meilleure défense est l'attaque. Elle se dépêche de manger et décide d'investiguer sur le compte de Serge.

— « Et vous vous connaissez depuis longtemps ? »

Les deux hommes échangent un regard.

— « Cela doit faire cinq ou six ans. »

Il n'y avait pas le développement habituel. Élise insiste.

— « Excusez ma curiosité, c'était à quelle occasion ? »

— « J'avoue que je ne me souviens pas bien. Un spectacle. Sacha, tu as une meilleure mémoire que moi ? »

— « Un spectacle vivant. Je ne me souviens pas exactement, mais le buffet était fantastique. »

— « Ah ça, je confirme. C'était un beau buffet. On a dû bavarder pendant deux heures sans s'arrêter. Et puis on s'est retrouvé à une autre représentation, et à nouveau une discussion de deux heures. À la fin, on a décidé de ne pas attendre le prochain pour discuter. »

— « Je vois. Sacha, c'est une habitude chez toi d'aborder les gens au spectacle ? »

— « Pourquoi, vous vous êtes aussi rencontrés à une représentation ? »

— « Oui. Une de celles qui ne laissent pas un souvenir impérissable. Mais la discussion était très bien, nous n'avons pas eu besoin d'un deuxième spectacle ! »

— « Oh, le coup de foudre ? »

— « Pas tout à fait, il m'a invité à visiter sa serre. »

— « Ah, la serre de Sacha. C'est vraiment magnifique. »

— « Savez-vous qu'il a inventé une tulipe rien que pour moi ? »

— « Ah mais c'est un grand spécialiste des tulipes… »

— « Une rose ! »

— « Oui, pardon mon amour, je ne sais pas pourquoi j'ai parlé de tulipes. C'est la spécialité de mon grand-oncle. Toi, c'est les roses. »

Élise pense avoir piégé Serge. S'ils étaient vraiment amis, Serge n'aurait pas enchéri sur les tulipes. Il aurait dû savoir que la spécialité de Sacha était les roses. Serge reste silencieux. Il a certainement compris. Sacha vient à son secours.

— « Je mets cela sur le surmenage de ta conférence. Savez-vous qu'Élise s'est tellement investie dans cette conférence, qu'elle a été jusqu'à l'épuisement ? »

— « Madame, cela ne m'étonne pas. Vous avez toujours été tellement perfectionniste ! »

— « Philomène, vous n'êtes plus mon étudiante, vous pouvez oublier le madame. »

— « Excusez-moi, c'est l'habitude. »

— « Il n'y a pas de problème. Et je prends perfectionniste comme un compliment. »

— « Ça l'est. »

— « Ma petite-fille m'a toujours fait plein de compliments sur vos cours. Et vous savez d'où vous vient cette passion de l'histoire ? »

Serge revient à la charge. Il a trouvé un moyen de revenir sur son père.

— « Oh, c'est une tradition familiale. J'ai baigné dans l'histoire depuis ma plus tendre enfance. Mes deux parents et mon grand-père sont historiens. »

— « Et comment avez-vous choisi votre spécialité, la période de l'essor technologique, c'est çà ? »

C'est encore une question qui mène à son père. Elle décide de laisser faire, pour voir où il veut en venir.

— « C'était celle de mon père. »

— « Ah, ce doit être merveilleux de partager cela avec un parent. Vous avez eu le temps de travailler ensemble. »

— « Malheureusement très peu, j'étais encore étudiante quand il est mort. »

— « Mais il partageait ses travaux avec vous ? »

Cela devenait évident, cet homme cherche à savoir ce que lui a transmis son père. Aurait-il des soupçons sur l'existence du fichier ? Elle se rappelle la recommandation d'être discrète.

— « J'aurais beaucoup aimé, mais il travaillait surtout avec son propre père. Et puis mes parents étaient déjà séparés, je passais beaucoup plus de temps avec ma mère. »

— « Et durant ces quarante années, vous n'avez pas utilisé ses résultats ? »

Là, il n'y a plus de doutes. Serge poussera jusqu'au bout ses investigations. Il sent qu'Élise lui cache quelque chose. Cet homme lui fait peur. Il faut lui donner quelque chose pour qu'il lâche.

— « Si, bien sûr. C'est le travail normal d'un historien. Nous utilisons beaucoup les travaux d'autres historiens. C'est juste un peu particulier quand l'auteur est mon père, surtout… »

— « Surtout ? »

— « Écoutez, je ne sais pas si je peux vous en parler, même Sacha n'est pas au courant. »

— « Rassurez-vous, nous n'avons pas de secrets avec Sacha, et nous savons rester discrets. »

— « Ben voilà, j'ai appris récemment qu'il s'agirait d'un suicide. Vous comprendrez que je ne peux vous en dire plus. »

Serge semblait déçu et satisfait à la fois. Elle sent que ce coup-ci, il n'y reviendra pas. Il regarde rapidement Sacha, mais celui-ci ne le perçoit pas, il la regarde avec un air compatissant. Élise prend conscience que seuls Serge et elle ont échangé. Sacha et Philomène sont restés muets, en simples témoins. Sacha finit par briser le silence.

— « Vous avez vu l'amendement sur le droit de naissance ? »

— « Oui. Enfin une traduction dans la loi de ce que tout le monde veut. Et vous Élise, vous en pensez quoi ? »

— « J'avoue que cela m'a un peu choquée au début. Mais après en avoir discuté, avec Sacha entre autres, j'y serais plutôt favorable. »

Serge a un sourire satisfait, avec un regard complice vers Sacha.

— « Vous savez que dans votre position, vous pourriez faire beaucoup pour soutenir cet amendement ? »

— « Dans ma position ? »

— « En tant que personnage public ! Beaucoup de gens vous écouteront. »

— « Mais déontologiquement, je ne sais pas si… »

— « Mais si. Regardez les détracteurs, ils ne se privent pas. »

Serge essaie maintenant de la recruter. Cela la rassure sur le fait qu'elle a passé le test avec succès. Cet homme n'a plus de soupçons.

— « Je vais y réfléchir. »

— « Bien. En tout les cas, ce fut un plaisir de vous rencontrer. »

— « Un plaisir partagé. »

Tous se lèvent et se dirigent vers leurs bulles. Sur le chemin, le restaurant propose une scénographie souvenir, sous forme d'hommes sauvages dans la forêt tropicale. Élise y attire Sacha, et commande la prise de vue. En sortant de la scène, elle invite Serge et Philomène à faire de même.

— « Allez, cela vous fera un souvenir avec votre petite-fille ! »

Serge s'exécute, plus pour faire plaisir que par envie.

— « Laissez, je m'en occupe. »

Élise commande la prise de vue, en s'ajoutant aux destinataires.

En approchant des bulles, Élise traîne volontairement, en ralentissant Sacha. Elle a besoin de se sentir protégée. Serge et Philomène embarquent dans leurs bulles. Élise se rapproche et se blottit contre Sacha qui la prend dans ses bras.

— « Si l'on rentrait ensemble ? »

— « Oui, je commande à ma bulle de s'arrimer à la tienne. On va chez toi ou chez moi ? »

Élise n'a pas envie que Sacha aille chez elle.

— « Chez toi. »

La période de la transparence

Vers les années 2530, les enquêtes sur la catastrophe de 2517 commençaient à fournir quelques explications. Il en ressortait que la principale cause de la catastrophe n'était pas la surpopulation elle-même, mais le manque d'information fournie à cette population. La catastrophe trouvait ses racines dans l'inconscience des gens, qui les avait empêchés de réagir à temps.

Ces conclusions firent naître un mouvement d'idées, qui peut se résumer en une quête de transparence. Le premier secteur avait été celui de la Multinationale, qui, bien qu'ayant toutes les projections nécessaires, n'avait pas suffisamment communiqué sur les risques au nom du droit des affaires. Ce droit, devenu obsolète durant la fusion des trois dernières multinationales, fut donc abrogé. Les informations détenues par la multinationale devinrent publiques. Cela étant jugé insuffisant, les algorithmes de fonctionnement de la Multinationale furent simplifiés et rendus publics à leur tour.

Sous l'impulsion des algorithmiciens, on trouva idéal de transformer les textes de loi en algorithmes publics. Les algorithmes étaient utilisés depuis longtemps à des fins pédagogiques. Il est plus didactique de constater l'application de la loi dans telle ou telle situation. Au-delà d'exemples réels, les étudiants pouvaient directement vérifier leurs hypothèses d'application. Les algorithmes permettaient une application déterministe de la loi sur toutes les situations imaginables.

Cela eut une conséquence imprévue, les étudiants retenaient mieux les algorithmes que les textes de loi. Au-delà de l'enseignement, la transcription en algorithme permettait aussi de valider la cohérence des lois, ainsi que leur application objective, perçue comme une plus grande justice. L'utilisation des algorithmes, en lieu et place des textes, gagna du terrain. Tant et si bien, qu'à l'époque de la transparence, il semblait évident que les textes devaient être remplacés par des algorithmes, accessibles à tout le monde, contrairement aux textes de loi illisibles. Et surtout, les algorithmes avaient une qualité qui manquait aux textes, l'application. Les textes devaient non seulement être interprétés, mais aussi appliqués par l'intermédiaire des décisions et de leur application. Avec les algorithmes, les décisions étaient automatiques et directement appliquées.

Cette transparence totale du fonctionnement de la multinationale fut très vite perçue comme une bonne chose. Les règles étant claires et identiques pour tout le monde, les conflits d'attribution de ressources disparurent. Chacun pouvait consulter sa place dans les files d'attente, et vérifier que les ressources étaient distribuées selon les règles. Cela amena une paix sociale dont tout le monde se félicitait.

Les seuls dysfonctionnements qui persistaient portaient non pas sur un dysfonctionnement de la Multinationale, mais sur le fait que les données fournies étaient fausses. Certains trafiquaient les informations pour tromper les algorithmes.

Même si cela restait très marginal, il s'agissait pour beaucoup d'une injustice intolérable. La transparence de la Multinationale fut donc étendue à d'autres domaines, comme l'état civil et les informations de santé, principales sources de manipulation des données. Et comme la Multinationale fournissait les moyens informatiques, il apparut plus simple d'y intégrer l'état civil et les informations de santé.

C'est ainsi qu'en moins de cinquante ans, la Multinationale devint gestionnaire des ressources, du droit de naissance, et du système de santé. Cela convenait à la majorité, d'autant plus que la stabilisation de la population et les progrès de la planification assuraient à tous une attribution de ressource sans délai.

Mais certains se plaignaient que d'autres disposaient de ressources indues. Le cas le plus fréquent concernait l'attribution des apparts. Certains couples prétendaient s'être séparés pour disposer de deux apparts au lieu d'un. Des familles prétextaient qu'un enfant avait quitté le nid pour faire de même. Leur but était de profiter d'un appart dans une région, et d'un autre dans une autre région. Un à la mer et un autre à la montagne, par exemple. Cela était perçu comme une injustice, dans une société où les deux tiers de la population étaient célibataires et n'avaient donc pas accès à ce subterfuge.

La première solution envisagée fut d'étendre encore la transparence. Avec les informations d'occupation des apparts, la Multinationale pouvait facilement détecter les arnaques et y mettre fin. Mais cela rendait, de fait, ces informations publiques. Chacun pouvait savoir où et quand se trouvait n'importe qui.

Cela posait des problèmes. Le secret des relations, de toutes natures, était révélé à tous. Deux courants d'opinion s'étaient alors opposés dans la société. La première, minoritaire, voulait tout simplement revenir en arrière, revendiquant un droit à la vie privée. La seconde arguait qu'il s'agissait d'un temps d'adaptation des mœurs, comme cela arrivait à chaque évolution technique. On reprochait aux premiers de vouloir cacher leurs mensonges, ce qui ne les aidait pas à avoir gain de cause.

Parallèlement, la justice civile, rare institution non encore intégrée à la Multinationale, y trouvait une source de vérité. Plus moyen de nier une relation compromettante, ou sa présence sur les lieux d'un crime. Mais pour la justice, on n'était pas allé assez loin. Accéder au contenu des conversations, locales ou distantes, semblait être le moyen d'établir la vérité de façon très efficace.

Les gains évidents en matière de justice sociale et d'établissement de la vérité furent mis en relief par les progressistes. Ces derniers prônaient une plus grande tolérance pour accompagner la transparence à tous les niveaux. Il fut donc établi que toutes les conversations devaient être enregistrées. Dans un souci d'égalité et d'évolution des mœurs, ces conversations étaient accessibles publiquement. Ainsi la société ne devait que mieux s'en porter.

Cette marche avant forcée ne fit que grossir les rangs des récalcitrants.

Beaucoup de personnes traduisirent l'évolution des mœurs par de l'autocensure. Il fallait faire attention à ce que l'on disait, voire ne plus rien dire. Les gens étaient contre, sans vouloir se justifier. Beaucoup de systèmes de contournement, plus ou moins efficaces, tous illégaux, puisqu'ils empêchaient l'enregistrement des conversations, apparurent.

Les confréries secrètes furent condamnées au silence. L'enregistrement des conversations était perçu comme une transcription. Bien sûr, tous les confrères étaient militants contre l'enregistrement, mais durant quarante ans, il n'y eut pas d'échanges et donc pas de recrutements. Cela créa un fossé générationnel dans les effectifs de la confrérie.

La majorité changea progressivement de camp. Et comme tout mouvement de balancier, on passa d'un extrême à l'autre. L'enregistrement des conversations privées fut totalement interdit. La délimitation du privé fut clairement définie. Toute conversation entre deux personnes, distante ou directe, dans un appart ou un moyen de transport individuel, est privée. La Multinationale, fournissant les transports, les apparts et les moyens de communication, elle fut chargée d'appliquer la nouvelle loi, traduite en algorithme.

Au cours des siècles suivants, cette dernière loi n'a jamais été remise en cause, la Multinationale n'a jamais été prise en défaut sur son application. C'est devenu tellement évident, que plus personne n'en a vraiment conscience.

Cette loi fut étendue aux lectures de pensées, mise en place par les modules de commandement. Aucune pensée ne peut être enregistrée.

Dès leur invention, les bulles furent considérées comme des moyens de transport individuels. Aujourd'hui, c'est l'unique moyen de transport si on exclut les vaisseaux constituant les expéditions.

Pour les informations de santé, le problème était plus complexe. La recherche devait disposer de ces informations pour continuer de progresser. La Multinationale, qui opérait les biots, produisait et devait conserver ces informations. Leur enregistrement fut donc préservé, seul l'accès fut restreint. La personne concernée, la Multinationale, et les chercheurs en santé, uniquement, y avaient un libre accès. Seule la personne concernée pouvait les communiquer à des tiers.

Retour du restaurant

Le retour à l'appart de Sacha fut assez silencieux. Élise avait beaucoup de questions à lui poser, mais elle préférait temporiser, prendre un peu de recul sur la soirée. Surtout, elle ne savait pas comment aborder les choses. Comment lui poser des questions sans éveiller des soupçons ? Arrivés à l'appart, ils s'installent confortablement dans le salon. Élise se blottit contre Sacha. Après quelques minutes, c'est lui qui finit par ouvrir la conversation.

— « Bon alors, quelles sont tes questions ? »

— « Tu commences à trop bien me connaître ! »

— « Pas un mot depuis que nous avons quitté le restaurant. J'imagine que tu cogites. »

— « Bon. Ne le prends pas mal, mais tu le connais bien ce Serge ? »

— « Toi tu as un sixième sens, on ne peut rien te cacher. Ce n'est pas vraiment un ami, c'est mon superviseur. »

— « Ton superviseur ? »

— « Ben oui, ton premier maître ne t'en a pas parlé ? »

Élise avait l'impression qu'elle s'était piégée elle-même. Comment lui cacher qu'elle fait partie d'une confrérie où il n'y a pas de superviseurs, après une telle question ? Elle pense à son père, au code, elle ne voit pas comment s'en sortir. Puis, elle se rappelle un dicton de son grand-père « Pour qu'un mensonge soit crédible, il doit contenir une part de vérité, il y a donc toujours de la vérité dans un mensonge. » Cela lui donne une idée pour s'en sortir.

— « Il faut que je t'avoue quelque chose, mais j'ai du mal à t'en parler. »

— « Tu peux tout me dire, sauf s'il s'agit d'un amant. »

— « T'es bête ! Plus sérieusement, je n'ai pas été totalement honnête avec toi. »

— « Je t'aime, n'aie pas peur. »

— « Mon initiation… elle n'a jamais été terminée. »

— « Comment est-ce possible ? Un maître ne doit jamais abandonner. »

— « Mais si je te dis pourquoi, tu vas deviner qui était mon maître initiateur. »

— « Cela n'est pas si grave. On finit souvent par deviner. »

— « Mon premier maître est mort ! »

Sacha marque une pause.

— « Ma pauvre chérie, c'était ton père. »

— « Oui. »

Élise n'en revient pas de sa trouvaille ! Elle ne lui trouve que des avantages. Elle lui permet de justifier toutes ses méconnaissances du code et de l'histoire de la confrérie de Sacha. C'est une excuse à répétition. Et cela va peut-être aussi la sortir de cette situation qui complique sa relation. Il n'y a qu'un seul défaut, son père ne faisait pas partie de sa confrérie.

— « Écoute, il n'y a pas de problème avec la confrérie. Ce cas est rare mais prévu dans le code. Je serai ton maître initiateur et tu devras en trouver un autre pour te confirmer. »

— « Et c'est tout ? »

— « Oui, c'est tout. Tu vois, ce n'est pas grave. »

Les espoirs de sortir de cette situation s'éloignent, mais elle sent qu'elle est au moins sortie de ce mauvais pas. Sauf qu'il va falloir continuer de mentir à Sacha, et elle n'aime pas cette idée.

— « Bon, si tu le dis. »

— « Oui, rassure-toi, cela ne pose pas de problème. »

— « Et ce superviseur, qu'est-ce que c'est ? »

— « C'est une sorte de référent, vers qui tu peux te tourner quand tu as un doute. C'est aussi quelqu'un qu'il faut prévenir lorsque tu prends un nouvel apprenti. »

— « Et tu l'as prévenu pour moi ? »

— « Oui. Et c'est même pour cela qu'il a voulu te rencontrer. Tu comprends maintenant pourquoi je t'ai dit que ce n'était pas vraiment un ami ? »

— « Oui, c'est plus clair. »

— « Toi aussi tu en auras un quand tu seras confirmée. »

— « Tous les confrères en ont un ? »

— « Oui. Et les superviseurs eux-mêmes ont des superviseurs. C'est essentiel pour assurer la cohérence de la confrérie. »

Élise comprend qu'il s'agit là d'une deuxième différence fondamentale avec sa confrérie. Dans celle de Sacha, il y a une forme de hiérarchie, alors que cela est formellement proscrit dans la sienne. Le superviseur de plus haut niveau connaît, indirectement, tous les membres, ce qui est aussi proscrit. Cela l'incite à poser une autre question.

— « Et vous… je veux dire nous, combien nous sommes ? »

— « Des dizaines de milliers, nous sommes plus nombreux chaque jour. »

Cette réponse lui fait froid dans le dos, mais elle ne comprend pas vraiment pourquoi.

— « Des dizaines de milliers ?! »

— « Oui, te rends-tu compte de l'influence que nous pouvons avoir ? »

Maintenant, elle comprend pourquoi elle a eu froid dans le dos. La confrérie de Sacha est en quête de pouvoir. C'est totalement opposé aux fondements mêmes de sa confrérie. L'histoire est faite de ces organisations avides d'autorité. Elle sait bien que, si au début, la quête de pouvoir sert une cause, la domination devient souvent la finalité. Nombre d'organisations ont pris le pouvoir pour défendre les pauvres, et ont finalement maintenu la pauvreté pour défendre leurs privilèges. La dernière phrase de Sacha lui rappelle cette avidité de pouvoir. Mais surtout, si cette confrérie connaît tous ses membres, ils vont vite s'apercevoir que son père n'était pas des leurs. Il faut qu'elle en sache plus sur la structure de cette organisation.

— « Et donc ton superviseur n'est pas ton ami. Mais comment l'as-tu rencontré ? Et pourquoi voulait-il me voir ? »

— « Mais tu ne te rends pas compte de l'influence que tu as. Quand je lui ai signalé que je t'avais prise comme apprentie, il en a immédiatement référé à son propre superviseur tellement cela lui a semblé important. »

C'est bien ce qu'Élise craignait. Toute la pyramide de superviseurs devait maintenant être au courant, et ils ne tarderaient pas à s'apercevoir de son mensonge vis-à-vis de son père. Pire, elle comprenait maintenant l'insistance de Serge au restaurant. Cette confrérie connaissait son père et allait maintenant savoir qu'il avait été son maître initiateur dans l'autre confrérie. Élise recommence à avoir peur. Elle ne voit pas quoi faire pour s'en sortir. Elle est à nouveau piégée.

— « Tout cela va trop vite pour moi. J'ai besoin de temps. J'ai besoin d'y réfléchir. Ton superviseur t'a dit d'autres choses sur moi ? »

— « Non. Il m'a juste félicité pour mon recrutement. Je ne pense pas y être pour grand-chose, mais c'est toujours agréable d'être bien vu. Encore une fois, ne t'inquiète pas, je suis là. »

Élise est encore perdue. Comment peut-elle éprouver du réconfort auprès de Sacha, qui représente un danger pour elle ? Et pourtant il la rassure. Elle se blottit encore plus fort contre lui. Ils finissent par s'endormir.

Les biots

Les biots sont des nanorobots ayant pour fonction de diagnostiquer et d'agir du point de vue biologique au sein même du corps humain. C'est d'ailleurs l'origine de leur nom, contraction de biologique et robot.

Les premiers biots apparurent aux alentours de 2200. Leur présence dans le corps humain était éphémère et leur rôle était limité à la recherche et à la destruction de cellules malades, cancéreuses notamment. On constata qu'ils étaient beaucoup plus efficaces en mode préventif qu'en mode curatif. Les effets secondaires étant quasiment inexistants, on les administra aux personnes à risques, étendant progressivement leur durée de vie. Devant les bénéfices observés et leur polyvalence, ils furent diffusés à une population de plus en plus large. Deux siècles après leur apparition, une personne sur deux en avait en permanence. Le cancer fut considéré comme vaincu grâce à eux.

Une deuxième génération vit le jour. Les progrès de la technique permettaient à ces nanorobots de communiquer avec l'extérieur du corps. Capables d'un certain nombre de dosages, ils remplacèrent les prises de sang autrefois utilisées pour faire des analyses. On n'avait plus l'état de tel ou tel dosage au moment de la prise de sang, mais tout son historique, ce qui permettait de meilleurs diagnostics. D'autres paramètres furent ajoutés au fur et à mesure, comme le rythme cardiaque, la tension artérielle, etc. Les personnes sous biots disposaient d'une surveillance médicale permanente, reliée à un système externe permettant aux médecins de suivre, et dans une certaine mesure, d'agir à distance sur la santé de leurs patients.

Le domaine de la médecine n'échappant pas plus que les autres à l'automatisation, une bonne partie des pathologies fut traitée directement par le système externe, qui pilotait l'action des biots. Les personnes prirent ainsi l'habitude de l'utiliser pour répondre à leur besoin, sans recourir à un médecin dans la plupart des cas.

À la troisième génération, les biots devinrent capables de stimuler la production cellulaire. Tout en provoquant la destruction de tissus malsains ou malades, ils étaient capables de les remplacer, assurant ainsi la régénérescence cellulaire. Cela permit de traiter efficacement les problèmes d'arthrose, maladie la plus répandue en cette fin de vingt-sixième siècle, mais aussi de remplacer une dent malade, ou de traiter un défaut de l'œil. Ils firent disparaître le recours aux lunettes et autres prothèses auditives.

Ainsi, les biots régulaient la production d'hormones et le renouvellement cellulaire. Cela fit disparaître la plupart des médicaments restant, comme les antalgiques, les somnifères et autres antidépresseurs. Si on avait mal à la tête, on demandait à ces biots de s'en occuper. Si on voulait dormir, les biots changeaient les taux d'hormone adéquats.

Vers 2600, toute la population bénéficiait des biots. Il fut décidé qu'ils étaient un droit universel. Leur élimination par le corps n'ayant jamais réussi à être totalement stoppée, ils furent directement intégrés à l'eau de consommation. Chaque personne renouvelait ses biots avec un geste aussi simple que boire.

Avec l'apparition des bulles, le système externe de santé fut intégré dans ces dernières. Elles condensaient de l'eau, à laquelle les biots, les vitamines et les oligo-éléments préconisés étaient automatiquement ajoutés. Boire ce verre matin et soir était perçu comme un geste d'hygiène buccale. Il pouvait même y être incorporé des sucres simples et complexes, synthétisés à partir du gaz carbonique recyclé, lors des longs voyages. Aujourd'hui, il est tout à fait naturel de commander directement ses biots, et tout le monde a oublié le système externe de santé présent dans sa bulle. Au point qu'un mouvement anti-bulle dans les années 2940, provoqua de sérieuses maladies à ses membres.

Bien évidemment, comme pour toute invention humaine, il y avait eu des usages détournés. Avec la programmation adéquate, les biots permettaient une sorte de dopage naturel, que beaucoup de sportifs avaient mis à profit. D'autres, adeptes de l'humain augmenté, les utilisaient pour augmenter les performances du corps, tant physiques que cérébrales. Certains avaient même tenté d'ajouter un organe supplémentaire au corps humain, avec plus ou moins de succès. Les résultats les plus impressionnants étant la télépathie.

C'est pour ces raisons que l'usage des biots était très réglementé. Et pour s'assurer de l'équité de tous, cette fonction avait été confiée à la Multinationale, comme beaucoup d'autres. Mais toutes les fonctions de conforts ne sont pas proscrites. Ainsi, on peut librement changer la couleur de sa peau à volonté, inhiber ou stimuler son système pileux.

Aujourd'hui, la recherche continue. Les biots ne peuvent pas tout. Une simple réduction de fracture n'est toujours pas à leur portée. Ils sont incapables de faire face à un dommage majeur, comme lors d'un accident, et il subsiste de rares maladies qui leur échappent.

La trahison de son père

Après s'être réveillée dans les bras de Sacha, Élise lui explique que ces derniers jours avaient été riches en événements et qu'elle préfère y réfléchir seule chez elle. Maintenant, elle est assise à son bureau. Elle essaie d'énumérer et d'organiser tout ce qui vient de lui arriver.

En premier lieu, il y a Sacha. Elle est convaincue qu'il l'aime sincèrement. Sera-t-il capable de trahir sa confrérie pour elle ? Elle-même ne le ferait pas. Elle ne soupçonnait pas l'existence d'une deuxième confrérie et maintenant elle en est membre. Cette dernière est très différente de la sienne, et son objectif n'est vraiment pas clair.

En deuxième lieu, il y a le restaurant. Ce Serge ne lui a pas laissé une bonne impression. Il était clairement en train de l'interroger. Cela lui paraît logique après ce que Sacha lui a dit. Le seul point négatif, et non des moindres, est qu'il semblait s'intéresser beaucoup à son père, ou à ce qu'elle savait sur lui. Et il avait certainement le moyen de savoir qu'il ne faisait pas partie de leur confrérie. Que va-t-il se passer quand cet homme apprendra de Sacha que son père était son premier maître ? Comment expliquer à Sacha de ne pas lui dire sans éveiller ses soupçons ?

Au restaurant, il y avait aussi Philomène, qui était une de ses anciennes élèves. Elle n'avait pas dit grand-chose, mais Élise avait une autre source d'information : les fiches étudiant. Elle commande au mur d'afficher les étudiantes, qui ont assisté à ses cours durant les dix dernières années, et qui s'appellent Philomène. Il y a sept réponses, dont la Philomène du restaurant, une étudiante très moyenne. Mécaniquement, Élise consulte ses évaluations dans les autres matières. Il n'y en a aucune. Philomène ne suit que ses cours. Cela arrive, mais ne colle pas avec le fait qu'elle soit moyenne. Élise consulte les grands-parents pour essayer d'en savoir plus sur Serge. Mais aucun des deux grands-pères ne s'appelle Serge, et ils ne ressemblent, ni l'un ni l'autre, au Serge du restaurant !

Ce Serge est donc un menteur. Cela conforte Élise dans son instinct de se méfier de lui. Et que voulait-il donc trouver sur son père ? Comment pouvait-il soupçonner l'existence du dossier ? Cela impliquait que ce Serge devait en savoir plus son père. Peut-être que son père savait quelque chose sur lui ? Élise ouvre le dossier de son père et recherche les documents liés à un Serge. Plusieurs ressortent.

Le premier ressemble à une étude médicale de population. Serge n'y apparaît que dans les annotations de son père « source Serge ». Il n'y a rien qui permette à Élise d'en conclure qu'il s'agit bien du même Serge, mais elle décide d'approfondir le document. L'étude porte sur une très large population, de plusieurs millions, sur plus de deux siècles. Il y fait mention d'un contexte et de ses conséquences sur la santé des individus. Beaucoup de termes médicaux échappent à Élise mais il semblerait que le contexte conduit la santé des individus à se dégrader avec les générations. Cela lui fait penser aux expérimentations de nouveaux biots, qui n'ont pas toujours été couronnées de succès. Mais quel serait l'intérêt de l'étudier sur plusieurs générations ? Pourquoi continuer l'étude aussi longtemps, alors que les premiers résultats semblent mauvais ? Le document ne mentionne aucune conclusion définitive. Il semble inachevé. À moins que l'étude soit toujours en cours.

Élise passe à un deuxième groupe de documents. Elle retrouve des documents techniques, qui concernent la géogénèse de Mars. Un sujet qu'elle connaît bien. Mais elle ne reconnaît pas ces documents. En fait, aucun des documents ne lui parle. Parmi ces documents, il y en a un qui place Mars à une position plus proche de la Terre, sur l'orbite de la Terre. Elle s'attend à ce que la conclusion expose clairement les problèmes rédhibitoires à cette position. Cela l'intéresse d'ailleurs, car c'est un point sur lequel elle n'a jamais été complètement satisfaite des explications fournies, mais que son niveau en astrophysique ne lui a jamais permis d'approfondir. Surprise. Ce document conclut que cette position proche est probablement la meilleure solution. Plusieurs avantages sont mis en évidence, mais surtout l'interaction gravitationnelle avec la Terre n'est pas mentionnée ! À sa connaissance, c'est pourtant l'argument principal qui a conduit à placer Mars sur le point diamétralement opposé de la Terre. Elle ne sait absolument pas quelle confiance donner à ce document. Par contre, elle sait qui peut la renseigner.

— « Allô, Philippe ? »

— « Oui, comment vas-tu ? »

— « Bien. Dis-moi, je suis en train de revoir mon cours sur la catastrophe de 2517. Je suis un peu dans le brouillard sur les justifications pour la position de Mars. Tu peux m'éclaircir sur le problème de l'interaction gravitationnelle ? »

— « Ben non ! Parce que cet argument est totalement faux. »

— « Comment ça ? Cela fait des années que je dis à mes élèves que c'est la raison principale ? »

— « Ben c'est la raison officielle, tu n'as pas tort là-dessus, mais cela fait rire les astrophysiciens. Pour preuve, sur son ancienne orbite, Mars était parfois beaucoup plus proche de la Terre et cela ne posait pas de problèmes. Même en mettant Mars à un quart d'orbite d'écart, et à une masse double, il y aurait eu une interaction gravitationnelle beaucoup faible que quand on la croisait. Imagine, le double de la masse au triple de la distance, c'est ridicule. »

— « Je comprends surtout pourquoi cela ne fait rire que les astrophysiciens ! »

— « Oui, je m'emballe. En clair, les vraies explications sont ailleurs. Mon opinion est que l'on maîtrisait pas si bien le déplacement de planète, et qu'en visant le plus loin possible de la Terre, on limitait la casse en cas d'erreur. »

— « Bon, je crois que je vais rester sur la raison officielle. »

— « À ta place, je ferais la même chose, je ne vois pas l'intérêt pour ton cours de changer cela, et puis c'est bien la justification qu'a retenue l'histoire. »

— « Tu as raison. Merci de ton aide. »

Voilà qui ne remettait pas en cause la véracité du document, au contraire. Pourquoi son père lui avait-il transmis ce document ? Et surtout, qui était ce Serge ? En l'absence d'une justification scientifique objective, quelle était la raison de la position retenue pour Mars ?

Les autres documents étaient beaucoup moins clairs. Ils étaient remplis d'équations mathématiques trop compliquées pour elle. Ne sachant pas de quoi il s'agissait, elle se dit qu'il n'était pas opportun de faire appel à Philippe, et surtout sous quelle excuse ?

Visiblement, il y a beaucoup de documents scientifiques dans l'archive de son père, qu'elle est incapable de comprendre. Elle a besoin d'une aide pour cela. Pour rester discrète, elle doit limiter le nombre d'interlocuteurs et elle ne peut pas faire appel à Philippe. Didier s'est déjà révélé être d'une aide précieuse. C'est la personne idéale à ses yeux, mais il faut s'assurer de sa discrétion. Et pour cela, la meilleure idée qui lui vient à l'esprit, c'est d'en faire son apprenti.

— « Bonjour Didier. »

— « Bonjour madame. »

— « Vous m'avez dit que si j'avais d'autres énigmes, vous seriez intéressé. »

— « Madame, tout à fait. Quelle est votre nouvelle énigme ? »

— « Je préfère vous voir pour en parler. Et laissez tomber le madame quand nous ne sommes que tous les deux. »

— « Bien. Je suis juste à côté du lieu de notre dernière rencontre. Je peux y être dans cinq minutes. »

— « Pas moi… il me faudra au moins un quart d'heure. »

— « Pas de problèmes, je vous attends. »

Didier est vraiment serviable et très disponible. C'est bon signe pour les projets qu'elle a pour lui.

Elle referme le dossier et se prépare pour partir, quand un appel de Sacha arrive. Pour ne pas perdre de temps, elle le prend dans sa bulle et commande la destination.

— « Coucou mon amour. Tu en es où de tes réflexions ? »

— « Je commence à y voir plus clair, mais j'ai dû m'interrompre pour aller voir un élève. »

— « Bien. Tu peux passer chez moi après, j'ai quelque chose à te dire. »

— « Quoi donc ? »

— « Je préfère te le dire face à face. Mais c'est important. »

— « D'accord. Je passe à la serre après mon élève. Tu ne voudrais pas me préparer une de tes surprises culinaires ? »

— « Tu passes dans combien de temps ? »

— « Deux ou trois heures maximum. »

— « Bon, je vais voir ce que j'ai le temps de préparer. »

— « Merci. Je t'aime. »

— « Moi aussi. »

Élise s'arrime au même endroit que celui où elle avait vu Didier pour la première fois. Elle s'avance vers les tables, et le trouve immédiatement. Il l'attend.

— « Me voilà. »

— « Alors vous avez gagné. C'était la bonne réponse ? »

— « Gagné ? »

— « L'énigme avec Philippe. »

— « Ha oui. Oui, je vous remercie. »

— « Et vous avez une nouvelle énigme ? »

— « Pas exactement. Ce coup-ci j'aimerais que vous m'expliquiez le contenu de certains documents. Ce n'est plus le jeu avec Philippe. »

— « C'est le monde à l'envers. Bien, je vous écoute. »

— « Mais avant j'aimerais discuter un peu avec vous, si cela ne vous dérange pas ? »

— « Pas de soucis. Que voulez-vous savoir ? »

— « Je me demande ce qu'un étudiant comme vous fait d'autre dans la vie ? »

— « Rien de spécial. Quel aspect vous intéresse ? »

— « Par exemple, le dernier amendement, vous en pensez quoi ? »

— « Le truc pour empêcher les martiens de venir chez nous ? J'avoue que je n'ai pas d'opinion là-dessus. Je crois que je vais m'abstenir, comme souvent. »

— « Vous ne vous sentez pas concerné par l'évolution de la société ? »

— « Pas par ce genre de détails. Cela ne changera pas grand-chose au bout du compte. »

— « Au bout du compte ? »

— « Pour l'être humain. On est, jusqu'à preuve du contraire, une singularité dans l'univers. La seule chose importante c'est que l'on survive à long terme. Alors, les petites fâcheries entre terriens et martiens, ça ne pèse pas lourd. »

À croire que Didier lui tend une perche. C'est le moment idéal pour se lancer.

— « En somme, l'humanité avant toute chose. »

— « Exactement. Et le meilleur moyen de la préserver, c'est de développer les connaissances. Plus on aura de connaissances, plus on aura de chance de survie. »

Il est dans l'invention plus que dans la préservation du savoir, mais cela n'en fait pas moins un bon candidat. Et surtout, il ne semble pas être encore membre. Élise décide de se lancer.

— « Avez-vous déjà entendu parler de confrérie secrète ? »

— « Ce sont des chimères. Je m'y suis un peu intéressé à l'adolescence, mais il n'y a rien de tangible. »

— « C'est peut-être parce qu'elles sont confidentielles ? »

— « Oui, un peu comme le diable dont la plus grande invention serait de faire croire qu'il n'existe pas. C'est une arnaque intellectuelle. »

— « Et si l'on prend pour hypothèse que cette confrérie invisible existe, que son rôle est d'aider au développement de la connaissance, vous envisageriez de la rejoindre ? »

— « Il faudrait approfondir les conditions. »

— « Une société secrète, ce serait au moins un engagement irrévocable au secret. »

— « Vous êtes sérieuse ou vous jouez avec moi ? »

— « Je vous laisse y réfléchir. Mais, si je voulais vous voir, c'est parce que j'ai des documents que je ne comprends pas. Vous voulez bien m'aider, en toute discrétion bien évidemment ? »

— « Faites voir »

Élise affiche sur la table les documents avec les équations compliquées.

— « Cela vous inspire ? »

— « Ce sont des équations d'orbite. Cela permet de calculer la position d'un astre en fonction du temps. Tenez, celle-là, c'est celle de la Terre. »

— « Et à quoi cela sert ? »

— « À connaître la position de la Terre dans le temps. »

— « Et c'est tout ? »

— « Oui. Enfin, si vous les mettez en système, et essayez de les résoudre, cela vous permet de savoir quand deux objets vont se percuter. Tenez, celle-là c'est la Lune, si je la mets avec la Terre, j'obtiens une solution divergente. »

— « Et donc le choc est pour quand ? »

— « Jamais. La lune s'éloigne de la Terre. Un jour, elle s'évadera. »

— « Bon, et les autres équations, elles vous parlent ? »

— « Oui. Celle-là c'est Mars, celle-ci Jupiter… ah, voilà Europe. Les autres, je ne les reconnais pas. Je peux les faire tourner ? »

— « Oui. »

— « Celle-là ne marche pas. »

— « Pourquoi ? »

— « Elle croise souvent la Terre, elle serait connue. En plus… elle aurait percuté la Terre il y a environ… quarante ans. Je pense que vous vous en souviendriez ! Et elle l'aurait aussi rencontré environ trois cents ans plus tôt… C'est plutôt un vaisseau. »

— « Un vaisseau spatial ? »

— « Oui. Mais un vieux du temps où ils n'étaient pas en accélération permanente. Du genre de ceux qui sont revenus du passé. »

— « Bon. »

— « Ces deux-là sont presque les mêmes. Pareil. »

— « Une série ? »

— « Celle-là aussi. Elle frôle Mars régulièrement, on l'aurait repérée. »

— « En résumé, cinq connues, trois bizarres qui se ressemblent et une inconnue. »

— « En quoi cela vous est utile ? »

— « Ben justement, je ne sais pas. »

— « Vous êtes un peu spéciale. Tout à l'heure, vous étiez sérieuse ? »

— « Voyons, si c'est secret vous savez bien qu'on ne peut en parler qu'en privé. »

— « Chiche ! »

— « Réfléchissez, je vous rappelle. Maintenant, j'ai un autre rendez-vous. »

Élise regagne sa bulle et se met en route pour rejoindre Sacha. Elle pense que Didier fera un excellent recrutement.

Arrimée chez Sacha, Élise se demande de quoi il veut lui parler. Il a dit que c'était important. Dès qu'il la voit, il lui ouvre grand ses bras.

— « Ah, mon amour, comment s'est passée ta journée ? »

— « Bien, j'ai pu faire le point. Cela m'a fait du bien. Et toi ? »

— « Ben j'ai eu une discussion avec mon superviseur. Il m'a appris quelque chose que je ne peux pas garder pour moi. »

— « Ils ne veulent pas de moi ? »

— « Non, tu n'y es pas du tout. Mais avant que je te le dise, sache que je serai toujours avec toi. Tu peux compter sur moi. »

Élise est partagée entre la chaleur des propos et l'inquiétude qu'ils provoquent.

— « Je sais. Mais dis-moi de quoi il s'agit. »

— « C'est à propos de ton père. »

Cela n'aura pas pris beaucoup de temps. Ils ont découvert que son père ne faisait pas partie de leur confrérie, et que donc il n'avait pas pu être son maître initiateur. Élise était démasquée, elle leur avait menti.

— « Ton père a trahi la confrérie. »

Élise n'arrive pas à comprendre. « Trahi la confrérie », laquelle ?

— « Je ne comprends pas. »

— « Ton père a trahi la confrérie. Il avait un rôle important dans notre confrérie, mais un jour il a trahi. Serge cherchait à savoir si tu étais au courant. »

Son père faisait partie de la confrérie de Sacha ! Élise n'arrive toujours pas à comprendre le sens de sa trahison. Elle commence seulement à comprendre qu'elle n'est pas démasquée, au contraire. Son père avait eu la même démarche qu'elle, il avait adhéré à cette confrérie pour en connaître plus. Et il y était arrivé. Cela expliquait les documents qu'il lui avait transmis. Elle a le sentiment d'être sur la bonne voie. Mais pourquoi Sacha parle-t-il de trahison ?

— « Non, je ne savais rien. Un traître ? »

— « Oui, je suis conscient que tu aimais ton père et je comprends ta déception. Mais c'est ce que Serge m'a dit. Tu sais, il connaissait ton père. »

Il s'agit donc du même Serge que celui des dossiers ! Élise ne sait pas comment réagir. Il faut pourtant donner le change à Sacha.

— « Je n'étais pas au courant. »

— « Ils avaient le même superviseur. »

— « Je comprends mieux. Il voulait savoir si je n'étais pas aussi une traîtresse ? »

— « Réfléchis, tu aurais fait quoi à sa place ? »

— « Je ne sais pas. Tu as raison, la fille d'un traître est forcément suspecte. »

— « Ne le prends pas mal. Maintenant, il a compris que tu n'avais rien à voir avec ton père, au contraire, il est très content de ton recrutement. Il m'a dit que tu étais importante pour la confrérie. »

— « Et quelle est la trahison de mon père ? »

— « Il ne me l'a pas dit, mais cela semblait quelque chose d'important. Il avait l'air de lui en vouloir. »

Et si elle se trompait ? Et si son père avait changé de confrérie sans lui dire. Il est vrai qu'il avait un comportement étrange avant sa mort. Lui, et son grand-père semblaient lui cacher quelque chose. Ce sentiment lui revient, elle s'était clairement sentie mise à l'écart. Son père avait-il pensé que sa fille ne trahirait pas sa confrérie, qu'elle ne le suivrait pas dans cette nouvelle confrérie ? Ou, au contraire, avait-il voulu l'en protéger ? Mais protéger de quoi ? En dehors de la similitude des commandements, cette confrérie semblait très différente de la sienne. Le code y était peu respecté, comme si une cause supérieure l'emportait. Mais quelle cause ? Il fallait qu'elle en sache plus, et sa seule source d'information, c'était Sacha. C'est avec mauvaise conscience qu'elle décide de l'interroger.

— « J'aurais pourtant bien aimé en savoir plus, maintenant que cette histoire est réveillée. »

— « Je comprends que cela te fait de la peine, mais je ne sais rien de plus. »

— « Tu n'as pas d'autres confrères auprès desquels tu pourrais te renseigner discrètement ? »

— « Moi je suis tout en bas de la pyramide. Je ne connais pas grand monde. »

— « Et moi, je ne pourrais pas rencontrer directement d'autres de tes confrères ? »

— « Ce n'est pas très bien vu de poser des questions. »

— « Excuse-moi, ma peine me fait oublier les règles. »

— « Non, ce n'est pas cela. Je n'ai aucun problème à te dire tout ce que je sais, mais je ne sais pas grand-chose. Moi aussi, j'ai voulu poser plein de questions au début. On m'a vite fait comprendre qu'il ne fallait pas. Je pense même qu'ils me laissent un peu à l'écart à cause de cela. Je veux juste t'éviter de faire les mêmes bêtises que moi. Et puis moi, je ne suis pas d'un grand intérêt pour eux. »

— « Et moi oui ? »

— « Bien sûr. Tu ne vois pas pourquoi ? »

— « Non. »

— « Parce que tu es un personnage public. Les gens t'écoutent. Serge te l'a pourtant dit. »

— « Et en quoi cela peut-il leur servir ? »

— « Je pense qu'ils veulent influencer la société. Ils ont des idées à promouvoir, c'est évident. »

— « Quelles idées ? »

— « Je n'en ai pas la moindre idée. »

— « Et quand me confirmes-tu comme consœur ? »

— « Quand tu seras prête. »

— « Justement, que connais-tu sur l'histoire de la confrérie ? »

— « Tu as raison, je pense qu'il ne te manque plus que cela. L'Histoire de la confrérie est très longue et je ne suis pas sûr que tout ressorte de ma mémoire d'un seul trait. »

— « Mais mon père m'en avait déjà beaucoup parlé. »

— « Donc tu sais que l'histoire est très longue. Les origines remontent au début, au temps des Égyptiens. »

— « Et des Mésopotamiens. »

— « Oui, tu as l'air d'en savoir déjà beaucoup. »

— « N'oublie pas que je suis historienne et que mon père l'était aussi. C'est forcément un point que l'on a creusé. »

— « Et il te l'a raconté dans l'ordre ? »

— « Pratiquement. »

— « Ben, dis-moi où vous en étiez, je continuerai. »

— « Disons que je pense tout savoir au moins jusqu'à la Seconde Guerre mondiale. »

— « Quand les confrères ont transmis les savoirs des nazis aux Américains, le secret de la bombe atomique aux grandes nations ? »

— « Oui, et aussi la période de la décolonisation. »

— « Oui, tu vas jusqu'au convertisseur ? »

Élise se dit d'instinct que la division de la confrérie en deux branches pouvait remonter à cette période. Et puis, elle ne se souvenait de rien concernant le convertisseur. Son auteur l'avait donné à l'humanité.

— « Non, cela ne me dit rien. »

— « Ben, c'est un fait d'armes de la congrégation. Initialement, une multinationale avait mis la main dessus. Cela leur aurait donné un trop gros avantage. On a œuvré pour qu'il devienne public. Cela a maintenu la concurrence entre elles. »

Cela ne faisait pas partie de l'histoire de sa confrérie. Soit il lui manquait ce fait d'armes, soit les deux organisations étaient déjà séparées à cette époque, soit plus de 700 ans !

— « À partir de là, je ne sais plus. »

— « Il ne te manque que deux événements. La confrérie a aidé à sortir de la transparence, surtout parce que cela la gênait dans son activité. »

La confrérie d'Élise avait été condamnée au silence durant cette période. Chaque membre avait individuellement milité pour rétablir la confidentialité des conversations privées. Apparemment, l'autre confrérie était restée active, malgré le risque de laisser des traces compromettantes.

— « Et le deuxième ? »

— « C'est un peu plus flou. L'organisation aurait fait quelque chose juste avant la catastrophe de 2517, mais je n'ai jamais vraiment su quoi. La plupart des confrères ne connaissent pas ce fait historique. »

— « Comment cela ? »

— « Mon maître initiateur me l'a exposé, mais sans me donner de détails. Je n'ai jamais pu le confirmer, ni auprès de mon second maître ni auprès d'un autre confrère. Finalement, mon superviseur m'a soutenu qu'il n'y avait rien, mais je ne vois pas pourquoi mon premier maître l'aurait inventé. »

— « Et tu lui as demandé ? »

— « Malheureusement, il a atteint les 120 avant que j'y pense. »

— « Je vais à mon tour le retenir comme non confirmé. »

— « J'ai le sentiment que je n'ai pas grand-chose à t'apprendre et je devine la cause de ton impatience. »

— « Tu devines ? »

— « Oui. Dès que je t'aurai confirmée, tu te mettras en chasse d'un second maître. Et pas seulement pour être confirmée. »

— « Je vois que je ne peux rien te cacher. »

— « Oui. Promets-moi d'être prudente, je ne suis pas sûr qu'il n'y ait que des gens bienveillants dans cette organisation. »

— « Promis. »

— « Et je vois autre chose en toi. »

— « Quoi donc ? »

— « Tu as faim ! »

— « Je ne peux vraiment rien te cacher ! »

— « Bon. Comme tu ne m'as pas laissé beaucoup de temps, j'ai dû improviser. Tu as déjà mangé les yeux bandés ? »

— « Les yeux bandés ? »

— « Oui. Je mets des choses dans ta bouche et tu dois deviner ce que c'est. Tu verras, c'est surprenant comme la vue nous aide à reconnaître un goût. »

Élise est heureuse. Elle retrouve cette complicité avec Sacha. Même si les choses ne sont pas clairement dites, même si elle lui cache sa confrérie, elle se sent en accord avec lui.

Sacha lui bande les yeux. Elle l'entend aller chercher quelque chose dans une autre pièce.

— « Ouvre la bouche. »

— « C'est acide ! Et un peu sucré. Du citron ! »

— « Bravo, mais c'était facile. »

— « Euh, ce n'est pas un aliment ça. »

— « Non, c'est un bisou. C'est pour faire passer le goût entre deux aliments. »

— « D'accord. »

— « C'est fade. Je suis sûre que je connais ce goût. »

— « Une pâte. »

— « Une pâte ? »

— « Oui, sans sauce, c'est nettement moins bon. »

— « C'est un bisou. »

— « Et ça ? »

— « De la viande. Très tendre. »

— « C'est du thon ! »

— « Ah oui… bisou. »

— « Et ça ? »

— « Aucun goût ! Ça pique un peu. »

— « Du radis noir. »

— « Oh. Ce n'est pas un aliment ! Mais fais goûter encore… »

Élise et Sacha ont fini par s'endormir dans les bras l'un de l'autre. Quand elle revient à elle, elle s'inquiète de l'heure.

— « Oh là là, il faut que je file, j'ai un cours dans 30 minutes. »

— « Tu ne veux pas le donner d'ici ? »

— « Non, je préfère chez moi. Question d'habitude. »

Elle se précipite vers sa bulle.

Le recrutement

À la fin d'un cours en présentiel, Didier traînait. Quand la plupart des élèves furent sortis, il s'adresse directement à Élise.

— « Madame, j'ai réfléchi à votre proposition de travail. »

Cette simple phrase suffit à décourager la curiosité des derniers élèves encore présents.

— « Bien. Quelle est votre conclusion ? »

— « Madame, je suis partant. »

— « J'en suis heureuse. Je vous propose une première séance chez moi. D'ici deux heures si cela vous convient ? »

— « Madame, j'y serai. »

Avant de rentrer chez elle, Sacha lui avait demandé de passer la voir. Elle avait promis de passer juste après son cours. Elle le retrouve dans sa serre.

— « Bonjour mon amour. »

— « Bonjour, mon amour, je te préviens tout de suite, je n'ai pas beaucoup de temps à t'accorder. »

— « Ah. Tu ne restes pas ? »

— « Non, j'ai rendez-vous avec un étudiant, mais je peux revenir après. Tu voulais me dire quoi ? »

— « C'est un autre rendez-vous. »

— « Avec Serge ? »

— « Oui, et son superviseur. Moi-même, je n'y ai jamais eu droit. »

— « C'est inquiétant ? »

— « Je ne pense pas. Tu les intéresses plus que moi. C'est surtout mon amour propre qui en prend un coup. »

— « Mon pauvre chéri. »

— « D'un autre côté, tu pourras peut-être en savoir plus sur ton père. »

— « Je t'avoue que c'est ma principale motivation. »

— « Oui, et pour t'aider, je vais te confirmer. Ainsi, tu seras libre de choisir le second maître que tu veux. »

— « Merci mon amour. »

— « Attends, il nous reste deux commandements. »

— « Je t'écoute. »

— « Le troisième : Préfère mourir plutôt que trahir. Ce n'est pas mon préféré, je le trouve un peu pessimiste, mais il a l'avantage d'être évident. »

— « Qu'est-ce qui est considéré comme une trahison ? »

— « Révéler l'existence de la confrérie, aller à l'encontre de ses intérêts. »

Élise se fait la réflexion que l'évidence vaut toujours mieux d'être explicitée. En ce qui concerne sa confrérie, seule la révélation est une trahison.

— « Que crois-tu que mon père a essayé de faire ? »

— « Je ne sais pas. Mais fais attention à qui tu le demandes. »

— « Oui. »

— « Et le dernier, le quatrième : Recrute un confrère au moins, deux ou plus. C'est assez évident, incorpore autant de membres que tu peux. C'est à mon sens la principale mission. »

— « Mais si l'on engage beaucoup, cela n'est-il pas dangereux pour la confidentialité de l'organisation ? »

— « Je n'ai pas dit d'embrigader n'importe qui ! Il faut que tu sélectionnes tes recrues, qu'elles apportent quelque chose à la confrérie. »

— « Alors, pourquoi rechercher la quantité ? »

— « Il nous faut les deux, la qualité et la quantité. Sinon, comment pourrons-nous influencer la société ? »

Cette dernière phrase sonne bizarre. Élise est persuadée qu'elle n'est pas de Sacha. Elle en disait long sur la différence fondamentale entre les deux confréries. L'une laissait s'écouler le cours naturel de l'humanité en s'assurant que le savoir ne se perd pas. L'autre voulait orienter sa destinée et utilisait le savoir pour arriver à ses fins. Mais Sacha ne pouvait pas avoir conscience de tout cela.

— « Bon, suis-je maintenant une consœur à part entière ? »

— « Non, tu es officiellement une apprentie. Tu ne dois te faire reconnaître que de ton second maître, que seule toi peux choisir, qui te confirmera le code que je t'ai transmis. Ce code confirmé sera entièrement le tien. Tu es prête ? »

— « Oui. »

— « Je ne suis plus ton maître. Mon rôle est terminé. Mets-toi en quête de ton second maître. »

— « Merci. »

— « Oh, attends de voir où tu as mis les pieds avant de me remercier. »

— « Je sais. Je te promets d'être prudente. Ce rendez-vous c'est quand ? »

— « Demain, au même endroit que la dernière fois. »

— « Nous y allons ensemble ? »

— « Non, je ne suis pas invité. »

— « Désolée. »

— « Rassure-toi, je ne suis pas sûr que cela m'aurait plu. »

— « Bon, je dois te laisser, mon élève va m'attendre. »

Ils s'embrassent longuement, puis elle rejoint sa bulle. Durant le voyage, elle se demande quel est l'objet de ce rendez-vous. Elle allait rencontrer des gens que Sacha n'a jamais vus et sans lui. Elle sent qu'il ne l'accompagnera pas plus loin, et elle préfère cela, cette histoire de confrérie entre eux ne lui plaît pas. Quelques minutes après son arrivée, Didier s'arrime à son appart.

— « Madame, me voici. »

— « Je t'ai déjà dit de laisser tomber le madame quand nous sommes seuls. »

— « Excusez-moi, c'est l'habitude. »

— « Bon, tu as bien réfléchi à ma proposition ? »

— « Oui. Je veux donner un sens à ma vie. »

— « Tu dois savoir que tu n'en tireras aucune gloire. C'est une activité secrète, qui doit le rester jusqu'à ta mort. »

— « J'imagine. »

— « Et surtout, l'engagement est irrévocable. »

— « Ça, je l'ai bien compris. J'avais une question à ce propos. »

— « Laquelle ? »

— « Que se passe-t-il si je ne suis plus en état d'agir ? »

— « C'est simple, aucune action n'est demandée. Ton engagement porte sur le secret. Tu seras seul juge des actions que tu dois accomplir. »

— « Vous voulez dire que je peux m'engager et ne rien faire ? »

— « Il n'est exigé que de respecter le code, qui ne comporte aucune obligation d'action. J'insiste sur le secret, tu ne dois en parler à personne, ni à tes parents, ni à tes enfants. »

— « J'ai compris. »

— « Toujours partant ? »

— « Oui. »

— « Je dois te faire le discours d'accueil. Après tu seras engagé à vie. »

— « Allons-y ! »

— « Je dois te poser la question. Veux-tu de moi comme maître ? »

— « Oui, je le veux. »

— « Je suis donc ton maître. Mon rôle est de t'initier comme confrère. Je vais t'exposer mon code et tout ce qui sera confirmé par ton second maître sera le tien. Tu ne dois jamais admettre faire partie de la confrérie, même face à des preuves. Tu ne dois jamais désigner des membres de la confrérie, même à des confrères. »

— « C'est solennel ! »

— « C'est un premier point du code. Tu auras un second maître dont nous parlerons plus tard. Tu ne seras engagé avec lui qu'après le même discours. »

— « Mais comment nier face à des preuves ? »

— « Tout le code n'est transmis que par l'oral. Tu ne dois jamais rien écrire ni enregistrer. Si un jour tu es face à des preuves, continue de nier, les preuves finiront par disparaître. »

— « Disparaître ? »

— « Oui, un jour ou l'autre, un confrère s'en occupera. »

— « Bien ! »

— « Le code est construit sur quatre commandements. Nous allons les passer en revue et les commenter. Tu devras les connaître par cœur, car ils servent de salut entre membres. »

— « J'écoute ! »

— « Le premier commandement est : l'humanité avant toute chose. »

— « Cela me rappelle quelque chose, vous ne me l'auriez pas déjà dit ? »

— « Tu as une excellente mémoire. Je te l'ai dit en effet, pour savoir si tu ne faisais pas déjà partie de la confrérie. Il initie le salut de reconnaissance entre deux confrères. Tu ne peux l'utiliser que quand tu es seul avec la personne. L'autre est libre de te répondre ou pas. »

— « Et comment peut-on distinguer quelqu'un qui ne veut pas répondre de celui qui ne sait pas ? »

— « On ne peut pas. Mais revenons sur ce commandement. Il signifie qu'au-delà de toutes tes valeurs, c'est l'intérêt de l'humanité qui doit prévaloir. »

— « Et qui décide de l'intérêt de l'humanité ? »

— « Le deuxième commandement ! C'est le plus complexe à comprendre : transmets tous les savoirs véritables, sans distinction d'ethnie ou de religion, à tes amis, à tes ennemis, au sein de tous les royaumes. »

— « Ah, il est codé ? »

— « Comment cela ? »

— « Que signifient ethnie, religion et royaumes ? »

— « La confrérie est très ancienne. Changer une seule lettre d'un des commandements peut compromettre son avenir, et surtout, personne ne peut le faire. Cela sera un excellent travail pour toi de retrouver le sens de ces mots. Pour l'instant, amis et ennemis te permettront de comprendre le sens. »

— « J'imagine que chaque mot a son importance. Les savoirs véritables indiquent qu'il ne faut transmettre que des choses vraies, toutes les choses vraies. Mais pourquoi aux ennemis ? »

— « À l'époque, il y avait des guerres, qui pouvaient provoquer la disparition totale des perdants. En transmettant les savoirs aux deux parties, on s'assure qu'ils perdureront avec le vainqueur. »

— « Et notre mission est de faire perdurer le savoir, pas d'aider un des deux camps. »

— « Tu comprends vite ! »

— « Mais transmettre du savoir à ses ennemis, c'est trahir ses amis ! »

— « Oui. Mais es-tu dans le camp du vainqueur ? »

— « Vous marquez un point. »

— « L'humanité avant toute chose. »

— « Je comprends mieux. »

— « Je pense que l'on peut s'arrêter là. Je te laisse y réfléchir et travailler le vocabulaire. La prochaine fois, on commencera par tes questions. »

— « D'accord. On se revoit quand ? »

— « Quand tu seras prêt. »

— « Bien. À bientôt. »

— « À bientôt. »

L’évolution du droit

De retour chez elle, Élise rejoint la classe virtuelle, il y a environ 800 étudiants. Une audience normale pour ce cours qui fait partie du cursus obligatoire. Il est bien rodé. Elle le perçoit comme une pause bienvenue dans le flot des derniers événements.

— « Bonjour, le cours d’aujourd’hui porte sur l’évolution du droit à travers les âges. Vu que vous êtes très nombreux, veuillez transmettre vos questions au classifieur. »

Le taux est à 80 %. C’est plutôt bas, mais peu étonnant au vu du caractère obligatoire.

— « Je vais aujourd’hui m’efforcer de vous faire comprendre comment l’humanité est arrivée au droit actuel et à son mode d’application. »

Le taux chute à 60 %. Il faut qu’elle stimule son auditoire. Rien de tel qu’une petite interaction.

— « Au début, nous étions tous des sauvages. Qui peut me dire quel droit s’appliquait alors ? »

— « Madame, il n’y en avait pas. »

— « Il n’était pas formalisé, mais un droit s’appliquait bien. Je suis sûr que vous en avez déjà entendu parler. »

— « Madame, la loi du plus fort ? »

— « C’est une idée. Qui est pour ? »

Il s’agit d’un vote. Chaque élève est invité à s’exprimer, avec un compte à rebours de 10 secondes. Et quand un élève doit voter, le résultat l’intéresse.

— « 87 % de pour. Bravo ! »

Le taux d'attention remonte à 95 %. La manœuvre est réussie.

— « Donc, au départ, nous étions tous des sauvages et le droit qui s'appliquait était la loi du plus fort. Mais cette pratique induit une forte instabilité, sachant qu'on ne reste jamais le plus fort très longtemps. Aussi, les hommes ont commencé à élaborer des règles communes, que l'on appelle le droit, pour obtenir un minimum de stabilité sociale. »

Le taux redescend à 92 %, ce qui est tout à fait normal du point de vue d'Élise.

— « Ces premières lois n'étaient ni égalitaires ni universelles. Ainsi, il y avait des chefs, des rois, des pharaons ou des empereurs, qui avaient tous les droits, y compris celui de mort sur leurs semblables. »

Le taux se stabilise à 96 %. De l'expérience d'Élise, la partie est gagnée.

— « À l'autre extrémité, il y avait des esclaves qui n'avaient aucun droit. Et la loi pouvait être différente selon la couleur de la peau ou des cheveux, la forme des yeux, l'endroit où l'on était né, ou beaucoup plus fréquent, les ascendants. »

Le classifieur remonte une question. Cette question est de plus en plus fréquente, mais elle n'en prend vraiment conscience que maintenant.

— « Non, il n'y avait pas de lois distinctes entre les terriens et les martiens. Qui peut me dire pourquoi ? »

— « Madame, à l'époque, il n'y avait pas de martiens. »

Élise aurait préféré une autre question, mais elle décide de ne pas entrer dans ce débat et continue son cours.

— « Exact. Il y avait aussi des différences selon le sexe. Dans la majorité des cas, l'homme avait plus de droits que la femme. »

À nouveau, une question du classifieur. Ce coup-ci, elle préfère donner la parole à un élève.

— « Madame, c'est toujours le cas. Je veux dire que les femmes ont aujourd'hui plus de droits que l'homme. »

Par contre, cette remarque est un grand classique.

— « Pouvez-vous nous donner un exemple ? »

— « Madame, le droit de naissance. Seules les femmes peuvent l'exercer. »

— « Voilà un exemple intéressant. Pouvez-vous extraire cette règle de l'algorithme ? »

— « Madame, règle 546. Si la personne n'a pas de capacité d'enfantement propre, alors on rejette sa demande pour manque de moyen. »

— « Où voyez-vous qu'il est mentionné le genre ? »

— « Madame, seules les femmes sont capables d'enfantement. »

— « Oui. Il s'agit d'une capacité, pas d'une caractéristique de la personne. Prenons un autre exemple, est-ce que tout le monde peut vous enseigner l'histoire ? »

— « Madame, non, il faut être professeur d'histoire. »

— « Voilà. Il faut avoir, ou obtenir, une capacité, pour être en droit d'enseigner l'histoire. Pour avoir un enfant, c'est exactement la même chose. »

— « Madame, vous voulez dire que si demain les hommes ont une capacité d'enfantement, ils pourront utiliser un droit de naissance ? »

— « Appliquez l'algorithme. Quelle est la réponse ? »

— « Madame, oui, c'est autorisé. »

— « Vous voyez bien que la loi est la même pour tout le monde. Si cela n'était pas le cas, elle serait anticonstitutionnelle, et la constitution l'emporte. Mais reprenons le cours. »

Le taux est à 98 %. Cet échange est une bonne chose.

— « L'idée que la loi devait être la même pour tout le monde n'est apparue qu'au dix-huitième siècle, et seulement pour une petite partie de la population. Cette dernière était alors répartie dans plusieurs pays, et les lois changeaient d'un pays à l'autre. Mais cette idée a fait son chemin, et de plus en plus de nations l'ont adoptée. Vers la fin du vingtième siècle, des législations internationales et même un début de règle mondiale ont vu le jour. Mais il a fallu attendre le vingt-sixième siècle pour qu'il n'y en ait plus qu'une seule pour tous, tel que nous la connaissons aujourd'hui. »

Le classifieur fait remonter des questions assez habituelles.

— « Madame, comment pouvait-on faire des lois selon la couleur de la peau ? Je veux dire, si je veux changer de loi, il me suffit de changer la couleur de ma peau. »

— « Aujourd'hui, vous pouvez facilement changer le ton de votre peau grâce aux biots, mais ce n'était pas le cas à l'époque. Et puis la couleur de la peau est un raccourci, il s'agissait plutôt d'un phénotype, d'une appartenance ethnique. »

— « Madame, qui décide de changer les lois ? »

— « C'est un point compliqué ! Les règles changent en fonction des civilisations, et même des nations. Au début, cela revenait aux chefs ou aux sages. Dans certains cas, notamment les démocraties, comme nous aujourd'hui, c'est la population qui décide, plus ou moins directement. Dans les cas extrêmes, lors de changements brutaux, les lois sont changées grâce à des révolutions. Un autre processus est l'obsolescence des lois. Quand plus personne ne les respecte ou qu'elles sont devenues inutiles, il est parfois plus efficace de les changer. »

— « Madame, mais comment fait-on pour ne pas respecter la loi. »

— « Cela peut paraître surprenant, mais avant les lois n'étaient pas respectées comme aujourd'hui. On pouvait enfreindre une règle sans qu'il y ait forcément une sanction, aucune législation n'était vraiment contraignante. Aujourd'hui, la Multinationale ne vous fournit que des moyens qui n'enfreignent pas la loi. Vous ne pouvez pas obtenir une chose à laquelle vous n'avez pas droit. Vous ne pouvez pas faire un excès de vitesse en atmosphère. Et si vous tuez quelqu'un, vous êtes sûr d'avoir une sanction. »

Le classifieur ne remonte plus de questions. Élise décide donc de mettre fin au cours. Elle profite d'être seule chez elle pour faire le point sur ce qu'elle sait de la confrérie de Sacha.

L'histoire commune jusqu'au vingtième siècle signifie qu'il s'agit d'une scission de la confrérie. Elle a dû avoir lieu avant le vingt-deuxième siècle, car Sacha ne connaît pas l'histoire des plantes à croissance rapide qui ont participé à la réduction du gaz carbonique sur Terre. Un botaniste comme lui ne l'aurait pas oublié. Donc cette scission a dû avoir lieu aux environs du vingt et unième siècle, période qu'elle connaît bien. Elle ne voit pas quel événement aurait pu en être à l'origine.

Et comment cela a-t-il pu se faire ? Le seul moyen qu'elle imagine, c'est que deux membres se mettent d'accord pour changer le deuxième commandement. Puis qu'ils s'arrangent pour être premiers et seconds maîtres de plusieurs apprentis. Pour cela, il faut commettre pas mal d'infractions au code, mais admettons. Comment font-ils pour croître et être aussi nombreux aujourd'hui ? D'un coup, elle se rappelle la dernière phrase de sa mère. Il faut qu'elle vérifie ce point. Elle décide d'appeler sa mère tout de suite.

— « Allô, maman ? »

— « Bonjour ma chérie. »

— « Écoute maman, j'ai très peu de temps mais j'ai besoin que tu m'enlèves d'un doute. »

— « Ah… Bon… »

— « Tu peux me répéter la quatrième phrase, très distinctement ? »

— « Recrute un confrère au moins, deux ou plus. »

— « Ou, comme dans hibou ? »

— « Ben oui. »

— « Autre chose. Quel est le dernier fait historique de la confrérie avant la catastrophe de 2517 dont tu te souviens ? »

— « Attends. La diffusion du convertisseur, je ne vois rien d'autre. »

— « Merci beaucoup maman. Je te rappelle. Bisou. »

— « Bisou ma chérie. »

Élise n'avait pas noté ce changement du quatrième commandement. Ce détail qui change tout, qui explique le prosélytisme de Sacha, qui est nécessaire pour faire croître une dissidence. Au lieu de limiter le recrutement, ce changement, d'une seule voyelle, l'encourageait. Ce point seul désigne laquelle des deux confréries est dissidente. Cela rassure Élise. Une des grandes leçons de son père était que si l'on change une seule lettre d'un des quatre commandements, la confrérie qui en découle finit par disparaître. Cela s'est déjà produit plusieurs fois au cours de l'histoire. Dans son esprit, la confrérie de Sacha est donc vouée à disparaître, même si elle a déjà presque un millénaire.

Cela renforce sa conviction de suivre sa voie, préserver sa confrérie. Elle considère celle de Sacha comme illégitime. Celle qui considère son père comme un traître n'est qu'une imposture qui ne mérite pas son respect.

Le superviseur de Serge

Élise s'arrime au restaurant du dernier rendez-vous. Cette reconstitution de forêt tropicale est vraiment un endroit agréable. Elle commande au mur d'accueil de lui indiquer la table de Serge. Quand elle approche, Serge se lève.

— « Bonjour Élise. Comment allez-vous ? »

— « Très bien, et vous ? »

— « Je vous présente Scott. Scott, voici Élise. »

Scott doit avoir dans les cent ans. Il a ce genre de regard qui vous fixe dans les yeux et semble y lire le fond de vos pensées.

— « Bonjour Scott. »

— « Bonjour Élise, que prenez-vous ? »

— « Une surprise, celle de la dernière fois m'a beaucoup plu. »

— « Très bien. Deux surprises. »

Scott s'est adressé à Serge sans la quitter des yeux. Il a visiblement décidé que ce dernier ne resterait pas manger. Serge ne semble même pas surpris. Les présentations étant faites, son rôle était terminé.

— « Bien, je dois vous laisser, bon appétit. Au plaisir de vous revoir. »

— « Au revoir Serge. »

En éloignant Serge, Scott pourrait aborder des points qu'il voulait garder confidentiels. Mais surtout, la conversation à deux devenait privée et ne pouvait plus être enregistrée.

— « Si j'ai tenu à vous rencontrer, c'est pour mieux vous connaître. »

L'homme est du genre direct. Il doit apprécier qu'on le soit.

— « Si j'ai accepté de vous rencontrer, c'est pour en savoir plus sur l'organisation, et pour avoir des informations plus précises sur mon père. »

— « Bien. Je vous propose de commencer par votre père. Je l'ai connu. Je l'appréciais beaucoup. Je n'ai jamais compris son attitude. Je pense qu'il a fini par suivre son propre père, qui avait une très mauvaise influence sur lui, pour contrarier certaines de nos actions. Il s'est lourdement trompé, et malheureusement cela lui a coûté la vie. Et j'ai un autre reproche à son égard, il ne m'a pas signalé votre recrutement. »

— « Oui, c'est ce que j'ai cru comprendre, il n'a pas non plus terminé ma formation. »

— « Ah ! Et à quel stade en êtes-vous aujourd'hui ? »

— « J'ai rencontré Sacha qui a remédié à cela. »

— « Bien. Votre père nous aura aussi fait perdre quelques années de vos talents. »

— « Mais je n'étais pas aussi talentueuse à l'époque. »

— « Vous marquez un point. Je ne vois pas ce que je peux vous apprendre de plus sur votre père. Le code m'interdit de vous donner plus de détails. »

Scott en sait certainement beaucoup plus, mais il ne lui donnera rien d'autre. Élise préfère en rester là pour l'instant et se montrer satisfaite. Et puis elle sent qu'elle doit démontrer son intérêt pour la confrérie.

— « Je vous remercie de m'avoir répondu. Les choses sont plus claires pour moi. Si vous m'en appreniez plus sur notre organisation ? »

— « Et bien justement, en tant qu'historienne, que pensez-vous de l'évolution récente de l'humanité ? »

— « Qu'entendez-vous par récente ? »

— « Disons à partir de la période que vous connaissez bien. »

— « L'essor technologique ? Le fait le plus marquant pour moi est la numérisation et ce qu'elle a impliqué. La numérisation a provoqué la disparition de nombreuses choses, comme les pays, l'argent. Je dirais que le monde s'est simplifié et que la vie est devenue plus facile, la pauvreté et les guerres ont disparu… »

— « Et pour vous, sous quelle période l'humanité a-t-elle le plus progressé ? »

— « L'essor technologique est ma spécialité. Je ne suis peut-être pas très objective, mais je pense que les plus gros progrès ont eu lieu à cette époque. »

— « Et l'invention du convertisseur ? »

— « C'est le point final de cette époque ! Au début, l'homme remplace la force musculaire par la force mécanique. Pendant, il convertit la matière grise en force de travail numérique. Pour finir, il s'affranchit de tout besoin énergétique. La suite est logique. L'humanité est à l'abri du besoin, tous les artefacts permettant de gérer les pénuries disparaissent, car ils n'ont plus lieu d'être. »

— « En résumé, les germes du dernier millénaire datent de cette époque ? »

— « Je le pense. Même les prémisses de la conquête spatiale datent du vingtième siècle. »

— « Intéressant. Au passage, vous savez que le don à l'humanité du convertisseur est un de nos faits d'armes. On a rien inventé depuis ? »

— « On a perfectionné. Même les premiers biots datent de cette période. Avez-vous en tête une invention vraiment utile pour l'humanité ? »

— « Les expéditions ? »

— « Une invention ? Ne fait-on pas la même chose que Christophe Colomb avec des moyens plus modernes ? »

— « Et mars ? »

— « C'est peut-être un cas à part. Si on la voit comme un espace conquis par l'homme pour pouvoir y vivre, ce n'est pas nouveau. La nouveauté c'est d'avoir déplacé une planète. »

— « Pour vous, l'humanité est en panne d'invention depuis le convertisseur ? »

Cette question lui rappelle étrangement le discours de Sacha. Elle a le sentiment de donner à Scott ce qu'il attend d'elle. Elle décide de continuer dans cette voie.

— « On peut dire que l'humanité est arrivée à un stade où elle n'a plus besoin de créer pour vivre. Il y a assez de ressources pour tout le monde. Cela a fait disparaître la compétition pour les obtenir, et donc le besoin d'inventer. »

— « Votre point de vue est très intéressant. Je dirais même qu'il est très pertinent, bien que je n'aie pas votre connaissance de l'histoire de l'humanité pour me permettre d'en juger. Vous pensez donc que l'on est arrivé à un stade ultime de l'évolution. »

— « Je ne pense pas. Nous nous sommes parfaitement adaptés à notre environnement actuel. Mais celui-ci peut changer, ce qui relancera notre évolution. »

— « Justement, ne devrions-nous pas nous y préparer ? »

— « Peut-être. Mais comment faire ? Si l'on regarde l'histoire des civilisations, elles n'évoluent qu'en cas de crise, comme des catastrophes naturelles, des guerres, des ruptures technologiques. Rien de tout cela n'existe plus aujourd'hui. À quel problème pouvons-nous être confrontés, avec qui serions-nous en compétition ? »

— « Je vois que vous avez bien étudié le sujet. Je vous rejoins sur un point, l'humanité actuelle manque de crise. »

Élise avait dit à cet homme ce qu'il voulait entendre. Il était temps qu'il se découvre à son tour.

— « Vous pensez que l'on devrait introduire une instabilité, artificiellement, pour relancer notre évolution ? »

— « Vous allez un peu vite. Pour bien me faire comprendre, je vais faire référence à un exemple que vous connaissez certainement, l'occident et les Indiens d'Amérique. Vous n'êtes pas sans savoir que dans les premiers temps, ce sont les mêmes hommes qui ont envahi l'Europe et l'Amérique. Leurs descendants ont évolué séparément durant des millénaires. Quand l'essor de la technologie leur a permis de se rencontrer, que s'est-il passé ? »

— « L'occident a pillé et fait disparaître les Indiens d'Amérique. »

— « Pillé ? »

— « Oui, la pomme de terre, le maïs ont permis de réduire les famines en Europe. En échange, les Indiens ont eu la varicelle et les autres maladies qui les ont décimés. Les Occidentaux ont récupéré les richesses en détruisant ce qui existait. C'est bien un pillage ! »

— « Certes. Mais ce pillage a surtout été possible grâce à, ou à cause de, la poudre et les armures. C'est bien la supériorité technique qui a fait la différence. Quelque part, on peut penser que c'est l'absence d'évolution des Indiens qui leur a été fatale. »

— « C'est une façon très spéciale de voir les choses ! »

— « Mais qui reste correcte ? »

— « Soit. »

— « Ne pensez-vous pas que si les Indiens avaient connu autant de crises que l'occident, ils se seraient mieux défendus ? Je rappelle qu'à l'origine, il s'agit des mêmes humains. »

— « Mais n'est-ce pas là notre rôle ? Ne devons-nous pas réduire les écarts technologiques entre les civilisations pour justement maintenir l'équilibre et la compétition ? »

— « Si, mais nous n'en avons pas toujours la capacité. Quand l'occident a mis un pied en Amérique, les confrères s'y sont employés. Mais l'écart était trop grand. D'ailleurs, savez-vous que Parmentier était un relais de la confrérie ? »

On était dans l'histoire commune des confréries. Son père lui avait mentionné ce fait historique.

— « Oui, mon père me l'avait transmis. »

— « J'en conclus que les crises nous préparent à l'avenir. Ma réponse est donc oui, nous devons au moins faciliter les crises. En tout état de cause, les éviter est très néfaste pour une civilisation. »

— « Mais quelles actions pouvons-nous avoir dans ce sens ? Aujourd'hui, l'humanité est totalement unifiée. »

— « Je ne partage pas ce point de vue. Les expéditions perdent le contact avec leurs origines, comme les Indiens. Qui peut nous dire, quand ils rentreront à nouveau en contact avec nous, quel niveau technologique ils auront ? »

— « Maintenant, c'est vous qui marquez un point. »

— « Et puis, il y a Mars, qui est proche, mais aussi assez éloignée pour avoir une évolution distincte de la nôtre. »

— « Avec eux, nous avons des échanges réguliers. »

— « De moins en moins. J'ai vu récemment une étude sur l'évolution comparée de la langue entre nos deux planètes. Savez-vous que le recouvrement de vocabulaire n'est plus que de 95 % ? »

— « Je n'ai pas vu cette étude. Par contre, j'ai appris qu'ils avaient inventé des couleurs que nous n'avons pas, comme l'avaient fait les Indiens d'Amazonie ou les Inuits. »

— « Exactement. Vous voyez que même aussi proches, nous arrivons à diverger. Et je ne parle pas des évolutions physiologiques liées à leur environnement. »

Elle se dit que Sacha avait lui aussi eu droit à ces propos. Il les avait même bien intégrés.

— « Ne s'agit-il pas d'une simple adaptation à leur milieu ? »

— « Probablement. Ils n'en sont pas moins divergents. C'est un point qui fait défaut aux terriens. »

— « Je ne vous comprends pas. Vous voudriez que les terriens soient aussi divergents ? »

— « Oui, entre eux. Tout le monde a aujourd'hui pratiquement le même environnement, vit sous les mêmes latitudes. Vous ne trouvez pas que nous nous ressemblons de plus en plus ? »

— « Chacun veut être là où la vie est la plus agréable. »

— « Justement, cela nous conduit à converger, en dehors de rares exceptions, comme votre mère. »

— « Vous faites allusion à la latitude de son appart. »

— « Tout à fait. C'est très courageux de sa part. »

Élise n'avait pas totalement pris conscience de l'appartenance de sa mère à l'organisation. Cela devenait brusquement plus concret.

— « Vous connaissez ma mère ? »

— « Je suis même son superviseur. Et pour ne rien vous cacher, c'est elle qui a recruté votre père. À ce propos, pourquoi n'avez-vous jamais accepté ses invitations ? »

Scott ne fait pas beaucoup de cas du code, ou celui-ci était nettement allégé. Pourquoi lui parle-t-il de sa mère ? Que répondre à cette question ? Elle se sent à nouveau piégée. Elle ne peut pas lui dire qu'elle n'avait tout simplement pas reconnu ces invitations, pas après l'initiation supposée de son père.

— « J'étais en cours d'initiation quand mon père est mort. Je ne pensais pas avoir le droit de répondre à ma mère sans la prendre comme maître. L'initiation avait profondément changé les relations avec mon père, je ne voulais pas revivre la même chose. »

— « Et Sacha est arrivé ! »

Elle perçoit le piège. Elle a reconnu sa mère avant Sacha. Scott doit le savoir. Il était beaucoup plus subtil que Serge, et donc plus dangereux.

— « En fait, les relations avec elle sont devenues très compliquées. J'ai pris sur moi de d'entrer en relation avec elle, contre le code. Malgré cela, je ne voulais pas qu'elle devienne mon maître. Quand Sacha me l'a proposé, j'ai sauté sur l'occasion d'échapper à ma mère. »

— « Maintenant vous êtes revenue parmi nous, et c'est l'essentiel. Vous avez d'autres questions ? »

— « Vous étiez le superviseur de ma mère. Elle a recruté mon père. Vous êtes devenu le superviseur de mon père. Est-ce une règle ? Dois-je prendre Serge comme superviseur ? »

— « Non surtout pas ! Une personne comme vous a droit à quelqu'un de beaucoup plus haut placé. Enfin, vous êtes libre de choisir qui vous voulez, ne vous pressez pas. »

Scott était nettement moins posé. Élise ne comprend pas le sens de haut placé. On est brutalement sorti de la conversation amicale. Elle sent qu'il faut finir cet entretien, avant de tomber dans un autre piège ou de mettre son interlocuteur mal à l'aise.

— « Bien. Je compte prendre mon temps. Avant de choisir un superviseur, il me faut trouver un second maître. »

— « Vous avez la bonne approche. »

— « J'aurais encore beaucoup de questions, mais je ne voudrais pas abuser de votre temps, et je ne vous cache pas que le mien aussi est compté. Pourrons-nous nous revoir ? »

— « Bien sûr. Nous continuerons cette conversation très enrichissante et agréable. Je ne vous retiens pas plus longtemps. »

— « Au revoir Scott. »

— « Au revoir, Élise, à bientôt. »

Élise rentre directement chez elle. Elle a reçu beaucoup d'informations. Elle doit faire le point.

Billard géant

Arrivée chez elle, elle s'installe à son bureau. Elle essaie de mettre ses idées en ordre. Le rendez-vous a été riche en informations, mais le sentiment qui domine est l'encerclement. La confrérie de Sacha est omniprésente, elle a l'impression que tout le monde en fait partie.

Cela change son point de vue sur les salutations avortées. Elle avait remarqué qu'assez souvent, des personnes lançaient le salut de la confrérie sans poursuivre. Elle avait fini par conclure que la première phrase de l'échange arrivait souvent par hasard dans la conversation. Maintenant, elle réalisait que c'était une erreur et que ces invitations étaient pour l'autre confrérie. C'est elle qui ne répondait pas, comme avec sa mère. Cela signifiait que les membres étaient nombreux, beaucoup plus que dans sa confrérie.

Un autre point important est que tous les membres ne sont pas au même niveau. Cette organisation est hiérarchisée, c'est maintenant évident. Avec la hiérarchie, le niveau de connaissance augmente. Cette organisation cache des choses aux membres les moins haut placés. Si elle veut en savoir plus, il faut qu'elle reste en contact avec Scott, voire qu'elle rencontre ses supérieurs.

L'idée de s'opposer à cette organisation lui donne le vertige. Ils sont nombreux. Ils sont hiérarchisés. Et le pire, c'est que les membres semblent adopter les idées diffusées par leurs superviseurs. Un cocktail détonnant qui a souvent montré ses capacités destructrices au cours de l'Histoire. Pour Élise, cette confrérie est un imposteur, cela suffit à justifier de lutter contre. Et les idées qu'elle véhicule ne lui plaisent pas. Elle a donc toutes les raisons de s'y opposer, en tant que consœur et en tant que personne.

Pour s'y opposer, il faut qu'elle mette toutes les chances de son côté. Parmi ces chances, il y a Didier. Elle lui demande de la rejoindre chez elle.

Ces informations sont véritables. Élise a le devoir de les transmettre à ses confrères, même si cela représente un danger pour elle. Elle les contacte, un par un, et leur livre toutes les informations qu'elle a vérifiées. Certains lui répondent qu'ils avaient des soupçons, sans avoir pu vérifier. Avec les informations qu'elle a transmises, ils vont pouvoir investiguer plus efficacement et confirmer l'information.

Didier s'arrime à l'appart d'Élise, juste après qu'elle a prévenu son dernier confrère. Elle décide de le mettre immédiatement au travail.

— « Didier, il y a eu un accident voici quarante ans. J'ai les boites noires. Vous seriez capable de me traduire ce qu'elles disent ? »

— « Faut voir. »

— « Voici les enregistrements. »

— « Déjà, on peut reconstituer la trajectoire. Je mets le T0 à la fin de l'enregistrement. La boite noire enregistre plusieurs paramètres, mais le plus parlant c'est la position. Je récupère les données de localisation spatio-temporelles. Voilà. Ce n'est pas très loin de la Terre. Il sort de l'atmosphère, fait un grand virage par là, puis il accélère jusque là, ralentit, puis reaccélère doucement pendant tout ce temps-là, puis plus rien. »

— « Cela vous évoque quoi ? »

— « Je ne vois pas l'intérêt d'une telle trajectoire. Cela ne va nulle part. On regarde la deuxième ? »

— « Oui. »

— « Pareil, même exactement pareil à partir de ce point. Je pense qu'ils se sont arrimés. »

— « Bien. Mais pourquoi accélérer, ralentir puis reaccélérer dans l'espace ? »

— « Bizarre. On dirait qu'ils essayaient leurs engins. Regardons les autres paramètres pour voir si tout fonctionnait bien. Bon, déjà il y avait des gens à l'intérieur. »

— « Qu'est-ce qui vous fait dire cela ? »

— « Les sécurités ont été désactivées. On ne peut faire cela que de l'intérieur. Tiens, c'est bizarre. »

— « Quoi ? »

— « La production d'énergie, sur la dernière accélération, elle est au maximum. »

— « Et alors ? »

— « Alors, ils devraient accélérer beaucoup plus ! »

— « Comment est-ce possible ? »

— « Un dysfonctionnement sur le propulseur ? Non, la poussée est là. »

Didier n'écoute plus. Il est dans le même état que durant le cours d'astrophysique. Il réfléchit.

— « Le produit masse par accélération ! La seule solution, c'est qu'ils se sont alourdis ! »

— « Alourdis ? »

— « L'accélération correspond au rapport de la poussée sur la masse. La poussée est là, donc c'est la masse qui a changé. Et pas qu'un peu ! »

— « Mais d'où vient cette masse ? »

— « C'est là le problème, les radars disent qu'il n'y a rien ! Pourtant ce n'est pas petit, attendez… »

Didier se lance dans les calculs.

— « Waouh ! Si je me fie à la poussée et l'accélération résultante, le truc est énorme, des dizaines de milliers de tonnes ! »

— « Un vaisseau spatial ? »

— « Trop léger. Plutôt un astéroïde, de l'ordre de 30 à 50 mètres. Comment les radars ne l'ont pas vu ? Mais attendez… »

— « Quoi ? »

— « Les gens qui étaient dans l'engin l'ont vu, puisqu'ils ont ralenti à son approche. C'est un remorqueur ! »

— « Non, je crois qu'il s'agit de bulles. »

— « Des bulles ? Mais il faut être cinglé pour jouer au remorqueur avec une bulle ! Et en plus, cela ne sert pas à grand-chose. »

— « Pourquoi dites-vous cela ? »

— « Parce que la poussée d'une bulle est ridicule pour changer la trajectoire d'un astéroïde. Même à deux. Regardez, durant la totalité de ce temps-là, ils ont à peine changé sa vitesse. C'est négligeable ! »

Pourquoi son père aurait-il poussé un astéroïde avec sa bulle ?

— « La trajectoire de l'astéroïde, vous l'avez ? Il va vers où cet astéroïde ? »

— « Si je prends pour hypothèse qu'ils ont rejoint la trajectoire de l'astéroïde pour l'accoster comme le fait un remorqueur, cela nous donne quelque chose comme cela. »

Didier écrit sur la table une équation, comme celles du dossier de son père, du moins aussi incompréhensible pour Élise.

— « C'est comme les équations que je vous ai montrées l'autre jour. »

— « Tout à fait. D'ailleurs, vous les avez encore ? »

— « Les voilà. »

— « Vous vous moquez de moi ? »

— « Je vous assure que non. Pourquoi ? »

— « C'est la même que celle-là ! »

— « Vous voulez dire que l'astéroïde que ces bulles ont poussé, c'est celui de cette équation ? »

— « Exactement. »

— « Et si les bulles n'avaient rien fait, où aurait fini l'astéroïde ? »

— « Je vous l'ai déjà dit, il se serait écrasé sur Terre. Mais on est d'accord, cela n'est pas arrivé. »

— « Et les deux autres ? »

— « Les deux autres ? »

— « Vous m'avez dit que deux autres trajectoires étaient pareilles. Elles seraient aussi entrées en collision avec la Terre ? »

— « Oui, on serait au courant. Vous voyez, ils n'ont touché qu'un astéroïde sur les trois, or aucun n'est tombé sur Terre. »

Élise n'est pas convaincue. Il manque quelque chose. Si son père, et son grand-père ont pris autant de risques, c'est qu'ils pensaient pouvoir réussir.

— « Et pourquoi leurs bulles ont été détruites ? »

— « Je ne sais pas, une éruption, l'astéroïde s'est cassé… Vous savez, s'il n'y a personne dans les remorqueurs, il y a une bonne raison. On les perd souvent. »

Mais Didier n'a pas trouvé pas la cause. Et son cerveau ne pouvait pas l'accepter. Il reprend l'air du cours d'astrophysique. Il réfléchit. Élise sent qu'il faut attendre.

— « Le billard ! »

— « Le billard ? »

— « Si vous n'avez pas assez de force pour dévier un astéroïde, il y a une autre technique. Le billard. »

— « Expliquez-moi. »

— « Vous avez deux boules de billard qui roulent. Vous n'avez pas assez de force pour dévier la trajectoire d'une boule autant que vous voulez. Mais si vous en avez assez pour qu'elles se choquent, alors vous pouvez peut-être changer la trajectoire de la première en utilisant la force de la seconde. »

— « Ils auraient poussé un astéroïde contre l'autre. »

— « Oui. Et c'est ce qui leur a été fatal. »

— « Je ne comprends pas. »

— « Quand un astéroïde en choque un autre, la répartition de l'énergie change brutalement. C'est ce qui les fait changer de direction. Mais cela provoque aussi une onde de choc, qui va du point d'impact au point diamétralement opposé. Cette onde de choc est capable de casser l'astéroïde en plusieurs morceaux. Vous imaginez l'effet sur une bulle ? »

— « Cela les brise ? »

— « Cela les pulvérise ! Quasi instantanément. Les occupants des bulles n'ont même pas eu le temps de s'en apercevoir ! Je vous l'ai dit, il faut être cinglé pour jouer au remorqueur avec une bulle. »

Élise n'y tient plus, elle éclate en sanglots.

— « Le cinglé, c'était mon père ! »

Didier ne dit plus rien. Visiblement, il est désemparé.

— « Je suis désolé. »

— « Vous n'y êtes pour rien. »

— « Et il reste deux autres problèmes. »

— « Lequel ? »

— « Quand vous déviez un astéroïde avec un choc, la quantité totale de mouvement est inchangée. Cela signifie que si l'un des deux est éloigné de la Terre, l'autre s'en rapproche forcément plus vite… et il nous reste le troisième astéroïde. »

— « Vous ne vous arrêtez jamais ? »

— « Pas tant que je n'ai pas trouvé la solution à un problème. »

— « Excusez-moi. Et on peut pas faire comme au billard, taper une boule puis l'autre ? »

— « Cela me paraît très compliqué à calculer, mais les astéroïdes sont très proches les uns des autres. On n'est jamais à l'abri d'un coup de chance. »

— « Et quand ils se cognent, cela doit faire des débris ? »

— « Oui, de quoi éclabousser le troisième. Mais pas assez pour changer sa trajectoire. »

— « Écoutez, mon père et mon grand-père se sont sacrifiés pour faire cela. Il doit y avoir quelque chose qui nous échappe. »

— « Attendez. Il y a un journal des actions de Sentinel. Je vais voir si je trouve quelque chose de ce côté-là. »

— « Merci. »

— « Ah. Il y a un événement qui colle. Trois astéroïdes… Détection tardive… Bon, ils ont l'air s'interroger davantage sur le retard de détection que sur les astéroïdes eux-mêmes. »

— « Et ils sont où maintenant ? »

— « Les remorqueurs ont fait leur boulot. Ils sont en route pour le Soleil. »

— « Vous pensez que c'est mon père qui a attiré l'attention de Sentinel sur ces astéroïdes ? »

— « Ce n'est pas dit. Mais ils ont cherché pourquoi la détection était aussi tardive, sans trouver. »

— « Peut-être que les chocs ont émis de la lumière qui s'est vue ? »

— « Vous lâchez jamais… La lumière ! Vous avez le document de l'énigme avec Philippe ? »

— « Oui. Il est là. »

— « Ce n'est pas un cache-bulle. C'est un cache-astéroïde ! »

— « Vous voulez dire que les astéroïdes étaient cachés. Que mon père les a révélés à Sentinel ? »

— « Cela se tient. En tout les cas, je n'ai pas d'explication plus simple, ce qui est bon signe. »

— « Comment cela ? »

— « De deux explications, la plus simple est souvent la meilleure. C'est un principe de base en physique. »

— « Je parlais du signe. »

— « Ah. Ben c'est probablement la bonne explication. »

Ainsi son père ne s'était pas suicidé. Il avait risqué sa vie pour sauver le monde et y était resté.

— « Vous pensez que mon père a sauvé le monde ? »

— « Je vais vous décevoir, mais ces astéroïdes sont trop petits pour détruire la vie sur Terre. Au pire, il n'y aurait eu que quelques millions de morts, au mieux ces gros cailloux auraient fait plouf dans un océan. »

— « Bon. On est bien d'accord que cela reste strictement entre nous ? »

— « Vous ne pensez pas qu'on devrait plutôt en informer tout le monde ? »

— « Non, pas pour l'instant. Il faut que je comprenne avant. »

— « Et cela fait partie de ma formation à la confrérie ? »

— « Non, cela n'a rien à voir. Et je vous propose d'en rester là pour aujourd'hui. »

— « Bien. Quand nous revoyons-nous ? »

— « Demain. »

Didier regagne sa bulle et rentre chez lui.

Seule, Élise réalise qu'elle vient de découvrir quelle était la trahison de son père : avoir révélé les astéroïdes. Et si cela est une trahison, la conclusion lui fait peur. Ces astéroïdes étaient envoyés, ou au moins cachés, par la confrérie de Scott ! On dépassait largement les discours inamicaux ou les mauvaises pensées. Ils étaient passés à l'action. Ce qu'elle ne comprenait pas, c'était l'objectif. Pourquoi faire tomber des astéroïdes sur Terre ?

Élise est interrompue dans ses réflexions par Sacha.

— « Tu me manques ! »

— « Bon, eh bien j'arrive. »

— « Super. Je nous prépare à manger. »

— « J'accours ! »

Interroger Sacha

Dès qu'elle est arrimée, Élise se précipite dans le salon. Sacha l'accueille en la prenant dans ses bras. Ils restent ainsi durant plusieurs minutes, sans un mot.

— « Si tu devais choisir entre la confrérie ou moi, qui garderais-tu ? »

— « Toi, sans hésiter ! »

Élise n'en revient pas d'avoir posé cette question. C'était sorti spontanément. Le résultat ne se fait pas attendre longtemps.

— « Pourquoi cette question ? Ton rendez-vous s'est mal passé ? »

— « Pas du tout, au contraire. Excuse-moi, j'ai pensé tout haut. »

— « Oh, j'adore l'idée que tu penses tout haut quand tu es avec moi. »

— « Tu es un amour. J'ai très faim ! »

— « Alors, j'ai fait dans l'audacieux. Je vais le chercher. »

Sacha part dans la pièce voisine et revient avec ce qui ressemble à une pièce montée, sauf que les choux sont des verrines au contenu varié.

— « Pièce montée de végétaux comestibles rares ! Certains viennent directement de ma serre. »

Élise ne sait pas trop que penser. Des fruits et des légumes, elle s'attendait à quelque chose de plus consistant. Sacha disparaît à nouveau pour revenir avec un panier.

— « Et sa corbeille de petits pains variés. Ils sont coupés. »

— « Super. »

— « Alors, je prends une tranche de pain. Je prends une petite cuillère d'une verrine, j'étale… et tu manges. »

— « Hum, c'est quoi ? »

— « Purée de pois chiche. Un légume presque disparu. À toi ! »

— « Donc, une tranche, on étale celle-là… c'est bon ? »

— « Confiture de rose. Tu veux déguster ? »

— « Des fleurs ? Pourquoi pas ? Hum, c'est sucré. »

— « Oui, c'est plutôt un dessert. »

— « Et ça ? »

— « Goûte ! Je te dirai après. »

— « Artichauts ? »

— « Crosnes. Et goûte celui-ci ? »

— « Je ne trouve pas. »

— « Mashua, une variété de capucines ! »

— « Encore une fleur ? »

— « Oui, sauf que là, tu manges son tubercule, ses racines si tu préfères. »

Élise fait la grimace. L'idée de manger des racines ne lui plaît pas.

— « C'est original. »

— « Et ton rendez-vous. Tu m'en parles ou pas ? »

— « En fait, ce que je voulais dire tout à l'heure, c'est que je suis un peu gênée vis-à-vis de toi. »

— « Explique-toi. Tu sais bien que tu peux tout me dire… tant que tu m'aimes. »

— « Justement, j'ai peur que la confrérie nous éloigne. »

— « Je pensais qu'elle nous avait rapprochés au contraire. »

— « J'ai rencontré le superviseur de Serge. J'ai l'impression que je les intéresse beaucoup. Je ne comprends pas bien pourquoi. Visiblement, il ne souhaite pas que j'approfondisse mes liens de consœur avec Serge… et j'ai peur qu'avec toi non plus. »

— « Mais ce n'est rien. Je sais bien que je n'ai pas beaucoup d'importance à leurs yeux. Il y a longtemps que je l'ai compris et cela me va. Il t'a demandé de ne pas me répéter ce qu'il te dit, ou plus ? »

— « Pour le moment, ils ne m'ont rien demandé de clair. Mais j'ai bien senti sa réticence quant à Serge. Te concernant, j'ai un problème avec le code. Mon père m'a appris à être très strict là-dessus. »

— « Écoute. Tu vas certainement avoir accès à des informations que je ne devrais pas connaître. Cela ne me pose aucun problème. Quant au code, je suis bien conscient qu'ils ne l'appliquent que quand cela les arrange. Mais l'important, c'est que tu sois bien avec cela, en accord avec toi-même. Fais ce que tu penses être bien, je te soutiendrai. »

— « Tu es vraiment un amour. J'aurais mauvaise conscience à trahir le code avec toi, même s'ils ne le respectent pas eux-mêmes. Et je trouve que tu commences à me comprendre un peu trop… »

— « Notre histoire ne regarde pas l'organisation, ne leur en dis que le minimum. Et si je te comprends aussi bien, c'est parce que je me sens très proche de toi… et ça, c'est quoi ? »

— « De l'aubergine ? »

— « Du Gombo. Et celui-là ? »

— « Sucré, cela ne me dit rien. »

— « Du Yacon. »

— « Oh, il n'y en a plus pour toi ! Attends j'ai encore le goût dans la bouche. »

Élise s'approche de Sacha et colle sa bouche contre la sienne…

Lorsqu'elle se réveille, elle est dans ses bras. Elle n'a pas envie de bouger, elle est bien. Elle se dit que c'est la première fois qu'elle éprouve cela. Une relation où elle peut être elle-même, sans composer. Sacha l'accepte telle qu'elle est. Elle ne lui trouve aucun défaut. La relation est évidente, simple. Tellement en contraste avec les derniers événements de sa vie, s'il n'y avait pas cette imposture de confrérie, le monde serait parfait.

Son rendez-vous avec Scott lui revient à l'esprit. Cet homme est plus subtil et probablement plus dangereux que Serge. Il lui a bien montré qu'elle est acceptée à un niveau nettement supérieur à celui de Sacha, et même de Serge. Elle sent bien que cette entrevue n'est qu'un début. Qu'allait-il se passer ensuite ?

Son père l'a précédée sur ce parcours. Il est certainement allé beaucoup plus loin qu'elle, et sa conclusion a été de s'opposer à eux. Cela lui a coûté la vie, et celle de son propre père, même s'il ne l'a peut-être pas fait consciemment. Elle conçoit parfaitement la motivation de son père, sauver des millions de gens, que l'organisation mettait en danger. C'est l'objectif de la confrérie qui lui échappe.

Sacha confirme au moins un point qu'elle a noté, ils ne respectent pas le code. Leur action sert probablement une cause qui sort du cadre de la confrérie. Rien que pour cela, il fallait lutter contre, mettre fin à cette imposture.

— « Tu dors ? »

Sacha se réveille.

— « Non, je traîne dans tes bras. »

— « Restes-y. »

— « Non, il faut que je repasse chez moi. J'ai du travail et si tu es à côté de moi, je ne peux pas travailler. »

— « Je te revois quand ? »

— « Dès que je peux. »

Élise regagne son appart. Son travail consiste à fouiller une fois de plus dans le dossier de son père. Elle commence par rechercher « Scott ». Sans aucun résultat. Elle se replie sur « Astéroïde ». Beaucoup de résultats. Elle affine avec « Jupiter ». Un document ressort parmi les autres « disparitions d'astéroïde ». Elle l'ouvre. Il s'agit d'un document qui traite de disparitions mystérieuses. Elles y sont recensées. Le traitement statistique montre qu'elles concernent presque exclusivement des astéroïdes provenant de Jupiter, détournés dans le but de rejoindre Mars lors de la géogénèse.

L'article explique que le déplacement s'effectue en deux étapes. En premier, l'orbite est modifiée pour devenir héliocentrique. Cela permet à l'astre de croiser alternativement les trajectoires de Mars et de Jupiter. En second, la trajectoire est modifiée lors du franchissement de Mars, pour le mettre en orbite autour. Pour ce faire, il faut parfois attendre plusieurs révolutions. Ainsi, les astéroïdes peuvent repasser plusieurs fois près de Jupiter avant d'être capturés par Mars.

C'est précisément lors de ce passage près de Jupiter que les astéroïdes disparaissent le plus souvent. L'auteur de l'article élabore diverses hypothèses pour expliquer ces disparitions, sans pour autant conclure définitivement. La cause estimée comme la plus probable est une rencontre avec un astre non répertorié, qui provoque l'écrasement de l'astéroïde sur Jupiter. Les indications deviennent de plus en plus techniques. Élise commence à ne plus rien y comprendre. Qu'à cela ne tienne, Philippe devrait pouvoir l'éclairer.

— « Allô, Philippe ? »

— « Comment va ma prof d'histoire préférée ? »

— « Eh bien, elle a une question pour son prof d'astrophysique préféré. »

— « Je t'écoute. »

— « C'est à propos de la disparition des astéroïdes dont tu m'as parlé l'autre fois. »

— « Oui. »

— « Quelqu'un m'a dit qu'un article avait statué que cela arrivait surtout sur Jupiter, que c'était à cause d'astres non répertoriés. »

— « Un article ? Cela ne me dit rien, tu as les références ? »

Élise avait négligé l'aspect discret. Mais l'article semblait public, il y avait une référence.

— « Oui, je te l'envoie. »

— « Attends, je jette un œil… article inconnu. Tu m'as donné la bonne référence ? »

— « Je l'ai peut-être mal notée. Mais sinon, tu es au courant du lien entre les disparitions et Jupiter ? »

— « Cela ne me dit rien. »

— « Bon. Tant pis. Ce n'est pas grave. Si tu as le temps, j'ai une autre question. »

— « Vas-y. »

— « C'est pour mon cours sur la géogénèse. À propos du déplacement des astéroïdes de Jupiter vers Mars. Il paraît qu'on changeait deux fois d'orbite et que les astres faisaïent plusieurs aller-retour ? »

— « Oui. Cela peut te paraître bizarre, mais cela permet d'économiser l'énergie. Pour faire simple, si un objet tourne autour de Jupiter, qui lui-même tourne autour du Soleil, on peut dire que l'objet tourne autour du Soleil. Tu me suis ? »

— « Jusque là, oui. »

— « Donc, si tu fais échapper ton objet à Jupiter, il ne lui reste plus que la trajectoire solaire. En choisissant bien, tu peux en obtenir une, autour du Soleil, qui passe à la fois sur celle de Jupiter et de Mars. Et quand tu croises la trajectoire de Mars, si Mars n'est pas loin, tu ralentis pour te satelliser autour de Mars. Si Mars est trop loin, tu refais un tour par Jupiter, et tu accroches une orbite de Mars à la deuxième ou troisième révolution. Tu parcours beaucoup plus de distance, mais tu dépenses beaucoup moins d'énergie. Le plus malin dans cette histoire, c'est qu'ils ont mis les remorqueurs directement sur les astéroïdes qu'ils envoyaient vers Mars. »

— « Je comprends mieux, sauf le dernier truc malin. »

— « Quand tu veux satelliser les astéroïdes autour de Mars, il te faut un remorqueur. Sauf qu'ils arrivent un peu quand ils veulent. Il te faut donc plein de remorqueurs prêts à intervenir du côté de Mars. Si tu le mets sur l'astéroïde au départ, ils arrivent sur Mars en même temps et il bosse directement. En plus, il transforme l'astéroïde en petits cailloux pour éviter le réchauffement, pendant le voyage. »

— « J'ai compris. Et une fois que le remorqueur a fini le boulot, il retourne sur Jupiter en chercher un autre. »

— « Non, il s'écrase sur Mars. On en a fabriqué un pour chaque astéroïde, c'était moins coûteux. »

— « C'est passionnant en fait l'astronomie ! »

— « Explique-le aux étudiants ! »

— « J'essayerai, promis. Merci pour tes explications. »

— « À ton service. »

Parmi ces explications, Élise retient un point très important. Quand un astéroïde disparaît, son remorqueur aussi.

Cela constitue un moyen d'action qui échappe à la Multinationale ! Elle ne sait pas comment on s'y prend pour subtiliser un astéroïde, mais celui ou ceux qui l'ont fait se sont constitué une belle collection d'armes. Son père l'a probablement découvert et est mort en neutralisant trois de ces armes. Le document mentionne plus d'une centaine de disparitions !

La nécessité des crises

Les retours de ses confrères sont assez nombreux et confirment la forte présence de la confrérie adverse. En utilisant leur deuxième commandement dans le salut, une bonne partie a pu identifier plusieurs membres. Les retours sont très cohérents. Ils font état d'une forme marquée de racisme antimartien, du moins sur Terre. Du côté de Mars, cela semble inversé, il s'agit plutôt d'un racisme antiterrien. Élise se dit que ces sentiments ne sont pas le fruit du hasard. Mais comment s'y prend l'organisation pour gérer cette incohérence entre les deux planètes ?

Le deuxième rendez-vous avec Scott approche. Élise prend son temps pour se préparer. Elle choisit un maquillage sobre et se remémore le dernier rendez-vous. Sa stratégie est claire, le laisser parler et se découvrir. Lui poser des questions révélerait trop de choses à un homme aussi subtil.

Quand elle arrive au restaurant habituel, elle commande au mur de la guider vers la table de Scott. Il est déjà là.

— « Bonjour Scott. »

— « Bonjour Élise, vous allez bien ? »

— « Oui merci. J'ai beaucoup réfléchi à notre dernière conversation. »

— « Bien. Quels points en particulier ? »

Élise pensait juste être polie, mais Scott a saisi la balle au bond. Il lui faut sortir de là et lui laisser choisir les sujets. Elle serait très intéressée par Mars, mais cela serait se découvrir. Elle préfère donc un sujet plus neutre.

— « L'occident et les Indiens d'Amérique. Quelles sont les crises qui ont pu faire une telle différence ? »

— « Oh mais, vous êtes très certainement beaucoup plus calée que moi sur ce sujet. »

— « Justement, je ne trouve pas la réponse évidente. »

— « Peut-être, mais cela n'engage que moi. Les Indiens n'ont pas été confrontés aux mêmes ennemis. Je veux dire par là que les menaces venant d'Afrique ou d'Asie ont rendu les Occidentaux plus forts. Les Indiens n'ont pas bénéficié des progrès liés à cette lutte. »

— « Votre théorie implique que les attaquants de l'Occident les ont renforcés, au point de leur permettre de battre les Indiens d'Amérique ? »

— « Tout ce qui ne tue pas rend plus fort. C'est justement ce qui manque à notre civilisation. »

— « Il faudrait qu'on nous attaque pour notre bien ? »

— « Au moins que nous subissions des crises. Cela fait plusieurs siècles que nous n'en avons plus et que nous ne progressons plus. Citez-moi un progrès de l'humanité depuis l'invention des bulles ? »

Cette question ressemble étrangement à celle de Sacha. Pour Élise, il ne fait aucun doute que Sacha l'a apprise de l'organisation. Cette dernière ne se contente pas de transmettre le savoir, elle fournit aussi à ses membres des idées, voire des opinions. Élise n'a toujours rien trouvé, et il lui semble intéressant de laisser penser à son interlocuteur qu'il l'a convaincue.

— « J'ai déjà eu droit à cette remarque de la part de Sacha. Effectivement, rien ne me vient à l'esprit. »

— « Vous voyez. »

— « Mais si nous n'avons pas de crise, nous n'allons pas les inventer ? »

— « Justement si. »

— « J'avoue que j'ai du mal à vous suivre. »

— « L'idée vous choque ? »

— « Pas du tout, je la trouve même intéressante. Là où j'ai du mal, c'est sur sa mise en œuvre. Concrètement, comment peut-on créer une crise ? »

— « C'est moi qui ne vous suis plus. »

— « Par définition, et historiquement, une crise est une pénurie provoquée par un événement imprévu, comme une panne ou un accident qui provoque un manque d'énergie, de nourriture, de moyens… »

— « Vous êtes sur la bonne piste. Pourquoi ne pourrions-nous pas déclencher un accident ? »

— « Un accident certainement, mais pas avec une pénurie comme conséquence ? »

— « Qu'est-ce qui nous en empêche ? »

— « La Multinationale compensera les manques. »

— « Bravo. Je suis impressionné par votre perspicacité ! »

Scott a l'air tout à fait sérieux. Il a voulu l'amener à cette conclusion qui fait froid dans le dos d'Élise. Non seulement ils ont l'intention de créer une crise, mais pour qu'elle soit efficace, ils veulent empêcher la Multinationale de la résoudre. Cela dépasse de loin tout ce qu'elle a pu imaginer.

— « Merci pour le compliment, mais ce n'est qu'un raisonnement. Cela reste très théorique. »

— « Je ne dis pas que la tâche est facile, mais avec une confrérie comme la nôtre, et suffisamment de temps, nous pouvons y arriver. »

— « J'avoue que j'ai du mal à vous croire. »

— « Nous verrons cela plus tard. En attendant, prenez-le comme une hypothèse de travail. Imaginez que cette crise arrive. Que faudrait-il faire ? »

— « J'avoue que vous me prenez au dépourvu. Mais j'aime l'exercice de l'expérience de pensée. Prenons donc pour hypothèse qu'une crise arrive, qu'elle provoque une pénurie telle que l'on ne subvienne plus aux besoins de tous. »

— « Bien. D'après vous que se passe-t-il ? »

— « Si je m'en réfère aux études faites avec les enfants et les bonbons… »

— « Pourquoi prendre des enfants ? »

— « Ce sont les humains dans leur état le plus naturel, nous verrons après ce que peuvent y changer les biais de la société. »

— « Je vous écoute ! »

— « Si l'on propose un seul bonbon à deux cobayes, l'étude montre que cela introduit un conflit… »

— « Au moins une compétition… »

— « Une compétition, si vous voulez, qui fait s'opposer les deux enfants. Un dominant sort du lot, celui qui récupère le butin. Et cela laisse des traces, si l'on renouvelle l'expérience, le dominant de la première fois obtiendra plus facilement le bonbon. Au bout d'un certain nombre de fois, il sera établi que le bonbon lui revient de droit. »

— « Et l'autre enfant n'aura que les bonbons que le premier ne veut pas. »

— « Vous connaissiez cette expérience ? »

— « Oui. »

— « L'histoire montre que les choses se régulent grâce à l'établissement de conventions sociales, par l'intermédiaire de l'éducation. Historiquement, la mise en place d'une aristocratie permet de désigner dans quel ordre les gens profiteront des biens. L'éducation différenciée maintient l'ordre des choses et permet ainsi d'éviter les conflits. Apparaissent ensuite des systèmes de répartition, plus ou moins imposés, avec une éducation uniforme, pour assurer la paix sociale. Enfin, notre civilisation, avec une éducation uniforme et surtout sans pénurie, permet à tous de profiter des biens. »

— « Souvenez-vous que même dans notre système, certains essaient d'avoir plus que les autres. »

— « Oui, mais un consensus commun permet d'éviter les conflits, à travers la Multinationale. »

— « Donc nous réintroduisons la pénurie. J'imagine que vous optez pour le système le plus évolué ? »

— « A priori, oui. Nous avons déjà une éducation uniforme. Il nous manque le système de répartition, sa définition et son application. »

— « D'après vous, comment allons-nous le définir ? »

— « Par défaut, je ferais appel au processus démocratique. Il faut donc construire une proposition et réunir une majorité en sa faveur. »

— « Et comment obtenir cette majorité ? »

— « Il faut convaincre le maximum de personnes, grâce à des leaders d'opinion… Je commence à comprendre quel rôle vous me proposez. »

— « C'est très agréable de discuter avec quelqu'un de votre niveau. Nous avons besoin de gens comme vous. Ce rôle vous convient ? »

— « Vous me laissez un peu de temps pour y réfléchir ? »

— « Oui, bien sûr. »

— « Vous comprenez, les choses vont un peu trop vite pour moi, j'ai besoin de faire le point. Et puis je n'ai toujours pas trouvé de second maître. Il ne faut peut-être pas griller les étapes ? »

— « Ne vous inquiétez pas pour le parcours standard. Dans votre cas, nous pourrons certainement l'adapter. Si vous êtes partante, je vous présenterai mon superviseur la prochaine fois. »

— « Je réfléchis et je vous réponds. Je n'aime pas m'engager à la légère. »

— « Le contraire m'aurait contrarié. Par contre, vous avez déjà compris que tous les membres n'ont pas la capacité de tout comprendre. Il est entendu que le rôle que l'on vous propose reste entre nous. »

— « C'est bien entendu. »

— « Merci. Je suis très content de vous avoir rencontré. »

— « C'est un plaisir partagé, à bientôt. »

En revenant vers sa bulle, Élise n'a qu'une seule pensée à l'esprit, ne surtout rien montrer de son état. Une fois installée et désarrimée, elle laisse sa colère monter. Comment la société peut-elle être déficiente à ce point ? Comment une telle organisation a-t-elle pu se développer autant sans être stoppée ? Leurs idées sont pourtant anticonstitutionnelles. Ils prétendent faire progresser l'humanité, mais ils vont provoquer un retour en arrière. Et surtout, ils semblent très sérieux, très nombreux, et disposent probablement de gros moyens. Ils ne vont pas provoquer une crise, ils sont une crise.

Elle se sent seule et trop faible pour les affronter. Son père s'est-il rendu compte de ce qu'il lui demandait ? Qui est-elle pour s'opposer à une telle organisation ? Pourquoi elle ?

Elle arrive à son appart où elle doit rencontrer Didier. Elle doit se calmer avant son arrivée. Même si cela n'est pas recommandé, une fois installée chez elle, elle commande à ses biots de la détendre.

Didier s'arrime à l'appart.

— « Bonjour Didier. »

— « Bonjour Madame. »

— « Alors, qu'avez-vous retenu de notre première séance ? »

— « Je pense avoir compris le sens de la confrérie. La survie de l'humanité prime sur celle des individus. Elle dépend de la préservation du savoir qui est la chose la plus importante à transmettre. Après, son fonctionnement reste un peu flou. »

— « C'est déjà très bien, aujourd'hui nous allons voir les deux autres commandements. Le sens de la confrérie vient de ses commandements. Le fonctionnement de la confrérie est régi par le code, que nous verrons au fur et à mesure. »

— « J'écoute ! »

— « Le troisième : Préfère mourir plutôt que trahir, explicite justement l'engagement par rapport au code. Il faut savoir que peu d'actions sont obligatoires, mais certaines sont interdites. Tu saurais me citer des exemples ? »

— « Écrire ou enregistrer les commandements ou le code, révéler l'existence de la confrérie ? »

— « Oui, c'est la base. Ne pas parler de la confrérie devant témoins, ne pas révéler ses membres sont aussi des fondamentaux. »

— « Et transmettre un savoir faux. Mais cela me pose plus de problèmes… »

— « Comment cela ? »

— « En physique, on utilise des théories qui se révèlent fausses avec le temps. Si je transmets une théorie actuelle, comment m'assurer qu'elle restera vraie dans le futur ? »

— « C'est l'aspect véritable du deuxième commandement. Cela indique que vous devez vérifier vos informations avant de les transmettre. Ce qui importe, c'est qu'elles soient vraies quand vous les fournissez. Mais si les vérités évoluent avec le temps, ce n'est pas un problème. »

— « Compris. »

— « Passons au quatrième commandement : Recrute un confrère au moins, deux au plus. Que vous inspire-t-il ? »

— « Je ne vois pas où est le piège. Mais pourquoi se limiter à deux ? »

— « Il n'y a pas de piège. Recruter une personne assure la perpétuation de l'organisation. En recruter deux permet de compenser les pertes comme les traîtres et les confrères morts avant d'avoir recruté. En recruter plus ferait grandir l'organisation au point qu'elle ne pourrait plus rester secrète. Surtout, se limiter à deux nous pousse à bien choisir. Dans mon cas, j'ai attendu plus de quarante ans avant de choisir mon deuxième apprenti. »

— « Je suis flatté. »

— « Ce n'est pas de la flatterie. Je suis persuadée que vous avez les qualités essentielles d'un bon confrère. »

— « Merci. Je comprends bien que si un maître essaie de transmettre une erreur à son apprenti, celle-ci sera éliminée par l'autre maître qui ne la confirmera pas. Mais si deux confrères se mettent d'accord pour introduire un même changement, et que chacun est premier ou second maître d'un apprenti, ce dernier adoptera le changement. »

— « Oui, mais vous oubliez que l'apprenti choisit son second maître librement. »

— « Si les deux maîtres sont complices, ils peuvent aussi changer cette règle. »

— « C'est vrai. Dans ce cas, on aura une nouvelle branche de la confrérie, qui sera incompatible avec l'originale. »

— « Incompatible ? »

— « Un apprenti initié par l'une des branches ne pourra pas être confirmé par l'autre. »

— « On aura deux branches concurrentes qui évolueront chacune de leur côté. »

— « Du point de vue de la confrérie, l'originale est préservée et l'autre n'est qu'une organisation quelconque. »

— « Sauf que ces deux branches ont le même passé. »

Didier est assez incroyable. Du simple exposé des quatre commandements, il a rapidement évalué leur force et trouvé une faille. Élise voulait attendre avant de lui parler de l'autre confrérie, mais elle pense maintenant que le moment est venu.

— « Justement, il faut que je vous parle à ce sujet. La branche que vous évoquez existe bel et bien, je viens de la découvrir. »

— « Et vous avez pu vous connecter avec elle, malgré les changements ? »

— « Oui. C'est le fruit du hasard. Cette autre confrérie a considérablement atténué le code. Il est, par exemple, possible de faire le salut en présence de tiers. Comme il ressemble beaucoup au nôtre, je m'en suis aperçue. En plus, le quatrième commandement a évolué : Recrute un confrère au moins, deux ou plus. »

— « Je n'ai pas saisi la différence avec le nôtre. »

— « Deux OU plus. »

— « Ah oui, ils ne limitent pas le recrutement. »

— « Et du coup, ils sont très nombreux ce qui m'a permis de les repérer. »

— « Intéressant. Le changement d'une seule lettre leur a fait perdre leur confidentialité. »

— « Exactement. Mon premier maître disait que changer une seule lettre d'un commandement, suffit à changer la confrérie, voire à la perdre. »

— « Mais s'ils sont plus nombreux, comment dire qu'ils sont perdus ? »

— « Leur secret va apparaître au grand jour, les membres seront révélés, ils ne pourront plus ni agir ni recruter. Ils finiront par disparaître. »

— « Quel est l'intérêt de faire une deuxième confrérie ? »

— « C'est une excellente question, à laquelle je n'ai pas encore de réponse, mais j'y travaille. »

— « Vous dites qu'ils ont aussi changé le code. Quels points en particulier ? »

— « Cela n'est pas très clair. J'ai pu noter qu'ils ne s'interdisent pas de parler des autres membres et de se saluer en présence de tiers. Je dirais qu'ils n'appliquent pas le code de façon scrupuleuse. »

— « Et ils ont changé les autres commandements ? »

— « Le deuxième : Attise la compétition des savoirs entre les ethnies, les religions, tes amis, tes ennemis, et tous les royaumes. »

— « C'est déjà beaucoup plus actif que l'original. »

— « Bon, pour l'instant vous n'avez pas à entrer en contact avec eux. Votre code n'est pas assez complet. »

— « Je comprends. De toute façon, je n'ai pas encore le droit de saluer. »

— « Parfaitement. Je vous laisse digérer tout cela avant notre prochaine séance ? »

— « Oui. À demain. »

Pendant que Didier repart, Élise reste sur sa dernière remarque. Il perçoit l'autre organisation comme plus active. Elle conçoit que c'est probablement cette différence qui a conduit à la création d'une branche distincte. Quel était le but des personnes à son initiative ? Scott pourra peut-être lui fournir des réponses. En attendant, elle n'a envie que d'une chose, retrouver Sacha.

L'aveu du sacrifice

Dès qu'Élise s'approche, Scott commande l'affichage du menu sur la table. Apparaît alors une liste de plat plutôt longue.

— « Bonjour Élise. »

— « Bonjour Scott. »

— « J'espère que changer d'endroit ne vous a pas contrariée. J'aime tester de nouveaux restaurants. Vous connaissiez celui-ci ? »

— « Non, mais j'aime aussi découvrir. »

Ce nouvel endroit est assez surprenant. La décoration est aussi surprenante que l'agencement. Les tables noires sont disposées en une seule ligne et collées sur un des bords. Elles sont séparées par des banquettes rouges en quinconces, elles-mêmes séparées par une cloison légère, ajourée et dorée. La salle est très étroite. De chaque côté, un paysage défile.

— « Cela reconstitue un type de restaurant très ancien qui était à l'intérieur d'un moyen de transport collectif. Les voyages devaient être assez longs à l'époque, pour avoir le temps de faire un repas complet. »

Élise s'installe sur la banquette en face de Scott et commence la lecture du menu. Elle n'y reconnaît pas grand-chose, même en voyant les photos des plats.

— « Vous y connaissez quelque chose ? »

— « Je suis comme vous. Le serveur m'a recommandé le hamburger, je crois que je vais me fier à lui. »

— « Bien je vous suis. »

— « Bien, maintenant que nous avons commandé, où vous ont mené vos réflexions ? »

— « J'avoue que je ne suis pas totalement arrivée au bout. Pas sur le principe du rôle de leader d'opinion que j'accepte totalement, mais sur son contenu. »

— « Je vois. En clair, vous voulez en savoir plus sur ce que porte l'organisation. »

— « Oui, en tant qu'historienne et en tant qu'influenceuse. »

— « Si vous le voulez bien, commençons par le passé. Vos maîtres vous ont probablement expliqué que notre histoire remonte aux Mésopotamiens ? »

— « Oui, j'ai eu droit à l'histoire. Ce que je ne vois pas très bien, ce sont les faits mémorables après l'invention du convertisseur matière-énergie. »

— « Je vois. Vous connaissez ce que l'on appelle l'histoire officielle, c'est la version qui est servie à tout le monde. Nous avons aussi l'histoire active, qui reste secrète au sein même de la confrérie, et commence un peu avant la catastrophe de 2517. Vous allez comprendre pourquoi. »

— « Histoire active, le concept m'intéresse. »

— « L'histoire active contient des éléments qui pourraient encore avoir une influence aujourd'hui. C'est pourquoi seuls ceux qui ont un certain niveau dans l'organisation la connaissent. Et je pense que c'est votre cas. Que savez-vous de la catastrophe de 2517 ? »

— « Je crois connaître la version officielle dans ses moindres détails. »

— « Je pense que quelques détails vous ont quand même échappés, ceux que la confrérie n'a pas voulu révéler. Avez-vous en tête l'enquête qui a suivi la catastrophe ? »

— « Vous voulez parler du défaut d'information qui a conduit à la période de la transparence ? »

— « Décidément, c'est très agréable d'échanger avec vous. Vous comprenez tout de suite de quoi on parle. Le fameux défaut d'information était en fait l'œuvre de la confrérie. »

Scott fait une pause. Il surveille la réaction d'Élise. Élise a du mal à digérer l'information. Le défaut d'information serait-il volontaire, organisé ? Cela signifie que l'organisation aurait sa part de responsabilité dans la catastrophe. C'est un choc pour Élise, qu'elle a du mal à cacher. C'est exactement la réaction qu'attendait Scott, avant de continuer.

— « Vous comprenez maintenant en quoi cette histoire est active ? Pourquoi elle ne peut pas être révélée à tous les membres ? »

— « Complètement ! »

— « Les enquêtes qui ont suivi le soupçonnaient. Mais en l'absence de preuve, la sanction était compliquée. Une des trois multinationales de l'époque avait un projet de géogénèse très abouti, qui a focalisé les accusations. Cette multinationale était effectivement contrôlée par la confrérie, mais leur fusion nous a fait perdre la main et le passage aux algorithmes nous a empêchés d'y revenir. Finalement, seul notre projet de géogénèse a pu être sauvé. »

— « C'est un tout autre regard sur l'histoire. Et j'imagine que la transparence ne nous a pas aidés non plus. »

— « Non. Mais, celle-là, nous avons pu y mettre fin. C'est d'ailleurs à cette époque que le nombre de membres a explosé. »

— « Attendez, cela va trop vite pour moi. Le nombre a fortement augmenté pendant la période de la transparence ? »

— « Oui, nous avons dû changer de stratégie. Avant cette époque, le nombre de confrères était réduit. Quand la seule influence que nous pouvions avoir était la voie démocratique, nous avons dû devenir beaucoup plus nombreux. Je pense que je vais vous apprendre qu'à cette époque, le quatrième commandement a évolué pour permettre cette expansion. »

Scott ne réalise pas à quel point cette information renseigne Élise. Elle savait que ce commandement avait changé, mais ni quand ni pourquoi ? Ainsi, cette confrérie avait sciemment enfreint le code pour arriver à ses fins. Elle se fait la réflexion qu'il ne s'agit pas des fins de la confrérie, mais de celle des confrères. Elle ne peut pas se retenir d'interroger Scott sur le deuxième commandement.

— « Changer un commandement ? Je pensais cela impossible ! Cela arrive souvent ? »

— « À ma connaissance, c'est le seul cas. »

Visiblement, le premier changement ne fait pas partie de l'histoire, ou même Scott ne le sait pas. Élise décide de ne pas insister sur ce point.

— « Et donc ce recrutement a permis de mettre fin à la transparence ? »

— « Oui. Nous avons recruté de nombreux leaders d'opinion. Cela a réussi à faire voter son abolition. »

— « Je comprends encore mieux mon rôle… Vous avez aussi parlé du contrôle d'une multinationale ? »

— « À l'époque, les multinationales étaient encore gérées par des humains. Ces derniers pouvaient infléchir l'interprétation des lois. Dans l'une des trois, la plupart des dirigeants étaient des confrères. Cela nous permettait de nous octroyer certains moyens et d'initier des projets. Quand les textes de loi ont été remplacés par des algorithmes, cela est devenu impossible. »

— « Je suis désolée, mais je ne vois pas concrètement à quoi correspondent ces moyens ? Des biens pour les confrères ? »

— « Non, je vous rassure. Les moyens que j'évoque concernent le bien de l'humanité, pas celui des individus. L'élaboration du projet de la géogénèse en est un. La communication en est un autre. Nous disposions d'un canal privilégié auprès d'un quart de la population, ce qui nous permettait d'orienter les choses. »

— « Par orienter, vous voulez dire retenir l'information sur le réchauffement de Mars ? »

— « Oui. C'est le côté le moins acceptable de notre mission. Nous devons parfois faire des sacrifices. Mais dans ce cas précis, la situation était bloquée. Nous savons que la destruction de la Terre est possible. L'humanité avait besoin d'une solution de secours. Il était absolument nécessaire de libérer Mars de sa population pour avancer. Et quand vous regardez froidement les choses, nous y sommes presque arrivés. »

— « Presque ? »

— « Vous connaissez bien la situation sur Mars, elle n'est pas satisfaisante. Il faut comprendre que la géogénèse avait pour premier but d'obtenir un double de la Terre, pour nous préserver des conséquences fatales d'un accident planétaire. Par exemple, savez-vous pourquoi Mars est diamétralement opposée à notre planète ? »

— « Je connais la raison officielle, l'interaction gravitationnelle. Mais je sais aussi qu'elle n'a pas de vraie justification scientifique. »

— « Bien, je salue une fois de plus votre intelligence. Mais avez-vous compris la vraie raison ? »

— « J'avoue que non. »

— « Si la Terre a un accident fatal, disons un choc avec un astre massif, où risque-t-on le moins d'en subir les conséquences ? »

— « De l'autre côté du Soleil ? »

— « Qui est aussi, en permanence, le point le plus éloigné. Ce sont ces raisons qui nous ont fait choisir de déplacer Mars sur l'orbite de la Terre, au point diamétralement opposé. C'est l'endroit le plus sûr dans tout le système solaire, par rapport à la Terre. »

Scott lui donne l'explication que personne d'autre n'a pu lui fournir. Dans l'hypothèse où l'on chercherait absolument à préserver l'humanité, avoir une planète en double doit sérieusement augmenter les chances de survie, d'autant plus que cette seconde planète est éloignée de la première. Élise sait bien que s'il n'y a qu'une seule explication, ce n'est pas forcément la bonne, mais celle que fournit Scott est cohérente et très crédible. Et si l'on y pense froidement, sacrifier la population de Mars a effectivement amélioré les chances de survie de l'humanité à terme. Dans son esprit, la vérité sur les causes du sacrifice de deux milliards de personnes prend forme. Élise n'arrive plus à cacher son émotion. Scott s'en aperçoit et lui vient en secours.

— « Croyez-moi, quand j'ai réalisé, cela m'a fait un choc aussi. Il faut du temps pour l'accepter, mais les bons sentiments sauvent rarement. »

— « Mais nous parlons d'un véritable génocide ! »

— « Oui, comme il y en a eu trop dans l'histoire de l'humanité. Mais notre mission est de préserver l'humanité avant tout. Ce n'est pas une mission facile. Il fallait absolument développer Mars et la Terre n'était pas en capacité d'accueillir sa population. Essayer de sauver les martiens aurait été une plus grande catastrophe. »

— « Vous avez peut-être raison. »

— « Cela nous a permis d'être dans une situation beaucoup plus confortable. Il vaut mieux vivre aujourd'hui qu'à cette époque surpeuplée. »

— « Mais vous avez dit que vous y étiez presque arrivé ? »

— « Oui, Mars n'est pas tout à fait un double de la Terre, et son évolution n'est pas certaine. »

— « Pas certaine ? »

— « Je pense que nous en avons assez vu pour aujourd'hui. Cela vous fait beaucoup d'information à digérer. Je vous propose de continuer lors d'une prochaine séance. »

— « Vous avez raison. Merci pour cette découverte du hamburger. »

— « À demain ? »

— « Très bien. Je vous laisse trouver un endroit inédit ? »

— « Avec plaisir. »

Élise regagne sa bulle et rentre chez elle. Il faut qu'elle vérifie quelque chose dans le dossier de son père : les documents sur la géogénèse. Scott a daté ces projets d'avant la catastrophe, cela pourrait constituer une preuve de l'intention de produire le bouleversement.

Plusieurs documents correspondent, certains sont datés d'avant 2500, bien avant la tragédie. Certains sont postérieurs au désastre, des révisions probablement : 2518, 2520, 2523 et… 2940 ! À cette dernière date, la géogénèse était très largement terminée. Cela attire la curiosité d'Élise. Elle parcourt le document. Ce n'est pas une rétrospective. La ceinture d'astéroïdes n'est pas mentionnée, on y retrouve les anneaux de Jupiter, mais aussi les lunes et les anneaux de Saturne. Et à sa grande surprise, la gravitation ne passe pas de 0,38 à 0,7 G, mais de 0,7 à 1 G ! Il s'agit d'une autre géogénèse, qui transforme la Mars actuelle en copie conforme de la Terre ! Elle ne met pas longtemps à réaliser qu'il s'agit d'un nouveau projet de la confrérie. Elle tremble. Que compte faire l'organisation de la population de Mars ? La supprimer purement et simplement comme lors de la première catastrophe ? Voudraient-ils renouveler le sacrifice ? Comment pourraient-ils le faire ? En laissant s'abattre un astéroïde géant sur Mars.

Dans le dossier, il y a ce document sur les équations de trajectoires qu'elle a montré à Didier. Qu'avait dit Didier ? Cinq connues, trois bizarres qui se ressemblent et une inconnue. Les trois bizarres étaient les astéroïdes qu'avait neutralisés son père. L'inconnue passait près de Mars. Élise imagine qu'en la déviant un peu elle pourrait entrer en collision avec Mars. Elle tenait peut-être le nouveau plan de la confrérie : provoquer une nouvelle catastrophe pour débarrasser Mars de sa population et permettre une nouvelle géogénèse. Ils avaient déjà sacrifié deux milliards de personnes pour leur premier plan, pourquoi ne pas en sacrifier trois pour le second !

Pour empêcher cela, il lui faut des preuves solides. Si elle l'annonce tel quel, on va juste la prendre pour une folle ! Les preuves les plus solides sont scientifiques. Et dans ce domaine, Didier pourra l'aider. Elle lui en parlera lors de leur prochain rendez-vous.

Maintenant, ce dont elle avait le plus besoin, c'était de faire une pause, prendre du recul. Et pour cela, elle connaissait une excellente adresse.

— « Allô mon amour. »

— « Allô mon amour. Quand vais-je te voir ? »

— « J'arrive. Je te préviens, j'ai un grand besoin que l'on s'occupe de moi. »

— « À vos ordres ! »

— « A tout de suite »

Élise rejoint sa bulle, pour rejoindre Sacha. À son arrivée, il l'attend.

— « J'ai bien réfléchi. Pour toi, il n'y a qu'un seul traitement possible, le massage ! »

Sur ce, il la prend dans ses bras et l'emmène directement dans le spa et la dépose dans le bain de boue tiède. Puis, avec ses mains, il apporte de la boue sur son ventre, ses seins, sa gorge et même ses joues. Élise s'abandonne complètement. Elle profite de l'attention de Sacha, sans aucun calcul ni jeu, juste en jouissant du moment présent. Après l'avoir entièrement recouverte, il s'allonge sur elle, prends ses mains pour lui indiquer de mettre de la boue sur son dos. Elle en profite pour toucher sa peau, ressentir ses muscles, ses tendons. Elle perçoit le bien que cela lui fait à travers leurs ventres.

Après en avoir longuement profité, Sacha se relève, la redresse et l'attire dans le hammam où elle s'allonge sur la table en pierre. Sacha pose alors ses mains en haut de son dos, les glisse vers ses épaules en enfonçant ses pouces entre ses omoplates. Puis il pince son trapèze supérieur entre ses doigts et opère un mouvement de va-et-vient entre les épaules et le cou, les pouces remontant le long de sa nuque. Elle a l'impression de s'alourdir, de se répandre sur la table. Quand elle se sent totalement ramollie, les mains commencent à descendre le long de son dos, les doigts faisant des cercles aux côtés de chaque vertèbre. Plus les mains progressent, plus elle perd le contact avec la table. Quand elles atteignent le coccyx, elle a totalement perdu son poids, comme si elle flottait au-dessus de la table. Les mains dérivent alors vers le haut des fesses, où un appui doux mais profond achève de la détendre. La conscience de son environnement disparaît peu à peu, elle ne sait plus où elle est, sans s'en soucier.

Les mains longent alors ses jambes jusqu'à la voute plantaire. Après avoir tiré sur ses orteils, comme s'il voulait les agrandir, ses doigts appuient maintenant profondément dans la plante de ses pieds. Elle sent que ses pieds sont directement connectés à son ventre, la pression semblant directement masser ses organes. Élise se sent planer au-dessus d'un paysage apaisant. Sous son corps défilent des plaines verdoyantes, des océans, des montages. Elle a la sensation de voler, sans être soutenue, une forme d'apesanteur.

Puis les mains chaudes remontent. Elles semblent séparer chaque fibre musculaire de ses mollets, de ses cuisses, de ses fesses. Elle est dans un état à la fois étrange et agréable. Elle ressent les mains de Sacha, la chaleur et l'amour qu'elles contiennent, et, en même temps, elle voyage dans des paysages paisibles et lumineux. Une sorte de conscience altérée, où elle serait partout et nulle part en même temps.

Les mains poursuivent leurs chemins en direction des épaules. Il prend son bras, le replie délicatement au-dessus de sa tête. Puis une main attrape la hanche opposée et la tire, mettant Élise sur le côté. Après avoir massé les muscles latéraux de la cage thoracique, il achève de la retourner. Elle sent qu'il la change de côté, mais il ne lui vient pas à l'esprit de faire le moindre effort pour l'aider. Il lui semble même qu'elle est dans l'incapacité de ne faire aucun mouvement. Les mains chaudes se glissent alors jusqu'à son ventre, où elles lissent tous les muscles de son abdomen. Elles remontent entre ses seins pour malaxer ses pectoraux, et finissent sur sa gorge, les doigts allant jusqu'à sa nuque.

De là, elles redescendent en passant cette fois sur les seins où elles s'attardent. Elles reprennent leur chemin, les pouces contournant son sexe jusqu'à la racine de ses fesses. Enfin, elles reviennent se poser au-dessus de chaque hanche. Elles sont chaudes et immobiles. Elle se sent très bien et ne comprend pas pourquoi Sacha s'est arrêté.

Presque qu'inconsciemment, elle pose ses mains sur les siennes. Ils restent ainsi pendant de longues minutes, durant lesquelles elle reprend doucement conscience. Elle voudrait poursuivre ce moment. Automatiquement, ses mains poussent celles de Sacha vers son entrecuisse. Ce simple contact lui provoque une vague de chaleur du bassin vers le plexus. La main de Sacha fait un mouvement de va-et-vient entre son pubis et son anus. Une boule de chaleur naît entre ses hanches. Elle grossit et devient une vague de plus en plus forte, au point qu'elle se raidit, comme électrocutée. Quand elle atteint sa tête, tout son corps se contracte violemment, elle croit même s'entendre crier. Puis vient un sentiment très fort d'épuisement. Elle est à moitié inconsciente. Elle sent que Sacha lui rince le corps avec de l'eau chaude. Il élimine la boue méticuleusement. C'est juste agréable de se faire laver. Puis il la sèche, tamponnant délicatement son corps avec une serviette chaude. Enfin, il la prend dans ses bras et elle se sent partir.

Quand elle se réveille, elle est dans les bras de Sacha, au milieu du salon. Sa première envie est de l'embrasser.

— « J'ai faim ! »

— « Je veux bien le croire, après toute l'énergie que tu as libérée. »

— « J'en avais besoin. »

Sacha la dépose délicatement dans les coussins pour se libérer. Élise constate que son maquillage n'a pas survécu au massage.

— « Oh, je suis affreuse. »

— « Non, juste naturelle. J'aime bien. »

Il disparaît pour réapparaître aussitôt avec un immense plateau couvert de petits plats pleins de nourriture.

— « Mezze ! »

Il pose le plateau devant elle. Elle se redresse et ils dévorent dans un silence complice.

L'analyse des vidéos par Didier

Didier s'arrime à l'appart d'Élise. Depuis quelques jours, c'est devenu un rituel, il vient s'initier. Mais aujourd'hui, elle a d'autres choses en tête. Elle voudrait rechercher des preuves des mauvaises intentions de l'autre confrérie. Elle a une idée en tête, que seul Didier lui permettra de concrétiser.

— « Bonjour Didier. »

— « Bonjour Madame. »

— « Si vous le permettez, aujourd'hui, j'aurais aimé à nouveau faire appel à vos connaissances scientifiques ? »

— « Pas de problème pour moi. »

— « Vous vous souvenez des trajectoires d'astres que je vous ai montrées l'autre fois. »

— « Ceux qui ont coûté la vie à votre père ? »

— « Oui. Il y en avait une qui n'était pas identifiée. Celle qui passait près de Mars. Vous pensez que cet astéroïde pourrait être détourné pour s'écraser sur Mars et la détruire ? »

— « Pour détruire une planète, il faudrait qu'il soit énorme. Et plus il est gros, plus il faut d'énergie pour le dévier. En plus, on ne sait même pas s'il est encore là. Cela fait beaucoup trop d'hypothèses pour pouvoir être affirmatif. »

— « Bon. Prenons les choses une par une. Comment peut-on connaître sa taille ? L'équation de sa trajectoire ne vous permet pas de le savoir ? »

— « Non, la trajectoire ne dépend pas de la masse. Il peut être gros comme le poing ou faire des dizaines de kilomètres. »

— « Attendez, j'ai un document qui recense des astéroïdes disparus. Voilà. Vous ne pouvez pas y retrouver le nôtre ? »

— « Mais d'où sortez-vous tous ces documents ? »

— « On va dire que ma source veut rester secrète. Mais j'ai toute confiance en elle. »

— « Un confrère ? »

— « Vous savez bien que je ne peux pas répondre à cette question ! »

— « Oui. Je vous demande pardon. Bon, voyons… Cela fait beaucoup plus d'astéroïdes que ceux de l'autre document. Ah, on a une date de disparition, c'est intéressant. »

— « Comment cela ? »

— « Si l'astéroïde a disparu à cette date, c'est qu'il se trouvait à cet endroit ! »

— « Cela me paraît évident, mais en quoi cela nous avance ? »

— « Si sa trajectoire n'a pas été changée depuis, elle nous indique où se trouve l'astéroïde en fonction du temps. Donc si l'on regarde sa position au moment de la disparition, et que cela coïncide avec la position, on pourra l'identifier. »

— « Génial, vous en avez pour longtemps ? »

La question est inutile. Didier est déjà totalement absorbé par ses calculs. La table s'anime à une vitesse impressionnante. Cela rappelle à Élise l'interaction entre un musicien et son instrument. Au bout de quelques minutes de ce solo, le visage de Didier s'éclaire.

— « C'est celui-là. 80 km ! C'est énorme. Un caillou comme celui-là ne peut pas détruire Mars, mais il peut facilement éradiquer toute vie à sa surface. »

— « Bien. Cela nous permet de lever une hypothèse. La deuxième c'est l'énergie qu'il faut pour le dévier. Je pense qu'il y a les remorqueurs qu'il faut sur cet astéroïde. »

— « Qu'est-ce qui vous permet de dire cela ? »

— « C'est un caillou qui devait servir à la géogénèse. Ils étaient équipés de remorqueurs pour le manœuvrer à l'approche de Mars. Je le tiens de source sûre. »

— « Reste la troisième hypothèse. En presque 500 ans, on a largement eu le temps de le détecter et de l'éliminer. »

— « Oui, il faudrait vérifier qu'il est toujours là. Pour la détection, je pense qu'il a un cache-astéroïde comme vous l'avez appelé. »

— « Peut-être. Mais il serait bien de s'assurer qu'il est toujours là avant de lancer une alerte. »

— « Pour l'instant, il n'est pas question de lancer une alerte. Vous m'aviez dit qu'ils n'étaient pas totalement invisibles. »

— « Oui, s'ils passent devant une source de lumière, ils vont l'obturer ce qui révélera leur présence. Mais il faudrait être dans l'espace pour observer le phénomène. Sur la Terre, la pollution atmosphérique le masquerait. »

— « Une source de lumière comme une étoile ? »

— « Oui, il est tellement gros et peu éloigné, cela pourrait suffire à faire une éclipse rapide d'étoile, un clignotement si vous préférez. »

— « Et sur la lune, il n'y aurait pas de pollution atmosphérique ? »

— « C'est comme dans l'espace, à condition d'être sur la face cachée. »

— « J'ai ce qu'il nous faut ! »

— « Encore un document de votre source mystérieuse ? »

— « Non, cette fois c'est le legs de mon grand-oncle. Il a passé la fin de ses jours sur la face cachée de la lune et a fait des milliers de vidéos des étoiles. »

— « Faites voir ! »

— « Voilà. Je ne sais pas comment vous allez vous y retrouver. »

Didier plonge dans les fichiers, comme absorbé.

— « Si, il a suivi la classification standard. C'est rangé par secteur et par date. Un travail colossal ! Votre grand-oncle devait être un sacré passionné. »

— « Et donc ? »

— « Donc je calcule quand la météorite se trouve entre la lune et le secteur, je recherche une vidéo à cette date. Voilà. »

Un ciel étoilé apparaît sur le mur. Pendant de longues minutes, rien ne bouge.

— « Il n'y a même pas une étoile filante ! »

— « Normal, les étoiles filantes ne s'observent que sur Terre. C'est quand un caillou entre dans l'atmosphère. »

Didier et Élise restent ainsi plusieurs minutes en scrutant le mur.

— « Là ! Je vous le repasse. »

— « Je ne vois rien. »

— « Si, cette étoile, elle clignote une fois. »

— « Ah oui. Qu'est-ce que cela signifie ? »

— « Attendez… Là, une autre ! »

— « Ce coup-ci je l'ai. »

— « Regardez par là. Cela devrait bientôt clignoter. »

— « Ah oui, je l'ai vue. Vous allez me dire à quoi cela correspond ? »

— « C'est notre caillou qui passe devant ! Il est toujours sur sa trajectoire. Du moins à la date de cette vidéo. Regardez, maintenant, il va être par ici. »

— « Vu ! À quand remonte cette vidéo ? »

— « Deux mois. Il arrivera près de Mars dans… trois semaines ! »

— « Si vite ! Je pensais que nous avions plus de temps. »

— « Oui, un engin pareil, Sentinel va mettre du temps à le contrer, deux ou trois jours. À mon avis, il faut lancer l'alerte au plus tôt. En plus… »

Didier est à nouveau absorbé par ses recherches.

— « En plus ? »

— « En plus, il n'est pas dans la base de données des astéroïdes connus ! C'est un vrai danger. Il pourrait provoquer un accident avec une expédition ! »

— « Nous ne sommes même pas sûrs qu'il a été dévié. Après tout, cela fait 500 ans qu'il passe sans encombre… Vous m'écoutez ? »

— « Je calcule. En 500 ans, il a croisé un peu moins de cent fois la trajectoire terrestre. Le plus souvent, il n'y a ni Mars ni la Terre dans les environs. Il est passé deux fois pas très loin de la Terre ou de Mars. Mais dans trois semaines, il n'aura jamais été aussi près de Mars. L'occasion idéale pour le dévier ! Par contre, la probabilité qu'il croise une expédition est négligeable. »

— « Cela ne reste qu'une forte présomption. D'après vous, quelle est la date ultime pour lancer l'alerte ? »

— « Dans deux semaines et demie. Après il sera trop tard, si mes calculs sont exacts. Mais s'il a été dévié, il peut arriver un peu plus tôt. »

— « De beaucoup ? »

— « Quelques heures maximum. »

— « Bon, attendons d'en savoir plus avant d'agir. Si nous prévenons trop tôt, ils risquent de s'adapter et nous n'éviterons rien. »

— « Je vous fais confiance. »

— « En tous les cas, on ne sait jamais, si par hasard j'avais un accident, lancez l'alerte à la date ultime. Voici les coordonnées d'un ancien inspecteur qui pourra vous aider. »

— « Pour que je puisse convaincre, il me faudrait vos documents. »

— « Bien. Je vous les transmets dans une archive cryptée. Avez-vous un mot de passe ? »

— « La face cachée de Mars. »

— « Très bien. Je mets les vidéos, les trajectoires et les astéroïdes perdus. »

— « Merci. Mais vous parlez d'un accident, c'est si grave que cela ? »

— « Je ne sais pas. Tout ce que je sais, c'est que mon père et mon grand-père en ont eu un lorsqu'ils s'opposaient à ces astéroïdes. Aujourd'hui, nous en avons un autre, et vous avez vu qu'il y en a encore des dizaines. Il serait mieux d'arrêter les gens qui sont derrière cela, plutôt que stopper les astéroïdes un par un. »

— « Je comprends, vous pouvez compter sur moi. »

— « Je vous propose d'en rester là pour aujourd'hui, nous avancerons sur l'aspect confrérie la prochaine fois. Tout ce que je vous demande pour l'instant, c'est d'observer la plus grande discrétion. Vous êtes mon arme secrète et j'aimerais que vous le restiez. »

— « C'est compris. Demain ? »

— « Non, repassez plutôt tout à l'heure, je serai peut-être dans de meilleures dispositions pour votre initiation. »

Une fois Didier parti, Élise fait le point une fois de plus. Lors de son entretien avec lui, une idée lui est venue à l'esprit : ne devrait-elle pas transmettre le dossier de son père à ses confrères ? Il s'agit de savoirs, qu'elle considère comme véritables. Les vérifications faites avec Didier le confirment. Mais pourquoi son père ne l'a-t-il pas fait ?

Elle doit interrompre ses réflexions, elle a de nouveau rendez-vous avec Scott. Peut-être apportera-t-il des réponses ?

Le projet se précise

Cette fois, le restaurant choisi par Scott est moins original. Il se distingue plus par ses points de vue que par la nourriture qui y est servie. Il s'agit d'un bâtiment en forme d'épis, où chaque grain est une terrasse privative.

— « Bonjour Élise, ravi de vous revoir. »

— « Bonjour, c'est un plaisir partagé. Commandons tout de suite, ce sera fait. »

Élise est déjà venue dans cet endroit. Elle ne garde pas un excellent souvenir de la nourriture qui y est servie. Elle choisit un plat standard pour éviter d'être à nouveau déçue. Dès que sa commande est validée, Scott enchaîne.

— « Alors, arrivez-vous mieux à accepter notre histoire ? »

— « L'Histoire n'a pas à être acceptée ou non. Nous n'avons pas le choix, nous devons l'assumer. »

— « Vous avez raison. J'ajouterais que ce que nous devons prendre en compte et qui doit influencer nos actes, c'est l'avenir. »

— « C'est à mon tour de vous dire que vous avez raison. »

— « Et pour cela, vous conviendrez qu'il faut préserver notre capacité d'action. »

— « Je ne vous suis plus. »

— « Vous pensez que nous disposons aujourd'hui d'une liberté d'action ? »

— « Je dirais oui. »

— « Pour les grandes actions, je parle d'une géogénèse ou de la construction d'une troisième planète artificielle, il faut mobiliser beaucoup d'énergies. Comment vous y prendriez-vous pour un tel projet aujourd'hui ? »

— « Je demanderais des ressources à la Multinationale. »

— « Qui vous répondrait que l'on ne peut pas engager autant de ressources pour un seul projet. Il vous faudrait alors passer par la voie démocratique. Pensez-vous que cela soit réaliste dans un monde où seulement 3 % des personnes travaillent à améliorer les connaissances de l'humanité ? »

— « J'avoue que les gens sont aujourd'hui difficiles à mobiliser. »

— « D'autant plus qu'il n'y a plus de motivation. Mais prenons un exemple concret. Le projet de Mars est en train de dépérir. Beaucoup s'en rendent compte, mais personne n'agit. »

— « Mars est en train de dépérir ? Êtes-vous sûr de ne pas simplement suivre le racisme montant, que je ne m'explique pas par ailleurs ? »

— « Le racisme antimartien apparaît, car les martiens deviennent distincts de nous. L'Homme s'est toujours méfié de ce qui est différent. Et je maintiens la thèse que ce changement est justement un signe diffus de la dégénérescence martienne. »

— « Dégénérescence ? C'est un peu fort pour parler d'une adaptation à un milieu différent. »

— « Je pèse mes mots. Ce qui se passe sur Mars n'est pas une adaptation, mais bien une détérioration. Le taux de mortalité prématurée monte en flèche, et je ne parle ni des suicides ni des accidents. Les biots arrivent tout simplement au bout de ce qu'ils peuvent faire. Et plus, les problèmes s'aggravent de génération en génération. Sur place, les gens en prennent conscience et veulent revenir sur Terre. Et voyez quelle réaction ont les terriens. Ils veulent les empêcher de revenir, pour préserver leurs ressources, et parce qu'ils sont différents. »

Élise est très surprise. Le discours de Scott prend la défense des martiens, critiquant même l'attitude des terriens. Élise pensait pourtant que cette confrérie diffusait au contraire un sentiment antimartien.

— « Vous êtes pour leur retour ? »

— « Je ne vois aucune autre solution pour inverser le processus. Tant pour sauver les martiens que pour terminer le processus de géogénèse. »

— « Mais pourquoi ne pas tout simplement le proposer ? Je comprends que la multinationale ne l'accepte pas, mais on peut changer ses algorithmes par la voie démocratique. »

— « Vous pensez que le dernier amendement va dans ce sens ? »

— « Non, je vous l'accorde. »

— « C'est un point inévitable. Les précurseurs sont souvent isolés, même s'ils ont raison. La majorité démocratique est par définition conservatrice. Annoncez que les martiens veulent revenir sur Terre, et vous obtenez un mouvement qui s'y oppose. »

— « Mais alors que proposez-vous ? »

— « Mettre la société devant le fait accompli. Christophe Colomb n'a eu que trois bateaux pour son premier voyage. Après avoir découvert l'Amérique, on lui en a donné dix-sept pour le deuxième. »

— « Je parlais plutôt du système qui permettrait aux précurseurs de s'épanouir. »

— « Je pense qu'il faudrait reprendre ce que nous avons abandonné à la Multinationale : notre avenir. Son rôle est de nous maintenir. Perpétuation de la population, préservation des ressources, mais aussi conservation de notre niveau de développement alors que nous devrions au contraire l'étendre. »

— « Mais à qui donner un tel pouvoir ? »

— « C'est le problème. Ma seule réponse pour l'instant est qu'il serait mieux au sein de la confrérie que de la Multinationale. C'est d'ailleurs ce qui va se passer par la force des choses. »

— « Ce qui va se passer ? »

— « Oui. Nous ne pouvons pas laisser les choses ainsi, notre devoir est d'agir, quitte à violer la Multinationale. »

— « Et vous pourriez m'en dire un peu plus ? »

— « Je vais être très clair avec vous. Je ne connais pas les détails, je ne suis pas assez haut placé dans l'organisation. Mais je devrais pouvoir vous faire rencontrer mon superviseur qui pourra vous en dire plus. Ce que je peux vous dire c'est que nous allons ramener tous les martiens sur Terre, et que nous comptons sur vous pour expliquer à tous qu'il faut les accueillir. »

— « Mais l'amendement fera que la Multinationale n'acceptera pas ce retour ! »

— « Sauf s'il a lieu avant le vote. »

Élise commence à douter sérieusement. Douter que ce Scott appartienne à une organisation qui veut du mal aux martiens. Douter qu'elle ait raison de s'y opposer.

— « Et vous pensez que, seule, je vais faire changer l'opinion des gens ? »

— « Je pense que vous vous sous-estimez. Votre dernière conférence a touché près de dix millions de personnes. Cela vous place au premier plan. Et puis vous ne serez pas seule.

Des confrères comme moi sont en train de persuader d'autres individus de nous aider. »

— « Vous voulez dire que je vais faire partie d'une armée d'influenceurs, chargée de convaincre les terriens d'accepter le retour de trois milliards de martiens ? »

— « C'est exactement le rôle que l'on veut que vous jouiez ! »

— « Vous vous rendez compte de ce que vous m'annoncez ? Vous allez faire revenir trois milliards de martiens sur Terre, en très peu de temps, en forçant la Multinationale à laisser faire et en convainquant quatre milliards de personnes à l'accepter. »

— « En résumé, c'est cela. Je sais que cela est difficilement envisageable, mais nous n'avons pas le choix. Nous préparons ce plan depuis cinq cents ans, pour préserver l'humanité et pour lui rendre la maîtrise de son avenir. »

— « Je vous avoue que j'ai du mal à y croire ! »

— « J'aurais bien aimé vous amener à cette idée plus progressivement, mais nous n'en avons malheureusement pas le temps. Je sais que c'est un peu gros. Je vous réitère ma proposition de rencontrer mon supérieur, il saura certainement vous donner les détails de l'opération qui vous convaincront. Vous imaginez que cette opération est secrète et que peu de personnes en partagent tous les aspects. »

— « Laissez-moi y réfléchir. Vous dites qu'il reste peu de temps, avez-vous un ordre de grandeur ? »

— « Disons deux semaines. »

— « Effectivement, c'est court ! »

— « Si seulement on vous avait recrutée plus tôt… »

— « Vous voulez me faire croire que vous m'avez recrutée par hasard ?! »

— « On a bien essayé plus tôt, mais vous n'avez jamais répondu. Votre rencontre avec Sacha a été, pour nous, miraculeuse. Tardive, mais miraculeuse. »

— « Bon, je vous donne ma réponse demain. Je vous laisse trouver un nouvel endroit ? »

— « Bien sûr. Je ferai mieux qu'aujourd'hui ! »

— « Au revoir Scott. »

— « À bientôt. »

Élise quitte la table, où elle abandonne la moitié de la nourriture commandée, et regagne sa bulle. Il faut qu'elle s'éloigne de cet homme pour réfléchir posément. Arrivée à son appart, il faut qu'elle fasse le point, avant que Didier arrive.

En premier les faits. Scott lui a dit que les martiens allaient mal, qu'ils commençaient à mourir. Cela peut facilement se vérifier, les chiffres sur les espérances de vie sont publics et maintenus par la Multinationale. Elle commence par les consulter. Sur Terre, l'espérance de vie est de plus de 119 ans. Cela dure depuis plus de deux siècles. De ce qu'elle en sait, on a la même espérance sur Mars. Mais à sa grande surprise, la dernière valeur calculée pour Mars est de 117 ans ! Scott n'a pas menti, le taux de mort prématurée augmente fortement sur Mars. Elle ne croit pas qu'il s'agisse d'accidents en surnombre. Il ne reste que deux explications possibles. Soit le taux de suicide est beaucoup plus élevé, soit la santé s'est effectivement dégradée sérieusement.

Élise se remémore la conversation avec Sacha. Il lui a précisé que les martiens avaient fortement changé à cause de leur environnement. D'où tenait-il ces informations si ce n'est de sa confrérie ? Elle commence à faire le lien. Expliquez qu'un groupe de gens sont malades et, au lieu de recevoir de l'assistance, ils seront tenus à distance. C'est simplement humain. Probablement un instinct, produit de notre évolution pour éviter les agents pathogènes, comme quand on éloignait les pestiférés. De là à faire naître une forme de racisme, voire un amendement légiférant l'exclusion, il n'y qu'un pas.

Il y a aussi l'étude médicale dans les dossiers de son père, celle où Serge est mentionné comme source. Celle qui dure depuis trop longtemps pour être une expérimentation. Élise comprend maintenant que c'est une étude sur l'évolution de la santé des gens sur Mars ! Elle ressort le document. À la lumière de ces explications inédites, elle comprend en relisant le rapport que la situation sanitaire sur Mars se dégrade de plus en plus. Et ce rapport a déjà plus de cinquante ans…

Pour Élise, ces éléments s'assemblent de façon cohérente et débouchent sur une nouvelle vérité. Mais pourquoi cela est-il caché ? Elle a vite l'intuition de la réponse. La Multinationale maintient les choses, et surtout s'assure que les populations restent réparties comme il se doit. Elle doit s'acharner à soigner les martiens, elle ne peut pas envisager de les faire revenir sur Terre, cela n'est pas prévu dans ses algorithmes, tout comme alerter sur le problème. Et les évolutions législatives prévues ne vont que renforcer cet état de fait. Le problème martien fait face à l'indifférence des terriens. Et maintenant qu'il ne peut plus être ignoré, la réaction est le rejet. Elle se sent un peu coupable de ne pas l'avoir compris plus tôt.

Avant tout, elle est perturbée par l'attitude de Scott. Il présente clairement son projet comme un plan de sauvetage des martiens, avec en arrière-plan la reprise du contrôle de la Multinationale. Dans la société actuelle, c'est un sujet fréquent. De temps en temps, des groupes autoconstitués proposent de rendre le pouvoir aux humains, en prenant le contrôle de la Multinationale et de ses algorithmes. On s'aperçoit très vite qu'il s'agit d'un groupe de personnes qui cherche à en dominer un autre, d'une partie de la population qui veut imposer ses idées à l'autre. C'est exactement cela qui gêne Élise dans le plan de Scott. Elle soupçonne fortement cette confrérie de vouloir imposer ses convictions au reste du monde en profitant du sauvetage des martiens. Sauvetage qu'elle a organisé !

Élise est interrompue dans ses réflexions par l'arrivée de Didier.

— « Bonjour madame. »

— « Bonjour Didier. »

— « Alors, vous avez du nouveau ? »

— « Oui, mais les choses ne se clarifient pas vraiment. L'organisation en question a élaboré un plan de longue date. »

— « Et alors ? Si l'on dénonce l'astéroïde, fin du plan ! »

— « Ce n'est pas si simple, ce plan a aussi pour objectif de sauver les martiens. »

— « Sauver les martiens ? »

— « Oui. Apparemment, ils vont très mal. »

— « Ce n'est pas de la propagande des gens qui sont contre l'amendement ? »

— « C'est ce que vous croyez ? »

— « C'est ce que l'on entend. Je n'ai pas vraiment d'avis. »

— « Eh bien, je pense que les martiens ont de sérieux problèmes de santé, et que leur salut repose sur un retour sur Terre. »

— « Cela fait trop de monde à accueillir, et après l'amendement, cela deviendra impossible. »

— « Justement, c'est un de leurs arguments. »

— « Voulez-vous dire qu'ils envisagent de ramener trois milliards de martiens en quelques mois ? »

— « Mieux, en une seule fois ! »

Didier a l'air incrédule. Devant le sérieux d'Élise, il se met à chercher une solution.

— « Ils veulent déclencher une procédure d'évacuation ! C'est à cela que sert l'astéroïde. »

— « Une procédure d'évacuation ? »

— « En cas de danger imminent, sur une des deux planètes, il est prévu d'expulser la population sur l'autre. C'est dans le projet de géogénèse, c'était même un des arguments. Je ne sais pas si c'est encore actif, mais si un astéroïde ne peut pas être dévié par Sentinel, la Multinationale pourrait décider une expulsion. »

— « Je pense que vous avez raison ! »

— « Mais c'est très risqué ! »

— « Oui. Et cela me pose un autre problème. Si nous dévoilons l'astéroïde trop tôt, Sentinel le déviera et il n'y aura plus de retour des martiens sur Terre. »

— « Alors, que fait-on ? »

— « Nous avons encore un peu de temps devant nous. Je dois revoir Scott demain. D'ailleurs, je vais vous donner leurs identités : voici Serge, et voici Scott. J'ai encore besoin de réfléchir. Avez-vous un moyen de vérifier si cette procédure d'évacuation est toujours active ? »

— « Il faudrait regarder le contenu des algorithmes. Vous connaissez un algorithmicien qui pourrait nous aider ? »

— « David ? »

— « Le professeur, vous le connaissez bien ? »

— « Presque autant que Philippe. Mais je ne vois pas qui d'autre peut nous renseigner ? »

— « Si vous le désirez, je peux m'en charger ? »

— « Je ne sais pas. Cela me donne mauvaise conscience. J'avoue que mes repères ont un peu été malmenés ces derniers temps. Je vais voir si je n'ai pas une autre solution. »

— « Comme vous voulez. Si vous changez d'avis, dites-le-moi. »

— « Bon. Je n'ai pas la tête à continuer votre initiation aujourd'hui. Je suis désolée, cela fait deux séances que l'on n'avance pas. »

— « Ce n'est pas grave. Si vous voulez, on reporte à demain ? »

— « Très bien. Merci. »

— « À demain. »

Didier a magistralement fini de deviner le scénario complet de la confrérie. Ils allaient révéler la présence de la météorite, trop tard pour que Sentinel puisse le dévier, mais assez tôt pour permettre l'évacuation. La Multinationale n'aura plus le choix. C'est très certainement ce que Scott entendait par la forcer.

Ce plan semblait expliquer beaucoup de choses, mais quelle confiance pouvait-elle lui accorder ? Il est en grande partie supposé et Scott prétend ne pas le connaître dans les détails. C'est décidé, demain elle lui demandera de rencontrer son supérieur, quitte à dévoiler son jeu pour avoir des certitudes.

En attendant, elle allait chercher du réconfort et de la protection auprès de Sacha.

Gwenola

Ce coup-ci, Scott a trouvé un endroit vraiment original. Les tours d'arrimage sont à l'extérieur, ce qui renforce nettement l'impression que donne le lieu quand on l'aborde. C'est un château fort. L'entrée se fait à pieds, par le pont-levis, seul accès permettant de passer les douves inondées. L'authenticité semble tellement forte qu'Élise n'arrive pas à savoir s'il s'agit d'une reconstitution ou d'un monument de l'époque. En tous les cas, il faut grimper des escaliers en pierre comme autrefois, aucun compromis à la modernité ne semble avoir été consenti. Scott l'attend en haut des marches.

— « Bonjour Scott. »

— « Bonjour Élise. Cela vous plaît-il ? »

— « C'est au moins original. Je suis curieuse de goûter les plats de l'époque. »

— « Laissez-moi vous guider jusqu'à notre table. »

Effectivement, elle a besoin d'un guide. Après quatre couloirs et deux autres escaliers, ils arrivent dans une petite salle sombre avec une seule table. L'éclairage est exclusivement fait à la bougie. C'est Scott qui parle en premier.

— « Avant toute chose, quel est le résultat de vos réflexions ? »

— « À quel sujet précisément ? »

— « Sur le fait de rencontrer mon superviseur. »

— « Sur ce point, oui, j'aimerais bien le rencontrer. »

— « Si vous me le permettez, je lui demande de nous rejoindre ? »

— « Aviez-vous anticipé ma réponse ? »

— « Je m'étais préparé aux différentes éventualités… »

— « Mais du coup, l'attendons-nous pour commander ? »

— « Ils ajouteront un couvert quand elle arrivera. Ici, le menu est le même pour tous. Les plats arrivent et l'on prend ce que on veut. »

Scott l'abandonne quelque temps pour rejoindre un moyen de communication. Pendant son absence, une serveuse en costume d'époque fait son apparition avec assiettes et cuillères en bois. Seuls la fourchette, qui n'a que deux dents, et un grand couteau sont en métal. Le gobelet est en terre cuite, comme les pichets d'eau, de vin et de bière. Une fois le plateau vidé sur la table, elle disparaît en croisant Scott.

— « Vous étiez déjà venu ici ? »

— « Non, c'est une découverte pour moi aussi. »

La servante réapparaît avec une jatte remplie de divers légumes. Élise reconnaît des radis, des tomates, des concombres, mais le reste lui est inconnu.

— « Après vous Élise. »

Elle picore ça et là des petits légumes qu'elle porte directement du plat à sa bouche. À son avis, cela correspond à la pratique de l'époque. Scott la suit.

— « Et sur l'aspect influence de l'opinion, vous êtes arrivée à une conclusion ? »

— « Mon idée n'est pas complètement arrêtée. Je veux bien que vous me donniez les éléments que je devrais transmettre. »

— « Au risque de vous décevoir, nous n'en avons pas. Ou plutôt, nous avons pris conscience que nous ne savons pas les produire. Avant d'avoir recours à vous, nous avons déjà fait quelques tentatives, mais le résultat a été catastrophique. »

— « Pouvez-vous être plus précis ? »

— « Voici plusieurs années, nous avons voulu commencer à préparer l'opinion publique à l'accueil des martiens. Notre stratégie a été de faire prendre conscience aux gens dans quelle situation sont les martiens aujourd'hui. Nous avons utilisé les confrères pour diffuser l'information. La réaction a été exactement à l'inverse de celle que nous attendions. Au lieu de créer une sorte de compassion, nous avons vu naître un mouvement de rejet, une forme de racisme. L'apothéose étant l'apparition de cet amendement. »

— « Je vois. »

— « Nous attendons de vous que vous inventiez le contenu de votre communication. Pour ne rien vous cacher, nous parions que sur le nombre d'influenceurs, certains sauront faire mouche. Vous avez donc une totale liberté, la seule chose que l'on vous demande c'est de faire accepter le retour des martiens, bien entendu, sans dévoiler notre action. »

— « Bien entendu. Mon autre interrogation concerne le contrôle de la Multinationale. Vous pourriez être un peu plus précis sur ce sujet ? »

— « C'est tout le paradoxe de la démocratie. Les précurseurs sont par définition toujours en minorité et donc inhibés par la majorité. Nous sommes arrivés à établir une seule grande démocratie pour toute l'humanité. C'est indéniablement un mieux par rapport à l'état sauvage, mais reconnaissez que cela freine nos progrès. »

— « Vous allez me parler des progrès faits par l'humanité ces dernières trois cents années ? »

— « Exactement. Pouvez-vous m'en citer ? »

— « Non, je vous l'accorde. »

— « Si vous regardez la progression des savoirs de l'humanité, ne trouvez-vous pas que nous avons un fort ralentissement depuis l'invention des bulles ? »

— « Nous avons peut-être tout simplement atteint un niveau de maturité. »

— « Je ne crois pas. »

— « Et quelle est votre proposition ? »

— « Que la confrérie puisse influencer les choix de la Multinationale. »

— « La Multinationale ne prend pas de décisions, elle applique les algorithmes. Vous voulez un pouvoir de décision qui n'est pas soumis à la loi ? »

— « Je ne pense pas être assez qualifié pour aller plus loin sur ce terrain avec vous. Je vous laisse voir cela avec mon superviseur. »

— « Bon. Vous voulez encore des crudités ? »

— « Non merci. »

— « Il faut peut-être leur signaler que nous avons terminé. »

— « En fait, je leur ai demandé d'attendre l'arrivée d'un troisième convive. Elle ne devrait plus tarder. »

Au même moment, un jeune homme en costume entre dans la pièce, suivi d'une femme. L'absence de costume fait comprendre à Élise qu'il ne s'agit pas d'une personne du château. Elle doit avoir à peu près l'âge de sa mère. Elle a un visage qui lui semble familier. Scott se lève et se lance dans les présentations.

— « Voici… »

Mais la femme l'arrête de la main.

— « Élise, me reconnaissez-vous ? »

Élise fouille dans sa mémoire. Mais rien ne remonte.

— « Il y a quarante ans… »

Ça y est, cette femme était aux obsèques de son père. Sa mère avait été assez dure avec elle.

— « Gwenola ? »

— « Quelle mémoire ! Comment allez-vous ? »

— « Bien… »

Élise est à nouveau perdue. Comment cette consœur connaissait-elle son père ?

— « Je pense que nous avons beaucoup de choses à nous dire… »

Scott tente d'en savoir un peu plus.

— « Vous vous connaissez ? »

— « Excusez-moi, Scott, mais j'aimerais que cela reste entre elle et moi. »

— « Oui, bien sûr. Je vous laisse. »

Scott disparaît discrètement. Les yeux de Gwenola n'ont pas quitté Élise depuis son arrivée. Elle a un léger sourire empathique.

— « C'est fou ce que vous me rappelez votre père. »

Des paroles reviennent à l'esprit d'Élise. Sa mère lui reprochait de dissimuler sa relation avec son père, et de le forcer à le lui cacher aussi. Elle sentait bien qu'ils étaient ensemble, mais ne comprenait pas pourquoi ils ne voulaient pas lui avouer. Son père lui avait toujours dit pour les autres femmes, mais pour celle-là, il la tenait à l'écart. Sa mère ne le supportait pas.

— « Vous étiez avec mon père ? »

— « Cela doit rester secret. Mais oui, à vous, je dois la vérité. »

— « Mais pourquoi cela doit-il rester secret ? »

— « Parce que nous étions tous deux membres de la confrérie. »

Élise ne sait pas à quelle confrérie elle fait allusion. Mais il y a un moyen de s'en assurer, même si cela peut paraître bizarre.

— « Révéler votre relation aurait pu faire croire que vous ne placiez plus l'humanité avant toute chose ? »

Gwenola marque une longue pause.

— « Que préférez-vous ? Que l'on attise la compétition ou que l'on transmette les savoirs véritables entre tous ? »

Élise ne s'attendait pas à cette réponse. Il était inutile de pousser le salut plus loin, le message était clair. Elle était démasquée. Mais Gwenola n'avait pas l'air de lui vouloir du mal ou de lui reprocher quoi que ce soit.

— « Je sens que tu... pardon, vous avez besoin d'explications ? »

— « Oh oui ! Et on peut se tutoyer. »

— « Bien. Moi je te connais. Ton père m'a beaucoup parlé de toi et j'ai suivi toute ta carrière. Je pense qu'aujourd'hui il serait très fier, comme il l'était à l'époque. »

— « Moi je ne vous connais pas et j'ai un million de questions. En premier, pourquoi votre liaison doit-elle rester secrète ? »

— « Parce qu'elle a eu lieu au sein de la confrérie. Cela est très mal vu. Contrairement à celle que tu connais, nous avons des jeux de pouvoir. Les relations privilégiées y sont très mal vues. »

— « Mais Sacha et moi sommes dans le même cas. »

— « Pas tout à fait, Sacha t'a fait entrer dans l'organisation après que vous étiez ensemble. C'est fréquent, connu et on en tient compte. Sacha est condamné à rester à son niveau, il ne progressera plus. Mais si l'histoire commence après, entre deux personnes ayant atteint un certain niveau, c'est très différent. »

— « Et c'est votre cas ? »

— « Oui. Nous étions tous les deux dans l'organisation à un niveau assez élevé lorsque nous nous sommes rencontrés. On aurait dû s'interdire cette relation, mais l'amour a été plus fort. Si cela s'était su, nous aurions été rétrogradés tous les deux. Et cela, ton père ne voulait pas l'envisager. »

— « Et comment connaissez-vous les deux confréries ? »

— « Un peu comme toi. Mes parents m'ont initiée à la première. À quarante ans, j'ai rencontré la seconde. »

— « Quarante ans, c'est tard. »

— « Au contraire, c'est l'âge minimal d'initiation. Il y a beaucoup de différences entre les deux confréries, malgré qu'il s'agisse de la même origine. »

— « C'est pour cela que mon père ne m'en a jamais parlé. »

— « Oui. Il disait que tu avais la maturité voulue, que cette règle des quarante ans était stupide. Je pense qu'il t'aurait recruté le jour même de tes quarante ans. »

— « Il n'était donc pas contre cette seconde confrérie ? »

— « Non, certainement pas. Il y a même beaucoup contribué, jusqu'au sacrifice suprême ! »

— « Mais alors pourquoi passe-t-il pour un traître ? »

— « Il faut que tu comprennes une différence très forte entre les deux confréries. Tu as déjà remarqué que chaque confrère a un superviseur ? »

— « Oui. Ils sont d'ailleurs assez légers sur le code. »

— « C'est tout ton père. Le code avant tout. En fait, la seconde confrérie a décidé de s'étendre pour avoir une influence sur la démocratie. »

— « C'est le fameux "au" qui est devenu "ou" dans le quatrième commandement. »

— « Exactement. Mais pour préserver le secret, nous avons dû créer différentes classes de confrère, quatre en tout. Ton Sacha est dans la quatrième, celle qui ne sert qu'à relayer nos opinions à la population. Serge, que tu as rencontré, est dans la troisième, il sert surtout à gérer les recrutements et les messages à relayer. Il doit aussi détecter les profils intéressants, comme le tien, et passer le relais à la deuxième, Scott dans ton cas. La deuxième permet de proposer la promotion des confrères de la quatrième à la troisième classe et relaie les messages de la première. La première élabore les messages et fait monter les gens intéressants. Un membre ne connaît en général qu'une personne de la classe supérieure. »

— « Mais comment se fait-il que je puisse voir tout le monde ? »

— « Officiellement, tu es en deuxième classe depuis hier. Et bien sûr, tu es confirmée. Je suis ton nouveau superviseur. C'est une mesure très exceptionnelle, justifiée par ce que tu peux apporter à la confrérie. »

— « J'ai peur que vous me surestimiez. »

— « Non, tu es juste la personne la plus influente sur Terre ! Mais moi aussi j'ai des questions. Pourquoi nous rejoindre maintenant ? »

— « C'est très simple, je ne vous ai jamais rencontré avant. Si Sacha n'avait pas échangé le salut avec ma mère, je vous ignorerais encore. »

— « On t'a pourtant envoyé beaucoup de recruteurs. Tu les as ignorés. »

— « Comme Sacha ? »

— « Non, Sacha est un miracle. On avait abandonné depuis longtemps. »

— « Je n'avais vu que des faux positifs, comme avec ma mère. »

— « Ta mère m'en veut encore ? »

— « Je ne sais pas. Depuis les obsèques, elle ne m'en a pas reparlé. Tu étais entrée en contact avec elle ? »

— « J'ai dû lui refuser son salut. Tu comprends, je ne pouvais pas accepter, j'étais classe deux, elle est classe quatre. Elle ne l'a pas supporté. »

— « Ma mère est en quatrième classe, malgré toutes ces années ? »

— « Oui, et elle n'en sortira pas, à cause de sa relation avec ton père. Mais beaucoup de confrères ne progressent pas. Nous ne sommes qu'une centaine en première. »

— « Et justement comment cela est-il apparu ? Le changement du deuxième commandement, les classes ? »

— « Il faut remonter à la fusion des trois dernières multinationales. Quand cela est arrivé, un groupe, à l'origine de la catastrophe de 2517, qui influençait l'une des trois, s'est retrouvé neutralisé. Ce sont ces personnes qui ont récupéré la confrérie et l'ont transformée. La première confrérie est tellement résiliente qu'elle n'a jamais disparu. Les deux ont donc continué. La seconde s'est structurée et hiérarchisée. La première a continué comme avant. Mais avec un seul peuple, une seule démocratie, son intérêt a diminué au fil du temps. Par exemple, qu'as-tu transmis en tant que consœur ? »

— « J'avoue, pas grand-chose. Dans un monde où tous les savoirs sont accessibles à tous, notre rôle est effectivement très faible. »

— « Par contre, les changements opérés dans la seconde l'ont rendue plus active. Pour sortir de la transparence, il a fallu étendre le recrutement. Et le canal historique veut reprendre la main sur la Multinationale. De leurs anciennes influences, ils ont gardé quelques moyens d'action. »

— « Les météorites cachées ? »

— « D'où sais-tu cela ? »

Élise se dit soudain qu'elle est peut-être un peu trop en confiance.

— « Finis l'histoire de la seconde confrérie, je t'expliquerai. »

— « Donc, ils comptent sur leurs moyens d'action pour ranimer leur influence sur la Multinationale. Aujourd'hui, si tout le monde est d'accord pour finir la géogénèse de Mars, tous ne pensent pas que sauver les martiens est indispensable et il n'y a pas d'accord sur le fait de reprendre le contrôle de la Multinationale. »

— « Mais qui décide tout cela ? »

— « La première classe, en mode collégial. Mais à ton tour, comment sais-tu pour la météorite ? »

— « J'ai retrouvé un document sur des astéroïdes disparus lors de la géogénèse, avec les trajectoires associées. Ces cailloux ne sont pas recensés. J'en ai déduit qu'ils étaient cachés. »

— « C'est un peu léger, ou plutôt un peu trop fort en intuition ! »

— « J'avoue que les vidéos de mon grand-oncle m'ont permis de le confirmer. »

— « Des vidéos ? »

— « Il a filmé le ciel étoilé de la face cachée de la lune. Avec les équations des trajectoires, j'ai pu confirmer que les météorites perdues étaient toujours là, quand elles passent devant les étoiles. »

— « Et le document, tu l'as trouvé où ? »

— « Par un confrère. »

— « Je vois. Et le code t'interdit de me révéler qui ? Tu es bien la fille de ton père ! Je ne savais pas que cette information était connue en dehors de la première classe. S'il te plaît, ne diffuse pas cette information. C'est le dernier moyen d'action que nous avons. Pour sauver les martiens, il faut absolument que cela reste secret encore deux ou trois semaines. »

— « Et justement, mon père. Tu peux m'expliquer ce qui lui est arrivé ? »

— « C'est un accident, ton père, et ton grand-père ont pris beaucoup de risques. À cette époque, il y avait trois météorites cachées qui devaient arriver sur Terre. La confrérie avait le moyen de les dévoiler, mais il y eut alors un débat sur le moment opportun. Pour certains, il fallait les dévoiler assez tôt, pour que Sentinel puisse les dévier. Ton père et moi étions pour ce scénario. Pour d'autres, le risque pour la Terre étant faible, il fallait les laisser s'écraser dans le but de démontrer l'incompétence de la Multinationale, et en profiter pour initier un processus démocratique afin de reprendre le contrôle. Le consensus était en faveur du premier scénario, mais les personnes qui devaient agir ont refusé de s'y soumettre. Devant l'urgence de la situation, ton père et ton grand-père ont décidé d'agir directement, mais cela s'est mal passé… »

L'émotion empêche Gwenola de continuer à parler. Spontanément, Élise lui prend les mains en forme de soutien.

— « J'étais en conversation avec lui quand c'est arrivé. Il avait trouvé une solution ! Encore une heure ou deux et il me rejoindrait à l'appart. Et puis, tout à coup, plus rien. Je l'ai attendu pendant des heures, mais il n'est jamais rentré. »

— « Tu étais avec lui depuis longtemps ? »

— « Cinq ans. Mais on avait gardé nos apparts respectifs pour rester discrets. »

— « Je ne m'étais aperçue de rien, ni de la confrérie, ni de sa liaison avec toi. »

— « Il aurait aimé tout te dire, mais il était tellement intègre. Et puis, tu avais l'âge où l'on s'éloigne de ses parents. »

— « Et mon grand-père, il était aussi de la confrérie. »

— « Oui. Un membre important. Tu bénéficies de cela. Beaucoup pensent que tu es l'héritière naturelle de cette lignée. »

— « Et les fautifs, ceux qui ont refusé de révéler les astéroïdes, ont-ils été punis ? »

— « Ils ont été bannis, après avoir transmis le moyen de dévoiler les météorites restantes. »

— « Et vous êtes sûr de ne pas avoir le même problème pour Mars ? »

— « Oui. »

— « J'espère. En 2517, ils n'ont pas hésité. »

— « C'est le canal historique, mais depuis quarante ans, ils sont nettement minoritaires. On n'oublie pas qu'ils ont sciemment mis une partie de la population en danger. »

— « Mais reprendre le contrôle est toujours à l'ordre du jour ? »

— « Oui. Et je suis pour. Cette civilisation des maillons, comme l'ont nommé les historiens, ne s'occupe que de transmission. Et de ce point de vue, c'est très réussi. Aujourd'hui, tout le monde accède à tous les savoirs, au point que la première confrérie est devenue inutile. Nous avons atteint un plafond, et nous sommes en panne de progrès. Pire, nous avons cassé la motivation pour s'améliorer. Et l'augmentation continue du nombre de suicides et des demandes de départ en exploration en est le symptôme le plus flagrant. Nous décourageons les précurseurs alors qu'il faudrait les soutenir. Et cela est dû au conservatisme de la

Multinationale. Regarde, pour sauver les martiens, nous sommes obligés de la forcer. »

— « J'avoue que je suis à court d'arguments, mais cela ne semble pas très démocratique, et surtout, remet en cause l'égalité entre individus. »

— « Je le reconnais, c'est tout le problème, c'est nécessaire et anticonstitutionnel. »

— « Et sous quelle forme cela est-il envisagé ? »

— « La majorité pense que c'est la première classe qui devrait prendre le pouvoir de la Multinationale. Après, chacun a son idée sur le sujet. »

— « Et pourquoi ne pas mettre cela sur la place publique ? »

— « Et révéler l'existence de la confrérie à tous ?! »

— « Le temps est peut-être venu ? »

— « Je ne crois pas. Et c'est contraire au code ! La confrérie se désolidariserait très vite de cette approche. »

— « Bon, et pour l'évacuation de Mars, on est sûr que cela va fonctionner ? »

— « Je le crois. Si cela se passe mal, la première classe explosera. Ce serait la fin de la confrérie. Et ce qui est arrivé quarante ans plus tôt suffit à éteindre toute dissidence. »

— « Bien. Tu peux leur dire que je vais faire de mon mieux pour que la population accueille les martiens. Pour le reste, je dois réfléchir. »

— « C'est le bon choix. Je pense que, comme ton grand-père et ton père, tu as ta place dans la première classe. Tu pourras toujours compter sur mon soutien. »

— « Et que dois-je dire à Scott ? »

— « Rien, son superviseur lui expliquera. »

— « Ce n'est pas toi ? »

— « Non. La première classe pensait que j'étais mieux placée que son superviseur pour te parler. »

— « Je comprends mieux. Je commençais à trouver le hasard un peu trop extraordinaire. »

— « Bon, je te laisse réfléchir, tu as certainement besoin de digérer tout cela. Je veux juste te rappeler un point, l'évacuation est pour dans deux semaines. Si tu le veux bien, nous pouvons nous revoir et tu peux me demander toute l'aide que tu veux. »

— « J'aurais certainement encore beaucoup de questions, mais j'avoue que je sature un peu. Je te rappelle. »

Élise se lève, suivie par Gwenola. Après un instant d'hésitation face à face, elles se prennent dans les bras l'une de l'autre, puis elle se dirige vers sa bulle.

Avant de se désarrimer, elle prend un temps pour se poser. Cela fait beaucoup de nouvelles et d'émotions en peu de temps. Elle a besoin de prendre du recul.

Elle arrive chez elle à peine dix minutes avant Didier. Elle l'avait oublié.

— « Bonjour Élise. »

— « Bonjour Didier. »

— « Alors vous avez trouvé une solution ? »

— « Excuse-moi, mais une solution à quoi ? »

— « L'algorithmicien, pour vérifier la procédure d'évacuation. »

— « Ce n'est plus la peine, j'ai eu la confirmation que c'était toujours opérationnel. »

— « Bien, et pour la météorite ? »

— « Vous voulez dire l'alerte ? »

— « Oui. Vous semblez avoir changé depuis hier. Quelque chose ne va pas ? »

— « J'ai eu beaucoup d'information depuis hier, je voudrais connaître votre avis sur notre civilisation. »

— « Notre civilisation ? »

— « Oui. Pensez-vous que l'humanité est en panne de progrès, que nous sommes arrivés à un plafond de développement ? »

— « Je dirais que la plupart des gens ne se soucient pas de l'avenir. Ils se contentent de profiter de la vie. Personnellement, je trouve cela dommage. Transmettre à ses enfants c'est bien, mais ce n'est pas suffisant. Les personnes manquent d'ambition. »

— « Quel genre d'ambition ? »

— « Trouver de nouvelles choses, inventer, faire progresser l'humanité. En clair, faire quelque chose de sa vie, laisser une trace dans l'histoire ! »

— « Vous auriez des exemples ? »

— « Archimède, Aristote, Léonard de Vinci, Galilée, Newton, Einstein, Turing et j'en oublie. Depuis l'invention du convertisseur, soit sept siècles, il n'y a plus aucun génie, ne trouvez-vous pas que cela commence à faire long ? Pour vous répondre, oui, je considère que nous sommes en panne de progrès. J'ajouterais dans l'indifférence générale. Plus rien ne nous y incite. »

Même si le mot de motivation n'avait pas été utilisé par Didier, cela correspond à ce qu'elle entend depuis plusieurs jours, au détail près que pour lui, cela dure depuis sept et non trois siècles.

— « Je trouve votre avis très intéressant. En fait, j'aurais d'autres questions à vous poser, si vous permettez ? »

— « Pas de problème. »

— « Diriez-vous que je suis influente ? »

— « Vous avez la réputation d'être la meilleure professeure d'Histoire. »

— « Je voulais dire auprès de l'opinion publique. »

— « Vous faites des records d'audience lors de vos conférences, donc je dirais oui. »

— « Cela va peut-être vous surprendre, mais je vais aider cette organisation. »

— « Comment cela ? »

— « Ils veulent que j'influence l'opinion publique pour favoriser le retour des martiens sur Terre. Je suis persuadée qu'ils vont vraiment déclencher cette évacuation, et que nous allons devoir accueillir trois milliards de personnes sur Terre en quelques jours. »

— « Et on les laisse faire ? »

— « Si je vous confie tout cela, c'est parce ce que nous avons découvert doit absolument rester entre nous. Je ne vois pas d'autres solutions que de les laisser faire. D'après ce que j'ai compris, c'est pour dans deux semaines. »

— « Cela colle avec la trajectoire. Les martiens arriveront entre cinq et sept jours plus tard. »

— « Pourquoi un tel écart ? »

— « Il faut le temps de venir de Mars. »

— « Je veux dire entre cinq et sept ? »

— « Cinq jours s'ils viennent directement. Sept, s'ils passent par les relais. »

— « Compris. »

— « Et cela change les choses pour mon initiation ? »

— « Cela va la retarder. Je vais avoir besoin de temps pour mettre au point ma conférence. Mais je veux bien la tester sur vous, si cela vous convient ? »

— « Avec plaisir, je suis même flatté. »

— « Super. Je vous rappelle quand je commence à avoir quelque chose de construit ? »

— « Très bien, je vous laisse travailler. »

— « Merci de votre compréhension. »

À nouveau seule, Élise se remémore les derniers jours. Quand elle a entendu Sacha échanger le salut avec sa mère, elle était loin de se douter que cela l'amènerait à revoir complètement l'histoire de son père. Il avait bien disparu dans un accident, mais le contexte était très différent de ce qu'elle avait cru pendant des années. Et cette confrérie qu'elle avait, au premier abord, perçue comme une imposture, a pris une dimension et une importance tout autre. Elle se prépare maintenant à les soutenir dans leur action. La question n'est plus comment les contrer, mais jusqu'où les accompagner.

Elle est interrompue dans ses réflexions par sa petite fille.

— « Allô, mamie ? »

— « Bonjour Amina, qu'est-ce qui t'amène ? »

— « Ben j'ai plus de nouvelles, t'es fâchée ? »

— « Non, mais je suis débordée en ce moment, et je ne pense pas que cela va se calmer. »

— « Mais t'es sûre que tu ne m'en veux pas pour Sacha ? »

— « Non, je ne t'en veux pas. »

— « Et cela se passe bien avec lui ? »

— « Plutôt bien, et toi, tes affaires, comment vont-elles ? »

— « Pas génial. Mon père m'a expliqué que je dois attendre mon tour pour le droit de naissance. Avec Maria, ils ont décidé d'avoir un enfant. Je les trouve vraiment égoïstes ! »

— « Déjà, ils ont autant le droit que toi de vouloir un enfant. Et puis, tu as toute la vie devant toi. »

— « Peut-être, mais que veux-tu que je fasse en attendant ? »

— « Des études ? »

— « Pour quoi faire, cela ne sert à rien. »

Cette réponse a une résonance particulière chez Élise. Sa petite-fille, au seuil de son existence, n'a pas d'autres envies que d'avoir des enfants.

— « Mais il y a plein d'autres choses à faire que des enfants ! »

— « Ah oui ? Quoi ? »

— « Construire quelque chose, travailler à l'amélioration de la vie, essayer de découvrir quelque chose de nouveau. »

— « C'est beaucoup de travail pour peu de chose. Regarde ton grand-oncle, il a passé sa vie à améliorer la nourriture, qui s'en souvient ? Et ta mère, elle a fini par vivre seule éloignée de tous, pour son travail qui n'intéresse personne. »

— « Tu exagères un peu. »

— « Ah oui ? Qu'est-ce qu'ils y ont gagné, à part se priver de profiter de la vie ? Il ne reste que leurs enfants. »

— « Tu dis cela parce que tu es énervée. »

— « Toi aussi. Qu'est-ce que t'apporte tout le travail que tu fais pour les cours ? Pour des étudiants qui n'en font rien. Tu ne préférerais pas passer plus de temps avec Sacha ? »

Élise ne sait pas quoi lui répondre. Une réponse affirmative va dans son sens, et une réponse négative signifie qu'elle n'aime pas assez Sacha.

— « Dans la vie, les choses ne sont pas aussi manichéennes. On peut aimer quelqu'un sans vouloir être tout le temps avec lui. Et puis, j'aime aussi le travail que je fais, même si en ce moment il me prend beaucoup de temps. »

— « Oui, mais avec tes enfants tu es sûre qu'il reste quelque chose de durable. Le reste sera oublié à la génération suivante ! Si c'est juste pour se faire plaisir, autant vivre comme papa ! »

Cette dernière phrase donne un début d'explication à Élise sur la mentalité de ses petits enfants : leur père ne leur a pas transmis le goût de vivre. Elle ne peut évidemment pas dire cela à sa petite fille, mais elle ne pense pas pour autant que ce soit faux. Il est temps de mettre fin à cette discussion improductive.

— « Je pense que tu n'es pas très juste avec ton père. »

— « Bon, je te laisse travailler. Bisous. »

— « Bisous. »

Elle a dû toucher un point sensible pour que la conversation soit écourtée aussi rapidement par Amina. Cela va peut-être la faire réfléchir. C'est vrai que leur père n'est pas forcément le modèle idéal. Quant à elle, son père lui a transmis une passion, chose importante dans sa vie. Sa réflexion finit sur un point désagréable : qu'avait-elle transmis à son fils ? Pourquoi celui-ci n'avait-il pas de passion ? Comment lui reprocher de ne pas avoir donné ce qu'il n'a pas ? Qu'a-t-elle raté dans son éducation ?

En prenant un peu de recul, force est de constater qu'elle n'est pas la seule. Ce manque d'appétence pour autre chose que le droit de naissance est très courant, trop à son goût. Elle a même l'impression que cela s'est aggravé au fil du temps, du moins, cela la choque de plus en plus. Elle le constate auprès de ses petits enfants, mais aussi auprès de ses étudiants, qui ont pourtant été sélectionnés parmi les plus motivés. Didier est un cas tellement exceptionnel qu'il est le seul étudiant qu'elle ait voulu initier à la confrérie en quarante ans !

Elle finit par conclure que le mal actuel est le manque de motivation général. Mais d'où cela vient-il ? Les gens pensent-ils que ce qu'ils pourraient faire ne sera pas utile, pas reconnu ? Ou qu'ils sont incapables de réussir quoi que ce soit ? N'y a-t-il plus rien à accomplir, à développer, à inventer, à créer ? Est-ce un manque d'éducation ou de stimulation ? Ce sont des questions qu'Élise n'a pas vraiment voulu se poser jusqu'à maintenant. Cependant, elle a l'impression qu'elles existent depuis longtemps.

Cela lui rappelle l'autre confrérie, celle qui promeut la compétition pour faire progresser l'humanité. Celle pour qui elle doit concevoir un discours qui doit motiver les gens à accueillir les martiens. La tâche lui paraît de moins en moins facile.

Évacuation de Mars

Quand l'énorme météorite fut détectée par Sentinel, il était techniquement impossible de la dévier pour éviter la collision. La destruction de Mars étant certaine, la Multinationale enclencha immédiatement la procédure d'évacuation de la planète.

Les personnes qui étaient dans leur bulle à ce moment, soit les trois quarts de la population, reçurent un avis d'alerte pour danger imminent. D'autres furent réveillées dans leur sommeil, toutes furent détournées de force vers la Terre. Tous les murs mentionnaient que chacun devait rejoindre sa bulle dans les plus brefs délais. Six heures après le début de l'alerte, plus de 95 % de la population avait été mise en sécurité. Les consignes étaient très claires, le pilotage automatique sera effectif jusqu'à l'arrimage sur Terre. Largement commentée, cette contrainte n'est pas acceptée par tous. Certains refusent de rejoindre leur bulle pour rester sur Mars. Ils ne croient pas à la catastrophe, pensent que Sentinel va finalement réussir à dévier l'astre, voire que les conséquences sont exagérées.

Une fois sorties de l'atmosphère martienne, les bulles sont agglutinées en grappes de plusieurs dizaines de milliers. Au delà de limiter les conséquences d'une défaillance, cette procédure permet surtout de réduire le risque de collision. Il est fortement recommandé de rester dans sa bulle et de demander à ses biots une aide au sommeil. Le voyage vers la Terre durant au moins cinq jours, il faut économiser l'eau et la nourriture, les capacités de production étant limitées.

La nouvelle de l'évacuation arriva sur Terre moins d'un quart d'heure après la décision de la Multinationale. L'événement monopolisa rapidement tous les échanges. Comment allait-on accueillir trois milliards d'individus supplémentaires ? Mais l'actualité prenant le dessus, tout le monde reste figé devant un mur retransmettant une mosaïque de points de vue : la météorite, plusieurs vues globales de Mars, des vues du ciel martien. Un compteur décompte le temps avant la catastrophe. L'astéroïde semble immobile. On peut y voir les différents remorqueurs de Sentinel à l'œuvre, dans un effort désespéré pour le dévier.

Dix-huit heures après le début de l'alerte, il reste trois pour cent de la population sur Mars qui refuse d'évacuer. Les bulles non affectées ont été éloignées de l'atmosphère de Mars, en attente de porter secours aux survivants.

La météorite frappe la surface comme un éclair. Une formidable explosion, au point d'impact, éjecte des morceaux du globe jusque dans l'espace. Une onde de choc, très visible, fait, presque lentement, quatre fois le tour de la surface. Les points de vue du sol disparaissent presque instantanément. L'atmosphère de Mars s'opacifie, transformant la planète ocre et bleue et une boule orange et marron. Les bulles stationnées pour porter secours restent en place, il n'y a plus aucun signe de vie détectable. Seule l'image du globe est retransmise. Il semble ne plus rien se passer.

Les commentaires repartent progressivement. Le point dominant porte sur le phénomène. Comment être sûr que cela n'arrive pas sur Terre ? Pourquoi Sentinel ne l'a-t-il pas détecté plus tôt ? Comment cela a-t-il pu se produire ? Puis le sujet se déplace doucement vers l'arrivée prochaine de près de trois milliards de Martiens.

Les premières interventions d'influenceurs apparaissent quelques heures après la catastrophe. Le contenu se résume à des appels à la solidarité avec les victimes. Il faut se préparer à les accueillir, les soutenir, voire les consoler. Élise a vu défiler ainsi des artistes connus, des experts reconnus et des célébrités qu'elle ne connaît pas. Une bonne partie a été incitée par la confrérie.

Deux jours après les événements, c'est au tour d'Élise de faire son discours. Cela fait plusieurs jours qu'elle le met au point. Gwenola a refusé d'y participer, arguant qu'Élise était beaucoup plus compétente qu'elle et qu'elle ne voulait pas l'influencer.

Le trac d'Élise se renforce lorsqu'elle constate le nombre de participants. Environ quatre cents millions, soit un terrien sur dix, sans compter les Martiens en transit, qui peuvent la suivre en différé, le tout avec un taux d'attention de 95 %.

— « En premier lieu, je tiens à présenter tout mon soutien et mes condoléances à tous ceux qui ont perdu un proche dans cette catastrophe. »

Le taux d'attention monte à 98 %.

— « En tant qu'historienne, je pense que nous vivons un événement qui marquera l'histoire de l'humanité, comparable à celui de 2517. Les progrès techniques nous permettent cependant d'en limiter les conséquences. Si quatre-vingt-dix millions de personnes y ont trouvé la mort, contrairement à 2517, nous avons pu en sauver une très grande partie. C'est de cette partie que je veux vous parler aujourd'hui. Nous verrons demain comment reconstruire les cinq siècles de réalisation humaine qui ont été balayés en quelques minutes. »

L'audience ne réagit pas. Le classifieur ne remonte rien.

— « D'ici trois jours, la Terre devra accueillir près de trois milliards d'individus supplémentaires. C'est une urgence à laquelle nous devons faire face. Les renseignements que j'ai collectés auprès de la Multinationale montrent qu'il n'y aura pas de pénurie alimentaire. Nos stocks nous permettront de patienter jusqu'à l'augmentation de production effective et nous pourrons nourrir sept milliards de personnes. Les Martiens arrivant avec leurs bulles, il n'y aura pas de problème de ce côté-là non plus. Le point qui pose le plus de problèmes réside dans les postes d'arrimage des bulles et les apparts. Pour le premier point, il faut nous attendre à ce que ces postes soient souvent saturés. Cela risque donc de limiter vos déplacements, par manque de place à destination, le temps que la Multinationale construise les postes nécessaires. Cela devrait durer plusieurs semaines. Pour le second point, il faut nous attendre à une pénurie d'apparts durant les prochains mois, voire les prochaines années, ce qui correspond au délai pour construire les quelque deux milliards d'apparts manquants. Enfin, concernant les lieux de loisirs, comme les spectacles et les restaurants, le taux de remplissage actuel est d'un peu moins de 50 %. Il y aura donc aussi quelques saturations ponctuelles à ce niveau, auxquelles nous sommes déjà habitués. A ce stade, vous en savez autant que moi. »

Elle prend une pause pour boire et consulte le taux au passage : 98 %.

— « J'ai vu comme vous tous les appels à solidarité qui ont pu être lancés ces derniers jours. Je n'ai rien contre, mais personnellement, je ne me sens pas le droit de vous dire ce que vous devez faire pour aider l'Humanité à surmonter cette épreuve. C'est vous, et vous seuls qui pouvez l'imaginer. Ce que je peux partager avec vous, c'est que j'ai décidé, pour ma part, de libérer mon appart. En conclusion, je veux vous dire que nous avons l'occasion d'accomplir un fait qui restera dans l'Histoire. Une telle occasionne se présente pas à chaque génération. »

Le classifieur commence à s'animer. Une première question domine largement.

— « Quand les Martiens pourront-ils retourner sur leur planète ? »

— « J'ai peur que cela n'arrive pas de leur vivant. La dernière géogénèse a duré plus de deux cents ans. Même si nous avons fait des progrès depuis, il faudra, au minimum, des décennies avant que Mars soit à nouveau habitable. Je crois que les Martiens que vous évoquez n'ont pas d'autres choix que de redevenir des Terriens. »

— « Comment fait-on pour libérer son appart pour les rescapés ? »

— « C'est très simple. Il suffit de le rendre à la Multinationale. Une fois libre, il sera attribué à une personne en ayant besoin. Par contre, il n'est pas possible de le réserver pour un réfugié. C'est la Multinationale qui décidera de son affectation en fonction des algorithmes d'attribution. »

— « Combien de temps la Terre pourra-t-elle supporter sept milliards d'habitants ? »

— « Par le passé, la Terre a déjà eu beaucoup plus d'habitants. Sept milliards correspond à la population du début du vingt-et-unième siècle, et nous sommes repassés en dessous qu'à partir de la grande migration sur Mars, soit cinq siècles plus tard. Certes, cela a provoqué des problèmes de réchauffement planétaire, mais la technologie actuelle produit moins de chaleur par habitant. Je pense que nous allons adapter très vite le droit de naissance pour réduire le nombre de personnes sur Terre. Il est évident que l'amendement en cours n'a plus aucun sens. Nous pourrions, par exemple, arrêter le recyclage des droits sans héritage. Associé aux expéditions, cela devrait assez rapidement faire décroître la population. »

— « Comment empêcher une troisième catastrophe ? »

— « Je pense que cette question est prématurée. Je pense aussi que nous devrons réfléchir à mettre en place de nouvelles perspectives. »

En fin de discours, Élise constate que l'audience dépasse les six cents millions. Le nombre de messages de félicitations est tellement important qu'elle renonce à les lire. À peine a-t-elle fermé la conférence que Gwenola l'appelle.

— « Bonjour Élise. »

— « Bonjour Gwenola. »

— « Tu vois, je savais que tu allais y arriver. Tu as été formidable, c'est le meilleur discours que j'aie pu entendre. »

— « Je ne sais pas. Il y a tellement de commentaires que je n'arrive pas à me faire une idée. »

— « Je t'assure, c'était parfait, très clair. Mais où vas-tu vivre ? »

— « Chez Sacha. »

— « Je vois. Et qu'entendais-tu par nouvelles choses ? »

— « Justement, il faut y réfléchir. »

— « Bien, il faut qu'on en parle assez vite. Je te laisse, tu dois avoir beaucoup d'appels. »

Effectivement, Sacha prend immédiatement la relève.

— « Bonjour mon amour. »

— « Bonjour mon amour. »

— « Quand tu m'as dit que tu allais officiellement vivre chez moi, je n'avais pas compris que tu voulais l'annoncer à des centaines de millions de personnes ! »

— « Ben voilà, maintenant je ne peux plus reculer ! »

— « J'ai aménagé une pièce pour que tu puisses y travailler aussi bien que chez toi. La pièce au-dessus du salon. »

— « Super. Merci beaucoup. Je résilie l'appart dès que les appels sont finis. »

— « Oh, alors je raccroche tout de suite ! »

Elle réalise progressivement ce qui vient de lui arriver. Elle a parlé à beaucoup de monde et contrairement à son habitude ce n'était pas seulement pour enseigner des faits historiques, mais bien pour les influencer. Même si elle est convaincue que cela est pour la bonne cause, elle garde un sentiment partagé. Elle a bien pris garde à se limiter à une exposition objective des faits. Elle a clairement précisé que ses opinions et ses actes étaient personnels, que chacun devait agir et penser en conscience. Mais le sentiment d'avoir incité les gens à aller dans une direction persiste, sans aucun fondement rationnel à ses yeux. Son intuition n'est pas en accord avec son raisonnement et cela la gêne.

Elle est toujours dans cette pensée quand sa petite fille l'interrompt.

— « Allô, mamie ? »

— « Bonjour Amina. »

— « Bravo pour ta conférence, je pense que c'est la meilleure que tu aies faite. »

— « Merci, mais je n'ai pas l'impression d'avoir fait grand-chose. »

— « Je ne suis pas la seule à le dire ! J'ai plein d'amis qui ont trouvé ton discours formidable et respectueux. »

— « Respectueux ? »

— « Oui, tous les autres nous disent ce que l'on doit faire pour les Martiens. Toi tu nous considères assez intelligents pour décider seul. »

Sa petite fille vient de résumer parfaitement l'état d'esprit de son discours. Il lui a fallu beaucoup de temps pour y arriver. Elle éprouve un certain plaisir à l'avoir réussi.

— « Merci. »

— « Non, c'est moi qui te dis merci. D'ailleurs, je vais faire un peu comme toi. »

— « Tu vas vivre avec ton amoureux ? »

— « Non, c'est mon frère qui va libérer son appart et venir dans le mien, en attendant de partir. »

— « Je trouve cela très bien. Il a toujours en tête de partir ? »

— « Oui, il vient d'être reçu au premier niveau. Il risque bien de partir d'ici un an ou deux. »

— « Si c'est ce qu'il veut vraiment, on n'a pas le droit de l'en empêcher. »

— « Cela m'embête quand même. »

— « C'est la vie. »

— « Ouais. Bon je te laisse, tu dois avoir plein de travail. »

— « Effectivement, à bientôt ma chérie. »

Cet échange n'a fait que renforcer le dilemme d'Élise. Son exposé correspond bien à ce qu'elle a voulu faire, mais ses conséquences lui semblent trop fortes. Son petit fils a-t-il vraiment décidé en son âme et conscience, ou plutôt simplement suivi l'exemple de sa grand-mère ?

Ce nouveau pouvoir lui fait peur. Car il s'agit vraiment de pouvoir. Les commentaires sont excellents, mais surtout, les autres influenceurs la reprennent et l'approuvent. Certains recensent les promesses de libération d'appart qui se chiffrent déjà en millions.

Accueil des martiens

Quand les premiers martiens arrivent, plus d'un milliard d'apparts ont été libérés. Afin d'éviter les embouteillages, la Multinationale a étalé les arrivées sur Terre et les attribue directement. Les différentes bulles d'une même famille sont ainsi dirigées et arrimées directement sur les apparts sélectionnés. Selon les règles d'attributions en vigueur, les personnes isolées sont attachées aux tours des salles de spectacles ou de restaurant. En l'espace de trois jours, toute la population martienne atterrit sur la planète.

Le nombre de postes d'arrimage est insuffisant, mais il est possible d'arrimer plusieurs bulles les unes aux autres sur un seul point. Le seul inconvénient étant que les personnes doivent traverser les autres bulles jusqu'au point d'arrimage. Cette solution est donc réservée à ceux qui se connaissent, l'intimité d'une bulle étant une valeur importante. Cela permet en tout cas d'attendre que la Multinationale produise les points supplémentaires nécessaires.

Une semaine plus tard, il n'y a pas de pénurie alimentaire. Seuls quelques produits limités sont en rupture. Le taux de remplissage des restaurants a beaucoup augmenté, mais on finit toujours par trouver une place disponible. Les gens se sont rapidement habitués à cette nouvelle situation. Le point le plus compliqué est la pénurie d'apparts. Certains commencent à se plaindre d'une durée d'attente annoncée qui a explosé, par la faute des Martiens. Les premières estimations de la

Multinationale sont d'environ six mois pour résorber cette surcharge. C'est le seul point qui fait débat.

Élise reste très étonnée de sa notoriété spontanée. Elle est très sollicitée pour des interviews publiques, qui bénéficient chaque fois d'une audience démesurée. On lui demande comment elle a compris ce qu'il fallait faire pour bien accueillir les martiens. On la félicite pour son discours, respectueux de tous. Elle répond que, contrairement à l'idée générale, ce sont les initiatives individuelles de tous qui ont contribué à ce succès, que cela restera un point important dans l'histoire de l'Humanité. Elle suggère aussi qu'elle veut bien utiliser sa notoriété pour mettre en avant les bonnes idées, pas seulement les siennes, mais aussi toutes celles qui lui parviendront. Elle précise aussi qu'elle réfléchit aux moyens à mettre en place pour organiser cette collecte.

Ce dernier point n'a pas échappé à Gwenola.

— « Bonjour Élise. »

— « Bonjour Gwenola. »

— « Je trouve vraiment ton idée géniale. Je ne suis pas la seule. Le réseau de la confrérie sera idéal pour ce que tu souhaites mettre en place. »

— « Ah ! »

— « Tu n'en es pas convaincue. »

— « Pour être très franche, non. »

— « Je ne comprends pas pourquoi. »

— « Le premier point qui me gêne est que la confrérie ne concerne que les gens de plus de quarante ans. On ne peut pas laisser la jeunesse, soit un tiers de la population, de côté dans ce genre de projet. »

— « Oui, mais au vu des enjeux on peut s'adapter. »

— « Le deuxième est qu'il s'agit d'une organisation hiérarchique qui sert avant tout à faire descendre les informations, pas à les faire remonter. »

— « Là, je crois que tu n'as pas bien compris l'organisation… »

— « Le troisième point, c'est l'intention de la première classe. Ils veulent reprendre le contrôle de la Multinationale, d'une façon obscure. Je pense au contraire que toute influence sur celle-ci doit être parfaitement transparente. »

— « Je vois. Je crois que tu as du mal à assumer ta nouvelle notoriété. »

— « Peut-être, mais je ne veux pas agir en désaccord avec mes idées. »

— « Tu te rends compte que la confrérie va mal le prendre ? »

— « Cela me renforce dans ma conviction. »

— « Bon. Je te laisse réfléchir, je te rappelle plus tard. »

Élise aurait souhaité amener les choses plus doucement. Elle apprécie Gwenola et comprend bien qu'elle la met dans une mauvaise posture. Mais donner à la confrérie ce qu'elle veut lui parait être une trahison des gens qui l'ont suivie. D'un autre côté, elle n'a aucune idée sur les moyens à mettre en place pour recenser, sélectionner et soutenir les milliers de propositions qui lui parviennent. Une seule chose lui parait évidente, c'est que son discours a motivé beaucoup de personnes. Elle a maintenant l'image d'une population pleine d'initiatives, voire entreprenante. Il ne faut surtout pas ni trahir ni décevoir cet élan.

Vu le contexte, Élise a suspendu ses cours. Elle regrette le temps où les choses étaient plus faciles. Le temps où elle n'avait qu'à exposer son domaine d'expertise et à répondre aux questions du classifieur. Elle a été projetée, malgré elle, dans un domaine qu'elle connaît mal. Ses seules certitudes sont ses valeurs, son attachement à la transmission, à la démocratie. Cela lui semble malheureusement insuffisant pour faire face aux défis qu'elle doit affronter, ne serait-ce qu'à la confrérie. Si elle analyse les derniers événements, en tant qu'historienne, elle ne peut que constater que ni la démocratie ni la confrérie n'ont su apporter les solutions. Et les faits historiques vont clairement dans ce sens. Les plus gros changements n'adviennent qu'à l'occasion de crises, grâce à quelques visionnaires, jamais sur un consensus. Depuis plus de trois cents ans, l'Humanité n'a pas progressé, car elle n'a connu ni guerre, ni pénurie, ni catastrophe, ni pandémie. Voilà qu'une catastrophe apparaît et la société change complètement. Les gens se mobilisent derrière un discours, quelqu'un qui leur donne une direction, en dehors de tout processus démocratique. Elle se dit qu'elle se sent mal à l'aise à cause de cet aspect des choses.

Elle comprend maintenant qu'elle n'est pas juste une source d'inspiration, mais un modèle. Elle se rappelle les dires de Didier, le nombre impressionnant d'inventeurs célèbres qu'il a cité. S'il les connaît aussi bien, c'est qu'ils le nourrissent comme des exemples à suivre. C'est probablement ce qui alimente sa motivation, ce qui a forgé le but de sa vie. Pourquoi tous les jeunes ne sont-ils pas comme lui ? Pourtant l'Histoire est bien leur sujet préféré, au grand désespoir de son ami Philippe.

Elle-même a été inspirée par son père et son grand-père qui lui ont communiqué leur passion. Elle se dit que l'enseignement actuel fait une grande erreur. Au lieu d'exposer les faits historiques uniquement, il faudrait mettre en valeur les personnages historiques, les scientifiques qui ont fait progresser l'Humanité !

Forte de ses récentes découvertes, elle doit admettre que les visionnaires, s'ils sont toujours très minoritaires, font progresser l'Humanité. Mais peut-on mettre la première classe dans cette catégorie ? Ils n'ont aucune légitimité démocratique, mais sont certainement les plus compétents pour reconstruire Mars. Ils sont responsables de quatre-vingt-dix millions de morts, mais ont créé une crise qui va certainement faire progresser l'Humanité et sécuriser son avenir à long terme.

Élise comprend aussi qu'elle est devenue un exemple pour beaucoup de monde en mal de modèles. Cette pensée lui donne le vertige. C'est à la fois trop de responsabilités et trop de pouvoir, mais elle sait qu'elle n'a pas d'autre choix que d'assumer. Elle a besoin d'une pause, et décide de descendre au salon, rejoindre Sacha.

— « Ah, madame sort de son antre ! La faim peut-être ? »

Élise réalise qu'elle travaille depuis plus de douze heures. Sacha a dû trouver le temps long, mais il lui a promis de ne jamais l'interrompre quand elle est dans son bureau.

— « Je suis désolée mon amour, mais les choses me dépassent. J'ai peur de ne pas être très disponible dans les prochaines semaines. »

— « J'imagine que c'est le lot des gens célèbres, et de leurs conjoints. Mais je t'ai quand même préparé à manger. »

— « Je t'adore. Je te promets que quand cela se calmera, je passerai tout mon temps avec toi. »

La nourriture lui semble encore meilleure que d'habitude. Elle prend conscience qu'elle a très faim. C'était peut-être lié.

— « Je ne sais même plus ce que tu fais, entre tes cours, tes conférences, la confrérie… »

— « Tous, c'est justement mon problème. Je peux te demander d'où te vient ta passion pour la botanique ? »

— « C'est à peu près la seule chose qui me reste de mes grands-parents. Je ne sais pas s'ils ont pensé que les plantes m'intéressaient ou si je leur ai dit, mais mon grand-père m'a souvent emmené voir des botanistes, dont la personne qui vivait ici avant moi. J'ai eu envie de prendre sa suite, et voilà. Mais pourquoi changes-tu de sujet ? Cela te gêne que je parle de ton travail ? »

— « Non, en fait, ne le prends pas mal, mais je continue d'y réfléchir. Je cherche à comprendre comment naissent les passions, ce qui motive les gens. »

— « Je pense que le hasard y est pour beaucoup, mais cela passe souvent par une sorte de contagion. Il est difficile de devenir un passionné sans en avoir rencontré un. Cela arrive, mais c'est rare. »

— « Ton aide m'est précieuse. Il faut aussi que je te parle de quelque chose. »

— « Aïe, je n'aime pas cette phrase. »

— « C'est à propos de la confrérie. »

— « Écoute, ils t'adorent et cela ne me gêne absolument pas. De toute façon, je ne suis pas tellement attaché à cette confrérie. »

— « Comment cela ? »

— « Je crois que c'était plus pour vivre, pour évoluer… Maintenant, je t'ai toi et cela ne m'intéresse plus. »

— « Cela m'arrange, car ils ne vont pas m'aimer longtemps. Je vais refuser de faire ce qu'ils veulent et je pense qu'ils vont mal le prendre. Tu risques d'en entendre parler. »

— « Merci de me prévenir. Un homme averti en vaut deux ! »

Le mur s'anime, une demande communication de Gwenola. Élise commande de la mettre en attente dans son bureau.

— « Désolée, je dois y retourner. »

À peine remontée, elle accepte la communication.

— « Élise, je suis désolée pour tout à l'heure, j'ai été un peu sèche. »

— « Ce n'est pas grave, je comprends que tu es sous pression, comme moi. »

— « On ne peut rien te cacher. Mais bon, on ne choisit pas toujours sa situation. »

— « Je ne te le fais pas dire. Pour être très franche, la mienne n'est pas simple. À mes yeux, la première classe est responsable d'un crime qui a coûté la vie à quatre-vingt-dix millions de personnes. »

— « Lors d'une opération qui vise à assurer la sécurité de l'Humanité ! »

— « Oui. Elle est aussi la seule qui peut finir cette action et faire en sorte que ce sacrifice ne soit pas vain. »

— « Je suis d'accord avec toi. »

— « Donc il faut laisser la première classe terminer. »

— « Je ne vois pas d'autre solution. »

— « Mais alors, comment s'assurer qu'ils ne recommenceront pas ? Qu'ils ne vont pas en profiter pour mettre de côté des moyens assurant leur propre futur ? »

— « Je comprends. J'approuve même. Si tu avais la garantie qu'ils disparaîtront une fois Mars réhabilitée ? »

— « Une sorte d'arrangement ? On les laisse terminer leur plan en échange de leur démantèlement final ? »

— « J'avoue que cette approche me satisfait aussi. Pas en tant que membre, mais en tant que personne. Cela reste entre nous. Tu veux que je leur propose ? Que j'essaie d'établir cela ? »

— « Essayons. »

— « Bien, je te tiens au courant. À bientôt. »

— « À bientôt. »

Élise commence à comprendre ce qui plaisait à son père chez Gwenola. La confrérie ne lui avait fait perdre ni sa conscience ni son esprit critique. Elle a l'impression qu'elle infiltre le système pour le changer de l'intérieur. Elle a le sentiment qu'il s'agit d'un allié précieux, qu'il faut ménager, mais dont il faut aussi se méfier. Comme disait son grand-père, si tu entres dans le système pour le changer, c'est lui qui te changera. Elle est interrompue dans ses pensées par Didier.

— « Bonjour Didier. »

— « Bonjour Madame, je ne vous dérange pas ? »

— « Non, au contraire tu tombes bien. D'après toi, comment s'assurer qu'un projet sera terminé dans, disons, deux cent cinquante ans ? »

— « Le mieux pour stopper un projet, c'est de lui couper les moyens. »

— « Et peut-on programmer l'arrêt des moyens dans deux cent cinquante ans ? »

— « Il suffirait de donner l'algorithme à la Multinationale… et que personne ne puisse le changer d'ici là. »

— « Et comment s'assurer qu'on ne puisse pas ? »

— « Je ne sais pas. Je pense que ce n'est pas possible, vu que l'on peut même changer la constitution par voie démocratique. Et puis, je ne suis pas sûr que cela soit une bonne chose. »

— « Comment cela ? »

— « On ne sait jamais de quoi l'avenir sera fait. Figer les choses peut s'avérer très dangereux. »

— « Je vois. Vous n'auriez pas une autre idée ? »

— « Ajouter une commission de surveillance du projet. Il peut aussi être perverti, mais avec de bonnes règles, on peut le rendre assez solide. Le plus gros problème, c'est que c'est anticonstitutionnel. »

— « Je ne vous savais pas juriste. »

— « Je me suis juste intéressé de près aux algorithmes, mais j'ai aussi des projets. »

— « Bien, nous en reparlerons, mais en quoi cette commission pose problème ? »

— « Il est interdit de déléguer le pouvoir démocratique. »

— « Je vois. Cette commission serait effectivement une délégation de pouvoir. Je vais continuer d'y réfléchir. Sinon, vous qui connaissez si bien le fonctionnement de la Multinationale, comment va-t-elle s'y prendre pour reconstruire Mars ? »

— « C'est très simple, elle ne va rien faire. Rien n'est prévu pour cela dans ses algorithmes. Elle s'adapte à la situation, mais cela serait une rupture qu'elle ne fera pas. »

— « Elle s'adapte ? »

— « Oui. Elle s'est mise à produire des apparts. Elle étend le nombre de postes sur les tours d'arrimage. Elle augmente la production de nourriture. Mais elle ne changera pas le droit de naissance ni ne lancera la reconstruction de Mars. »

— « Et d'après vous, que faudrait-il faire ? »

— « Lancer des amendements, pour changer les algorithmes. Et je ne suis pas persuadé que cela soit facile. On va y perdre beaucoup de temps. »

— « Bon, quels sont ces projets dont vous m'avez parlé ? »

— « J'en ai plusieurs et je ne suis pas le seul. Construction de planètes artificielles sur les postes de douanes, rendre viable Vénus, bref étendre les zones de vies de l'humanité. Mais sur ces points, nous sommes en panne. Les projets existent mais aucun ne démarre faute de moyens. Et il n'y a pas de moyens, par défaut d'adhésion démocratique. Il faudrait réunir une majorité, mais la plupart des gens s'en fichent. »

— « Merci. Discuter avec vous me ressource. »

— « À bientôt Madame. »

Didier rend concrets les sentiments d'Élise. Le fonctionnement démocratique de la société est conservateur et condamne les innovations. Si on veut relancer les progrès de l'Humanité, il faut changer de système, elle ne voit pas comment faire autrement. Comme souvent, lors de ses travaux de recherche, l'idée se cristallise d'un coup. Il faut créer une commission des moyens à ces projets innovants, qui en aurait le contrôle. Et c'est exactement ce dont elle a besoin pour la reconstruction de Mars. Cette commission pourrait contrôler le projet de la première classe. Une solution pour deux problèmes, l'idée lui plaît. Par contre, le nom n'est pas très positif. Quelle autre dénomination pourrait convenir ? Un conseil des sages ? C'est ce qu'il y avait dans de nombreuses sociétés ancestrales, et, à ses yeux, cela avait une image positive. Il suffirait d'ajouter ce conseil des sages à la constitution, le doter de moyens à attribuer, nommer ses membres. Ce conseil serait le garant de la fin de la première classe une fois Mars reconstruite. Les membres seraient choisis parmi les individus ayant démontré leur attachement au progrès de l'Humanité. Il deviendrait aussi une récompense suprême redonnant une motivation à l'initiative.

Élise ressent cette exaltation des grandes découvertes. Elle tient sa proposition, les éléments clés de son prochain discours.

Quand le moment de sa conférence arrive, son plan est clair. Elle va utiliser sa notoriété pour mettre en avant ses idées. On verra quel accueil elles recevront. L'audience est vertigineuse, environ trois milliards, soit presque un terrien, ancien ou nouveau, sur deux. Le taux d'attention est de 96 %.

— « Avant toute chose, je voulais vous dire que je suis très heureuse de vivre dans une société qui a permis cet accueil des martiens. Votre générosité m'a agréablement surprise. Deux semaines seulement après leur arrivée, j'ai l'impression que nous avons retrouvé une vie presque normale. Cela me paraît extraordinaire. Je sais que nous devons tout cela au bon fonctionnement de notre Multinationale, mais aussi à la dernière innovation de l'Humanité, les bulles. Sans elles, nous savons tous que nous aurions vu se rejouer la catastrophe de 2517. »

Le taux est à 98 %

— « C'est justement le point sur lequel j'ai beaucoup réfléchi ces derniers jours. Cette invention a sauvé la vie de milliards de personnes, mais cela fait près de trois siècles que nous n'avons rien inventé. J'ai interrogé plusieurs personnes à ce sujet, et il ressort que nous sommes en panne d'innovation, alors qu'il s'agit de notre future survie. Cela me choque. Et quand on analyse les causes de cette situation, cela semble induit par notre système démocratique, qui est trop conservateur. Si certains en doutent, sachez qu'à ce jour, rien n'est prévu pour que la multinationale reconstruise Mars. Si nous ne changeons rien, nous serons à la merci d'une catastrophe terrestre. Nous devons maintenant penser à l'avenir. Aussi, au risque de vous choquer, je propose d'étudier l'instauration d'une sorte de conseil des sages. Ses membres seraient investis de moyens permettant de soutenir l'innovation, sans le recours à un consensus démocratique. Ses membres seraient les personnes qui ont clairement œuvré pour l'innovation et le progrès de l'Humanité. Pour ma part, je pense qu'ils devraient être élus à vie. »

Le classifieur s'affole, mais elle préfère finir avant de consulter les réactions.

— « C'est en tout cas la conclusion à laquelle j'ai abouti. Nous devons absolument relancer le moteur de l'innovation pour préserver notre avenir. Nous avons aussi besoin d'une structure semblable pour reconstruire Mars. »

Elle consulte le classifieur.

— « Votre conseil des sages est anticonstitutionnel. Comment voulez-vous faire ? »

— « Il n'y a pas plusieurs solutions, il faut amender la constitution. »

— « Qui voyez-vous comme membre du conseil des sages, et combien seront-ils ? »

— « Je n'ai pas encore une idée précise des détails. En fait, cette idée me faisait peur au début, j'ai eu du mal à l'accepter. Je pense qu'il faut l'élaborer à plusieurs, l'affiner avec le débat. On pourrait déjà constituer un groupe de réflexion. Après tout, vu qu'elle va durer des dizaines d'années, la reconstruction de Mars peut attendre quelques mois. »

— « Qui contrôlera votre conseil des sages ? »

— « Il doit rester soumis à la démocratie. L'élection de ses membres, ses pouvoirs seront inscrits dans la constitution, qui de fait, peut changer. Par contre, je pense qu'il est fondamental qu'il puisse soutenir des projets innovants de façon autonome et que ses membres aient fait leurs preuves. »

Il restait énormément de questions. Élise ne savait pas si cela était dû au sujet ou aux nombres très importants de participants. Avant que les questions l'engagent plus, elle décide de mettre fin à la conférence.

Ce discours l'a épuisée. Elle n'est plus capable de réfléchir. Elle descend rejoindre Sacha.

— « Et toi, tu en penses quoi ? »

— « Comme tout le monde, je suis surpris. Je ne sais pas encore ce qu'il faut en penser, mais je te trouve très courageuse. »

— « J'avoue que je ne sais plus trop où j'en suis. »

— « As-tu vu cela ? »

Sacha désigne le mur. Élise y découvre la proposition d'amendement sur le droit de naissance. Il s'agit d'un vote avec options. Dans la partie entière, ceux sans héritier sont purement et simplement éteints. Ceux des martiens sont convertis en droits terriens. Les options proposent aussi de supprimer ceux des personnes qui partent en expédition et la transmission collatérale. Les options sont souvent caractéristiques d'un manque de consensus au sein du groupe de travail.

— « C'est à peu près ce à quoi je m'attendais. Je pense que les options ne passeront pas. »

— « Je suis assez d'accord. Les gens ne voudront pas abandonner leurs acquis. As-tu faim ? »

— « Oui. Tu es une mère pour moi. »

— « Pas seulement. »

— « Oui, c'est sûr. »

Le Conseil des Sages

Le groupe de réflexion sur le conseil des sages fut assez facilement constitué. D'une part, le nombre de volontaires était limité, d'autre part le mode de constitution retenu était celui de la composition d'un amendement, correspondant à l'obtention de 10 000 votes favorables. Il était composé de 500 personnes, ce qui, pour Élise, assurait que la première classe ne pouvait pas y avoir la majorité, même si la plupart des membres avaient essayé d'en être. Au moins, Gwenola et Scott y avaient réussi. On y retrouvait beaucoup de professeurs et de conférenciers, mais aussi des artistes et surtout des algorithmiciens.

Les premiers points adoptés étaient assez consensuels. Limiter le nombre maximum de membres à 1000 et le minimum à 100. Avoir 40 ans minimum. Disposer d'une majorité absolue pour être élu, à savoir plus de pour que de contre et d'abstention réunis. L'élection à vie fit débat, mais l'argument de l'indépendance l'emporta.

Sur la question des moyens, les discussions furent plus compliquées pour finalement s'apercevoir que ses fondements étaient flous. La Multinationale produisait les ressources nécessaires. Il fut donc admis que, tant que les moyens demandés n'affectaient pas la fourniture de biens et services à la population, ils étaient mobilisables. En plus, certains projets produiraient eux-mêmes une partie des ressources consommées.

Élise insista sur le côté honorifique de la fonction. Elle a obtenu qu'un titre soit associé aux membres, en l'occurrence, le terme Sage fut retenu.

Enfin, la majorité imposa une totale transparence du fonctionnement et des projets supportés.

En l'espace d'un mois, un amendement constitutionnel fut proposé, soumis aux trois mois habituels de débat public avant le scrutin. Les personnes du groupe de réflexion furent très pédagogues. Au départ indécise, la population adopta progressivement l'intérêt du Conseil des Sages. Il fut validé le jour du vote avec plus de 72 % des suffrages.

L'intégralité du groupe de réflexion fut présentée à l'élection, mais seulement cent cinquante furent élus, dont Élise et Gwenola. Didier ne put se présenter en raison de son âge, au regret d'Élise.

Le vote sur la réforme du droit de naissance fut sans surprise pour Élise. Il passa sans aucune des deux options. La décroissance de la population terrestre sera donc lente.

Le premier projet sur lequel le Conseil des Sages dut se prononcer fut évidemment la réhabilitation de Mars. L'association, qui présenta le plan de la première classe, surpassa largement les autres. Elle remporta haut la main la transformation de ce qui restait de Mars en une copie conforme de la Terre, en un peu moins de deux cents ans.

Six mois plus tard, un deuxième projet expérimental suivit. La transformation d'une des stations de douane en un cylindre à gravitation inversé. Les gens vivraient sous une pesanteur de 1 G, provenant de la force centrifuge, à l'intérieur d'un cylindre géant en rotation sur son axe. Didier, confrère confirmé par Gwenola, jouait un rôle important dans ce projet.

Un an et demi après la catastrophe, le Conseil des Sages compte deux cents membres. La Sage Élise en est la membre la plus célèbre. Des projets d'innovation, de plus en plus aboutis, se présentent, même si beaucoup sont rejetés soit pour immaturité, soit parce que leur apport à l'Humanité manque d'évidence.

Le nombre de postes d'arrimage sur les tours d'accostage permet une fluidité des échanges. La pénurie d'apparts est totalement résorbée. La population est toujours concentrée autour de l'équateur, sur une bande plus large.

Les Sages Élise et Gwenola déjeunent dans un nouveau restaurant, comme elles en ont pris l'habitude mensuelle.

— « Si l'on m'avait parlé de tout cela, ne serait-ce que deux ans auparavant, je n'aurais jamais voulu y croire. »

— « Oui, et pourtant, Élise, tout cela est ton œuvre. Mais il y a une question que je vais oser te poser aujourd'hui. »

— « Laquelle ? »

— « Comment as-tu su pour les météorites cachées ? »

La discrétion que lui avait demandée son père ne servait plus à rien. La première classe était sous contrôle et vouée à disparaître, entraînant toute sa confrérie.

— « Par quelqu'un qui faisait passer l'humanité avant toute chose. »

— « Celui qui transmettait les savoirs véritables à tous et toutes. »

— « Celui qui a préféré mourir plutôt que trahir. »

— « Celui qui m'a recrutée, au moins, et sûrement un deuxième. Papa. »

— « Ton père ! Alors il a fini par gagner ! »

— « J'aimerais que le monde entier le sache, mais l'histoire active m'en empêche. Cela stopperait le projet Mars. »

— « Tu peux m'expliquer comment il a réussi cela ? »

— « Il m'a transmis tous les documents qu'il avait réunis, quarante ans après. Je te les donnerai et diffuse-les largement à tes pairs. Il sera au moins reconnu par ses confrères, et peut être qu'un jour, il pourra entrer dans l'Histoire officielle. »

— « Oui, il mérite au moins d'entrer dans celle de la confrérie. Cela me fait plaisir. Il aurait aimé cela. Voir sa propre fille achever son travail et celui de son père. Tu sais, j'ai cru qu'il y arriverait. Mais il n'avait pas trouvé la bonne solution, pas comme toi. »

— « Merci. Certains jours, je pense que je n'ai fait que m'adapter à un problème qui s'est imposé à moi. Je n'ai rien choisi. »

— « C'est ce que nous faisons tous, avec plus ou moins de talent. »

— « Et toi, tu n'as pas de problème avec la première classe. »

— « Non, ils ont eu ce qu'ils voulaient. C'est impressionnant, ils ont laissé tomber toute la pyramide, pour se concentrer sur le projet Mars. »

— « Espérons que cette fois, ils ne mettent rien de côté. »

— « Avec l'exigence de transparence sur le projet, j'en doute. Ils sont sous surveillance. »

— « En tout cas, j'aurais fait tout ce que je pouvais pour cela. »

— « C'est sûr. Et tes amours, toujours au beau fixe ? »

— « Oui. Sacha est un homme parfait. D'ailleurs, je te confirme qu'il n'a plus aucune nouvelle de son superviseur. Certains jours, j'ai l'impression qu'il a totalement oublié sa confrérie. »

— « Tu veux que j'essaie de le recruter ? »

— « Surtout pas ! Je veux garder ma part de mystère. C'est peut-être faux, mais je crois que c'est un élément important de notre relation. En tout les cas, elle a été construite comme cela. Je n'ai aucune envie de toucher aux fondations. »

— « Je comprends. »

— « Et toi ? »

— « Moi, des hommes tentent leur chance, mais aucun ne supporte la comparaison avec ton père. »

— « Tu devrais tourner la page, la vie est courte. Cela me ferait plaisir de te savoir accompagnée. »

— « Que veux-tu, je n'ai ni ta lucidité ni ta force de caractère. Un jour peut-être. »

— « Oh là, j'ai peur que tu me surestimes. Bon, je te laisse, je dois greffer. »

— « Greffer ? »

— « Oui, des rosiers, avec Sacha. »

Épilogue

Pour commémorer le cinquantenaire du sauvetage des martiens, dénomination retenue par l'Histoire, Élise doit faire un discours. Elle a maintenant 115 ans. Sacha est toujours à ses côtés. Sa mère et Gwenola ont atteint la limite d'âge depuis longtemps. Martin est demeuré trois ans avec Maria. Il en reste une deuxième petite fille. Ahmed est parti en expédition voici plus de quarante ans. Un des deux enfants d'Amina suit aujourd'hui les cours d'Élise. Son père fait maintenant partie intégrante de l'histoire de la confrérie.

D'ici trente ans, tous les membres de la première classe auront disparu. Ils ont arrêté de recruter. Elle ne sait pas si c'est par simple désintérêt ou par peur d'être révélés. Elle a demandé à Didier de veiller à leur extinction, après son départ.

L'audience est de cinq milliards de personnes sur les six et demi qui habitent la planète. Le taux d'attention est de 100 %. Élise n'a pas d'appréhension.

— « Quand cette météorite s'est écrasée sur Mars, j'ai d'abord cru que nous revivions la catastrophe de 2517. Comme souvent, au cours de l'histoire de l'Humanité, cette crise nous a finalement fait progresser. Nous avons pu constater que le mal de Mars ne perdurait pas sur Terre. Notre globe a soigné les martiens. Leurs enfants sont en bonne santé, ils ont aussi retrouvé leur taille normale. Cela nous démontre toute l'utilité du projet Mars. Il est en bonne voie, même si nous devons encore fournir des efforts pendant au moins un siècle. Nous aurons une deuxième planète, doublant les chances de survie de l'Humanité. »

Le taux d'attention ne change pas. Le classifieur reste muet.

— « À cette époque, je me souviens que l'on me demandait souvent quelles étaient les inventions depuis l'apparition des bulles. J'étais toujours déçue de ne rien trouver. Je suis convaincue aujourd'hui que notre évolution était en panne. Je constatais l'absence de pénurie, chacun pouvait vivre librement et profiter de la vie. Le savoir était transmis de génération en génération. Mais il manquait quelque chose, une motivation au progrès. Nous avons stagné pendant plus de trois siècles, et cet événement l'a rendu évident. Le Conseil des Sages n'est certainement pas la perfection ultime, mais il nous a permis de sortir de cet état. De nombreux projets sont aujourd'hui lancés et je suis sûre qu'une bonne partie contribuera aux avancées de l'Humanité. Pour n'en citer qu'un, je parlerais du cylindre de la douane, géré par le Sage Didier. Ce lieu accueille à présent ses premiers habitants. À terme, il pourra abriter plus de cent mille personnes, soit l'équivalent d'une expédition. Cette flotte restera dans notre espace-temps, en contact avec nous. Nous avons déjà lancé la construction d'un deuxième site qui prendra la place de l'autre poste. Nous pourrons probablement en bâtir des dizaines. »

Le taux d'attention et le classifieur ne bougent pas.

— « En conclusion, je voudrais partager avec vous une conviction personnelle. Notre société a adopté, au fil des siècles, la satisfaction de nos besoins et la transmission comme valeurs fondamentales. Si nous vivons libres et en paix, ce dogme a fini par nous scléroser, nous privant du moteur essentiel qu'était la nécessité de s'adapter. Transmettre n'est pas suffisant. Améliorer, innover, créer, entreprendre sans cesse, conditionne notre avenir. C’est exactement le rôle du Conseil des Sages. Je pense que son introduction marquera la fin de ce que les historiens ont appelé la civilisation des maillons. »

Table des matières